हिन्द पॉकेट बुक्स

गांधी वध क्यों?

गोपाल गोडसे हिन्दू महासभा के एक क्रान्तिकारी कार्यकर्ता थे। इन्हें गांधी-हत्या के मामले में आजीवन कारावास की सजा मिली थी। ये प्रमुख अभियुक्त नथूराम गोडसे के अनुज थे। अपने अंतिम दिनों तक उन्हें महात्मा गाँधी के प्रति अपने रवैये पर कभी कोई अफसोस नहीं था। वे महात्मा गाँधी को हिंदुस्तान के विभाजन का दोषी व पक्षपाती मानते रहे और इन्होंने इसी मुद्दे को लेकर *गांधी वध क्यों?* नामक पुस्तक लिखी, जो अंतर्राष्ट्रीय स्तर पर बेस्टसैलर रही।

गांधी वध क्यों?

गोपाल गोडसे

हिन्द पॉकेट बुक्स
पेंगुइन रैंडम हाउस इम्प्रिंट

हिन्द पॉकेट बुक्स

यूएसए | कनाडा | यूके | आयरलैंड | ऑस्ट्रेलिया | सिंगापुर
न्य ज़ीलैंड | भारत | दक्षिण अफ्रीका | चीन

हिन्द पॉकेट बुक्स, पेंगुइन रैंडम हाउस ग्रुप ऑफ़ कम्पनीज़ का हिस्सा है, जिसका पता global.penguinrandomhouse.com पर मिलेगा

पेंगुइन रैंडम हाउस इंडिया प्रा.लि.,
चौथी मंजिल, कैपिटल टावर 1, एमजी रोड,
गुरुग्राम 122002, हरियाणा, भारत

पेंगुइन
रैंडम हाउस
इंडिया

प्रथम हिन्दी संस्करण हिन्द पॉकेट बुक्स द्वारा 2015 में प्रकाशित
यह हिन्दी संस्करण हिन्द पॉकेट बुक्स में पेंगुइन रैंडम हाउस द्वारा 2021 में प्रकाशित

10 9 8 7 6 5 4 3 2

इस पुस्तक में व्यक्त विचार लेखक के अपने हैं, जिनका यथासंभव तथ्यात्मक सत्यापन किया गया है, और इस संबंध में प्रकाशक एवं सहयोगी प्रकाशक किसी भी रूप में उत्तरदायी नहीं हैं।

ISBN 9788121620994

मुद्रक : मणिपाल टेक्नॉलजीस् लिमिटेड, भारत

www.penguin.co.in

FSC www.fsc.org
MIX
Paper | Supporting responsible forestry
FSC® C043100

This is a legitimate digitally printed version of the book and therefore might not have certain extra finishing on the cover.

"यदि देशभक्ति पाप है तो मैं मानता हूँ, मैंने पाप किया है। यदि प्रशंसनीय है तो मैं अपने आपको उस प्रशंसा का अधिकारी समझता हूँ। मुझे विश्वास है कि मनुष्य द्वारा स्थापित न्यायालय के ऊपर कोई न्यायालय हो तो उसमें मेरे काम को अपराध नहीं समझा जाएगा। मैंने देश और जाति की भलाई के लिए यह काम किया। मैंने उस व्यक्ति पर गोली चलाई जिसकी नीति से हिंदुओं पर घोर संकट आए, हिंदू नष्ट हुए।"

नथूराम गोडसे

"I have however no doubt that had the audience of that day been constituted into a jury and entrusted with the task of deciding Godse's appeal, they would have brought in a verdict of 'not guilty' by overwhelming majority."

JUSTICE KHOSLA
The murder of the Mahatma
(Page 234)

I have however no doubt that had the audience of that day been constituted into a jury and entrusted with the task of deciding Godse's appeal, they would have brought in a verdict of 'not guilty' by overwhelming majority.

JUSTICE KHOSLA

The murder of the Mahatma
(Page 234)

दिव्य संदेश

वास्तव में मेरे जीवन का उसी समय अंत हो गया था, जब मैंने गांधी पर गोली चलाई थी। उसके पश्चात् मैं मानो समाधि में हूँ और अनासक्त जीवन बिता रहा हूँ।

मैं मानता हूँ कि गांधी जी ने देश के लिए बहुत कष्ट उठाए, जिसके कारण मैं उनकी सेवा के प्रति एवं उनके प्रति नतमस्तक हूँ, किंतु देश के इस सेवक को भी जनता को धोखा देकर मातृभूमि के विभाजन का अधिकार नहीं था।

मैं किसी प्रकार की दया नहीं चाहता हूँ। मैं यह भी नहीं चाहता हूँ कि मेरी ओर से कोई दया की याचना करे।

अपने देश के प्रति भक्ति-भाव रखना यदि पाप है तो मैं स्वीकार करता हूँ कि वह पाप मैंने किया है। यदि वह पुण्य है तो उससे जनित पुण्य-पद पर मेरा नम्र अधिकार है।

मेरा विश्वास अडिग है कि मेरा कार्य नीति की दृष्टि से पूर्णतया उचित है। मुझे इस बात में लेशमात्र भी संदेह नहीं कि भविष्य में किसी समय सच्चे इतिहासकार लिखेंगे तो वे मेरे कार्य को उचित ठहराएँगे।

— नथूराम गोडसे

मृत्युपत्र

प्रिय बंधो चि. दत्तात्रय वि. गोडसे

मेरे बीमा के रुपयों के आ जाने से उसका विनियोग अपने परिवार के कार्य के लिये करना। रु. 2000 आपकी पत्नी के नामपर। रु. 3000 चि. गोपाल की धर्मपत्नी के नामपर और रु. 2000 आपके नामपर इस तरह से बीमा के कागजों पर मैंने रुपयों मेरे मृत्यु के बाद मिलने के लिये लिखा है।

मेरी उत्तरक्रिया करने का अधिकार अगर आपको मिलेगा तो आप अपनी इच्छा से किसी तरह से भी उस कार्य को संपन्न करना। लेकिन मेरी एक ही विशेष इच्छा यही लिखता हूं।

अपने भारतवर्ष की सीमारेखा सिंधु नदी है जिसके किनारों पर वेदों की रचना प्राचीन द्रष्टाओं ने की है।

वह सिंधु नदी जिस शुभ दिन में फिर भारतवर्ष के ध्वज की छाया में स्वच्छंदता से बहती रहेगी उन दिनों मेरी अस्थि का कुछ छोटासा हिस्सा उस सिंधु नदी में बहा दिया जाय।

मेरी यह इच्छा सत्यसृष्टि में आने के लिये शायद और भी एक दो पीढ़ी (Generations) का समय लग जाय तो भी चिंता नहीं। उस दिन तक वह अवशेष वैसेही रखो। और आपके जीवन में वह शुभ दिन न आया तो आपके वारिसों को ये मेरी अंतिम इच्छा बतलाते जाना।

अगर मेरा न्यायालयीन वक्तव्य को कभी सरकार बंधमुक्त करेगी तो उसके प्रकाशन का अधिकार भी मैं आपको दे रहा हूं।

आपका सुबंधु
नथूराम वि. गोडसे
14-11-49

Attested 15/11/49 [illegible]
Superintendent [illegible]

मैंने 101 रुपये आपको आज दिये हैं जो आप सौराष्ट्र सोमनाथ मंदिर पुनरोद्धार
कलश के कार्य के लिये भेज देना [illegible] नथूराम वि. गोडसे
[illegible]

मृत्युपत्र

प्रिय बंधो! चि. दत्तात्रय वि. गोडसे

मेरे बीमा के रुपिया अगर आ जाएँगे तो उस रुपिया का विनिभोग आपके परिवार के कार्य के लिए करना। रु. 2000 आपकी पत्नी के नाम पर। रु. 3000 चि. गोपाल की धर्मपत्नी के नाम पर और रु. 2000 आपके नाम पर। इस तरह से बीमा के कागजों पर मैंने रुपिया मेरी मृत्यु के बाद मिलने के लिए लिखा है।

मेरी उत्तर क्रिया करने का अधिकार अगर आपको मिलेगा तो आप आपकी इच्छा से किसी तरह भी इस शुभ कार्य को समाप्त करना। लेकिन मेरी अंतिम विशेष इच्छा यही लिखता हूँ।

अपने भारत वर्ष की सीमारेखा सिंधू नदी है। जिसके किनारों पर वेदों की रचना प्राचीन द्रष्टाओं ने की है। वह सिंधू नदी जिस शुभ दिन में फिर भारत वर्ष के ध्वज की छाया में स्वच्छंदता से बहती रहेगी उन दिनों में मेरी अस्थियों या रक्षा का कुछ छोटा-सा हिस्सा उस सिंधू नदी में बहा दिया जाए।

यह मेरी इच्छा सत्यसृष्टि में आपने के लिए शायद और भी एक दो पीढ़ी (Generations) का समय लग जाए तो भी चिंता नहीं। उस दिन तक वह अवशेष वैसा ही रखो और आपके जीवन में वह शुभ दिन न आए तो आपके वारिसों को ये मेरी अंतिम इच्छा बतलाते जाना।

अगर मेरा न्यायालयीन वक्तव्य कभी सरकार बंध मुक्त करेगी तो उसके प्रकाशन का अधिकार भी मैं आपको दे रहा हूँ।

मैंने 101 रुपिया आपको आज दिए हैं जो आप सौराष्ट्र सोमनाथ मंदिर का पुनरुद्धार हो रहा है उसके कलश कार्य के लिए भेज देना।

(नथूराम वि. गोडसे)

15.11.93

समय 7.15 प्रातः

आपका शुभेच्छु

नथूराम वि. गोडसे 14.11.49

विषय-क्रम

'भारत सरकार ने गांधी के अनशन के कारण पाकिस्तान को 55 करोड़ रुपये न देने का अपना निर्णय बदल दिया। तब मुझे यह विश्वास हो गया कि गांधी जी की पाकिस्तान-परस्ती के आगे जनता के मत को कोई महत्त्व नहीं।

नथूराम गोडसे

गांधी जी ने देश को छलकर देश के टुकड़े किए। क्योंकि ऐसा न्यायालय या कानून नहीं था, जिसके आधार पर ऐसे अपराधी को दंड दिया जा सकता, इसलिए मैंने गांधी जी को गोली मारी। उनको दंड देने का केवल यही एक तरीका रह गया था।

नथूराम गोडसे

गांधी वध क्यों?

1

विभाजन के घाव

गांधी जी की हत्या के संदर्भ में अभी तक एक आयोग बिठाया गया था। सर्वोच्च न्यायालय के सेवानिवृत्त न्यायमूर्ति श्री कपूर की नियुक्ति इसके लिए हुई थी। क्या यह दुर्घटना टाली जा सकती थी और क्या शासकीय कर्मचारियों ने सुरक्षा की उपेक्षा की? ऐसे विषय उस आयोग के सामने थे। उस विषय के अन्तर्गत तत्कालीन दिल्ली के वातावरण का चित्रण करना भी उन्हें आवश्यक प्रतीत हुआ। साथ ही, गांधी जी के संबंध में लोकमत कैसा था, यह भी देखना उन्हें अनिवार्य लगा। कुछ ग्रन्थों के आधार पर और उनके सामने आए साक्षियों के विवरण से श्री कपूर ने उस विषय की चर्चा की है।

(कपूर आयोग प्रतिवृत्त भाग 1, पृष्ठ 133)

दिल्ली की परिस्थिति

पंजाब उच्च-न्यायालय के एक और न्यायमूर्ति श्री. जी. डी. खोसला ने एक पुस्तक लिखी है, 'The Stern Rockoning'। पुस्तक में हिन्दुस्तान का विभाजन, विभाजन तक हुईं घटनाएँ और विभाजन के भयानक परिणामों से सम्बन्धित जो अध्याय है, उनका आधार श्री कपूर ने अपने प्रतिवृत्त में लिखा है। 12 दिसम्बर, 1945 में 'डॉन' समाचार-पत्र में जिन्ना ने कहा है कि यदि लोग स्वेच्छा से स्थानान्तरण

करना चाहें तो वैसा हो सकता है। वे लोकमत को टटोलना चाहते थे। जो प्रांत पाकिस्तान जाना चाहें तो वैसा हो सकता है। वे लोकमत को टटोलना चाहते थे। जो प्रांत पाकिस्तान में जाने वाले थे, वहाँ के हिन्दुओं की इसमें सहमति नहीं थी, किन्तु मुस्लिम-लीग को इस स्थानांतरण-योजना का कार्यान्वियन तुरन्त चाहिए था। क्योंकि उससे पाकिस्तान का विरोध करने वालों को उत्तर मिलने वाला था। पंजाब, उत्तर-पश्चिमी सीमा-प्रांत, सिंध और बंगाल इन प्रातों के हिन्दू अपने-अपने व्यवसाय, व्यापार-धन्धे छोड़ने के लिए तैयार नहीं थे। वे उद्योग उन्होंने वहाँ पीढ़ियों के परिश्रम से खड़े किए थे। जिन्ना की मन की लहर पर भिखमंगे होना या भटकने वाले बनना और निर्वासित बनना उन्हें मान्य न था। दूसरी ओर, उत्तरप्रदेश, बम्बई, मद्रास, बिहार, मध्यप्रदेश आदि प्रांतों के मुसलमानों को भी अपना घरबार छोड़कर जाना जंचता न था। इस कठिनाई का हल करने के लिए मुस्लिम-लीग को अन्य कोई मार्ग ढूँढ़ना अनिवार्य हो गया।

(अनुच्छेद 12/ ए-1)

कलकत्ते के नरसंहार का प्रयोग भले ही पूरी तरह फलित न हुआ हो, किन्तु उसका एक परिणाम अवश्य हुआ। उस हत्याकांड से निर्मित आतंक ने हिन्दुओं को अपना घरबार छोड़ने को बाध्य किया। वह प्रयोग नोआखाली और टिप्पेरा भाग में सफल हुआ। वहाँ के हिन्दुओं के मन में भय उत्पन्न करना, उनकी संपत्ति की लूटपाट करना, स्त्रियों पर अत्याचार करना और हिन्दुओं को सामूहिक रूप में भ्रष्ट कर मुसलमान बनाना उनके लिए सुलभ हुआ। यह मार्ग लोगों के स्थानांतरण की दृष्टि से लीग को अधिक उपयुक्त जंचा। बिहार में उसकी प्रतिक्रिया हुई थी। वहाँ के मुसलमानों को सिंध में जाना पड़ा था। लोगों के स्थानांतरण का प्रश्न दुबारा सम्मुख आया था। फिर 26 नवम्बर, 1946 को जिन्ना ने 'डॉन' अखबार में प्रकाशित करवाया कि स्थानांतरण का प्रश्न तुरन्त हाथ में लिया जाए। पूरे हिन्दूस्तान में हिन्दुओं ने इसका विरोध किया, किन्तु मुस्लिम-लीग ने उस मार्ग की

पुनरावृत्ति की और ममदोत के नवाब जैसे पंजाब के मुस्लिम नेता ने इस स्थानान्तरण कार्य को सम्पन्न करने की धमकी भी दी।

(अनुच्छेद 12 / ए-2)

सर इवान्स जेंकिन्स उन दिनों पंजाब के गर्वनर थे। उनहोंने कहा कि नवाब ममदोत के वक्तव्य का सीधा अर्थ है कि प्रंजाब के हिन्दुओं को पंजाब से छलपूर्वक निकालना, परन्तु मुस्लिम-लीग के नेताओं ने उसका प्रतिरोध किया और कहा कि पंजाब की बहुसंख्यक जनता के बीच इन अल्पंसख्यक हिन्दुओं का रहना असुरक्षित और भयप्रद है।

(अनुच्छेद 12 / ए-3)

सर फिरोजखान नून ने धमकाया कि चंगेजखान और हलाकूखान के किए हुए अत्याचार की पुनरावृत्ति होगी। नून भूल गये थे कि वे मुसलमान नहीं थे। जनवरी, 1946 में मुसलमानों ने अपना अत्याचारी आन्दोलन प्रारम्भ किया, उससे पंजाब के संयुक्त मंत्रिमंडल का शासन समाप्त हुआ।

(अनुच्छेद 12 / ए-4)

आरोप लगाया गया कि पंजाब के हिन्दू नेता और विशेषकर मास्टर तारासिंह जी ने कड़े शब्दों में विरोध किया। वस्तुतः उन्होंने कड़े शब्दों का प्रयोग किया, इस बात का आधार तक न था। मुसलमान केवल बहाना ढूँढते थे। रावलपिंडी में हुए हिन्दुओं के हत्याकाण्ड का वर्णन 'रावलपिंडी का बलात्कार' के नाम से जाना जाता है। अपनी प्राणरक्षा के कारण हिन्दुओं को छलबल के कारण इस्माल धर्म स्वीकार करना पड़ा। हिन्दू और सिक्ख स्त्रियों ने भारी संख्या में अग्नि में प्रवेश कर जौहर की प्रथा निभाई। उन्होंने कुओं में छलांग लगाकर आत्म-बलदान किया। अपनी बच्चियों को उन्होंने अपने आप मार डाला। अपनी लज्जा-रक्षा का उनके पास केवल यही उपाय था।

(अनुच्छेद 12 / ए-5)

गाड़ियाँ भर-भरकर निर्वासितों के दल हिंदुस्तान आने लगे। उसका ब्यौरा भी हृदय विदीर्ण करने वाला है। भयाक्रांत मानवता का बड़ा प्रवाह बह रहा था। डिब्बों में साँस लेने जितना भी स्थान न था। डिब्बों की छत पर बैठकर भी लोग आते थे। पश्चिमी पंजाब के मुसलमानों का आग्रह था कि लोगों का स्थानान्तरण होना चाहिए, परन्तु वह इतने सीधे ढंग से, बिना किसी छल के हो, यह उन्हें नहीं भाता था। इन हिन्दुओं को जाते समय भयानकता, क्रूरता, पशुता, अमानुषिकता, अवहेलना आदि भावों का अनुभव मिलना ही चाहिए। ऐसी उनकी कामना थी। उसी के अनुसार उनका व्यवहार था।

(अनुच्छेद 12 / ए-9)

किसी स्टेशन पर गाड़ी घण्टों ठहरती थी। उस विलंब का कोई कारण न था। पानी के नल तोड़ दिए गए थे। अन्न अप्राप्य कर दिया जाता था। छोटे बच्चे भूख और प्यास से छटपटा कर मरते थे। यह तो शाश्वत समस्या थी। एक अधिकृत सूचना के अनुसार माता-पिताओं ने अपने बच्चों को पानी के स्थान पर अपना मूत्र दिया, किन्तु वह भी उनके पास होता तो! निर्वासितों पर हमले होते थे। उनको ले जाने वाले ट्रक और लारियाँ रास्ते में रोकी जाती थीं। लड़कियाँ भगाई जाती थीं। जो युवावस्था में थीं, ऐसी लड़कियों पर बलात्कार हुआ करते थे। वे भगाई भी जाती थीं और दूसरे लोगों की हत्या की जाती थी। यदि कोई पुरुष बच जाए, तो उसके अपने प्राण बच गए, यह मानकर ही संतुष्ट रहना पड़ता था।

(अनुच्छेद 12 / ए-10)

निर्वासितों का काफिला झुण्ड की भाँति चल रहा था। वृद्ध पुरुषों तथा स्त्रियों का चलते-चलते दम घुट जाता था। वे मार्ग के किनारे मरने के लिए ही छोड़ दिये जाते थे। काफिला आगे बढ़ जाता था। उनकी देखभाल करने का किसी के पास समय न होता था। रास्ते शवों से भरे थे। शव गल जाते थे। उनसे दुर्गन्ध फैलती थी। कुत्ते और गिद्ध

उन्हें अपना भोजन बनाते थे। ऐसे समूह मानो मनुष्य की पराभूत चित्त की, शोक-विह्वल और अगतिक मन की अन्त्ययात्रा ही थी।

(अनुच्छेद 12 / ए-11)

अल्पसंख्यकों का बरबस निष्कासन करना, यही मुस्लिम लीग और पाकिस्तान की रचना को प्रोत्साहित करने वालों का मन्तव्य था। अतएव उन लोगों से सद्व्यवहार, सहानुभूति अथवा सुविधाओं की अपेक्षा करना अर्थहीन था। उनके सैनिक और आरक्षीगण (पुलिस) उनके यात्रारक्षी दल (escorts) प्रायः मुसलमान थे, उनसे निर्वासितों को रक्षण मिलना असंभव ही था। निर्वासितों को भी उन पर विश्वास न था। क्योंकि उन्हें रक्षण देने की अपेक्षा, अपने धर्मबन्धुओं द्वारा चलाए गए लूटपाट के अभियान में हाथ बंटाने का उन्हें अधिक मोह हुआ करता था।

(अनुच्छेद 12 / ए-12)

पश्चिमी पंजाब से आई निर्वासितों की गाड़ियों पर कई हमले हुआ करते थे, किन्तु 14 अगस्त, 1947 के पश्चात् जो हमले हुए वे अत्यधिक क्रूरतापूर्ण थे। सितम्बर में झेलम जिले के पिंडदादखान गाँव से चल पड़ी गाड़ियों पर तीन स्थानों पर आक्रमण हुए। दो सौ स्त्रियों को या तो मारा गया या भगाया गया था। वहाँ से निकली गाड़ी पर वजीराबाद के पास हमला हुआ था। वह गाड़ी सीधे रास्ते से लाहौर जाने के बजाए टेढ़े रास्ते सियालकोट की ओर घुमाई गई। यह सितंबर में हुआ। अक्टूबर में सियालकोट से आने वाली एक गाड़ी पर ऐसा ही अत्याचारी प्रयोग किया गया, किन्तु जनवरी, 1947 में बन्नू से निकली गाड़ी पर गुजरात स्टेशन पर विशेष रूप से क्रूर हमला हुआ। हिंदुओं का घोर संहार हुआ। उसी गाड़ी पर खुशाब स्टेशन पर भी हमला हुआ। मालकवाल, लालामूसा, गुजरात और वजीराबाद जैसे दूर के मार्ग से लाहौर लाई गई। बिहार का सैनिक दल यात्रा रक्षा के लिए नियुक्त किया गया था। उन पर भी शस्त्रधारी पठानों ने हमला किया और गोली बरसाई। यात्रा रक्षी दल ने प्रत्युत्तर में गोली चलाई,

किन्तु शीघ्र ही उनका गोला-बारुद समाप्त हो गया। जैसे ही पठानों को यह भान हुआ, तीन सहस्र पठानों ने गाड़ी पर हमला कर दिया। पाँच सौ लोगों को कत्ल कर दिया। यात्री अधिकतर बन्नू की ओर के थे और उनमें से कुछ धनवान थे। उनको लूट लिया गया। यह सब जनवरी, 1947 में हुआ।

(अनुच्छेद 12 / ए-13)

पारचिनार के हिन्दुओं पर आस-पास के परिसर के टोली वालों ने हमले किये थे। उनके घर लूटे गये थे, दूकानें लूटी गईं थी। प्रत्युत उन्हें कोहाट को स्थानांतरित किये जाने का प्रबन्ध किया गया, ताकि वहाँ से रेलगाड़ी से उन्हें हिन्दुस्तान भेजा जा सके। तब तक उनके रहने के लिए तंबुओं की छावनी बनाकर अच्छे संरक्षण में रखना तय हुआ।

(अनुच्छेद 12 / ए-14)

इस व्यवस्था के अनुसार उन हिन्दुओं को छावनी में तो रखा, किन्तु उन्हें न खाद्य सामग्री दी गईं न नियंत्रित भाव से अन्न-धान्य। घर-बार तो लूटे ही जा रहे थे। बर्फ गिरने लगी। हिन्दुस्तान शासन ने इस घटना की ओर ध्यान दिलाया। उत्तर-पश्चिमी सीमा प्रांत के राज्यपाल ने छावनी तोड़ने की आज्ञा दी, किन्तु वहाँ रहने वालों ने वहाँ से निकलने से इन्कार किया। अति प्रतिकूल वातावरण में भी वहीं रहने का उन्होंने निश्चय किया। अपने घर लौटने में उन्हें असुरक्षितता स्पष्ट रूप से दीखती थी; किन्तु छावनी में भी दुर्भाग्य ने उनका पीछा न छोड़ा। 22 जनवरी को टोली वालों ने छावनी पर हमला किया। 130 हिन्दू मारे गए। 50 घायल हुए, 50 जन भगाए गए। उनके बाद 11 सौ निर्वासितों को पारचिनार से कोहाट भेजा गया।

(अनुच्छेद 12 / ए-15)

(पारचिनार हत्याकाण्ड पाकिस्तान की लापरवाही का परिणाम था, ऐसा 'हिन्दुस्तान टाइम्स' ने अपने 18 जनवरी, 1948 के अंक में लिखा है।)

युवतियों को भगाना और उनसे क्रूरतापूर्ण व्यवहार करना, यह मानव के इतिहास का एक नीचतम अध्याय है। स्त्रियों को खींचा जाता था, भगाया जाता था। उनसे बालात् संभोग किया जाता था। वे ऐसे दुर्व्यहार की लक्ष्य थीं। उन्हें एक पुरुष से दूसरे पुरुष को दिया जाता था। उनका व्यापार होता था। पशुओं जैसा उनका क्रय-विक्रय होता था। इतना होने के उपरान्त यदि कोई किसी स्त्री को छुड़ा ले तो वे अपने पर ढाये अत्याचारों का वर्णन करती थीं। जो हृदय को कँपाने वाला होता था।

(अनुच्छेद 12/ए-16)

बलात्कार, अपहरण, लूटपाट, आग लगाना, हत्या, नरसंहार जैसे कृत्यों की बातें जब पूर्वी पंजाब के लोगों तक पहुँची, तब उसकी प्रतिक्रिया हुई। यह नहीं कह सकते कि वह प्रतिक्रिया गौरव करने योग्य थी, किन्तु जनसाधारण सीमा पर स्थित संरक्षक दल का विश्वास नहीं कर पाते थे। अतः वे अपने वरिष्ठ नेतागण पर अपनी रक्षा के विश्वास करने को उद्यत हुए। उक्त धारणा के पत्र पंडित जवाहरलाल नेहरू तथा सरदार पटेल को आने लगे। कुछ पत्रों में अपनी पत्नी या सम्बन्धी को बचाए जाने की माँग थी। हिन्दुस्तान के प्रधानमंत्री पर नीति अनुसार काम करने के आरोप लगाने वालों द्वारा वैसे ही हिन्दुओं के प्रति सहानुभूति नहीं बरती जाती थी। उसी प्रकार पश्चिमी पंजाब में हिंदुओं ने प्राणों की आहुति दी। उसके प्रतिदान में आप स्वराज्य के फल चखते हैं, ऐसे आरोप भरे पत्र भी उन्हें आते थे। जिन सम्बन्धियों की खोज न होती थी, उनके विषय में भी लिखा जाता था।

(अनुच्छेद 12 / ए-17)

प्रतिदिन, प्रति सप्ताह पश्चिमी पंजाब से हिन्दुओं के झुंड और काफिले हिंदुस्तान मे आते रहते थे। वे रेलगाड़ी से आए, लारियों से आए, बैलगाड़ियों से आए और पैदल भी आए। होते-होते दिसम्बर, 1947 तक 40 लाख लोग हिंदुस्तान में आ पहुँचे। उन्होंने अपने घर-बार पीछे

छोड़े। मूल्यवान वस्तुओं को छोड़ा। उनमें से लगभग सभी शोकग्रस्त थे। उनके शरीर विकल थे, घायल थे और उनकी आत्मा भयानकता के धक्के से रक्तस्नात थी! ऐसी अवस्था में वे नए घर में आ गए। यहाँ के शिविरों में कष्ट अवश्य थे। उनके भविष्य में अनश्चितता ही लटकती थी, किंतु इतना होते हुए भी उनके जीवन पर मंडराता मौत का साया टल गया था और स्त्रियों की सुरक्षा का भी प्रबंध हो गया था। जैसे ही उन्होंने हिन्दुस्तान की सीमा के भीतर पग रखा उनके श्रान्त और प्रायः नीरव और क्लान्त होठों से विजय के उन्माद भरे उद्‌गारों को अभिव्यक्ति मिली। हम आश्रय पा सके, हम आपत्ति मुक्त हुए, इस भावना के वशीभूत हो, वे रो पड़े। अपने सूखे होठों से उन्होंने 'जयहिन्द' के स्वर में हिंदुस्तान-वंदना प्रदान की।

(अनुच्छेद 12 / ए-18)

सिंध के सुल्तानकोट में मुस्लिम-लीग की एक परिषद् इकट्ठी हुई थी। वहाँ पर एक गीत गाया जिसमें पाकिस्तान बनवाने में हाथ बँटाने वालों की मनोकामना प्रतिबिंबित होती है। गीत है–

पाकिस्तान में इस्लाम का स्वतंत्र केन्द्र निर्माण हो
पाकिस्तान में बिगर मुस्लिम लोगों का
मुँह तक देखने का दुर्भाग्य न हमें हो।
मुस्लिम राष्ट्र के घर तभी जगमगा उठेंगे
जब पाकिस्तान से मूर्ति पूजक काटों का अस्तित्व मिट
जाएगा।
हिंदुओं का कर्तव्य है मात्र गुलाम रहना
ऐसे गुलामों को राज्य शासन में भाग लेने का
अधिकार कैसे प्राप्त हो सकता है?
राज्य चलाने में उन्हें कभी भी यश नहीं मिला है।

(अनुच्छेद 12 / ए-19)

जालंधर और लुधियाना के बीच, उसी प्रकार लुधियाना और राजपुरा के बीच गाड़ियों पर (हिंदुओं के) हमले हुए। कहा गया है कि पटियाला के सिख इसके लिए उत्तरदायी थे। उन दिनों के अधिकारियों ने उन हमलों को रोकने का प्रयत्न किया, किन्तु सिख स्वयं अपने को रोंके, उनके मन की अवस्था न थी और इस बात का भी स्मरण रहे कि उस समय तक पश्चिमी पाकिस्तान में मुस्लिम-क्रोध का लक्ष्य सिख ही बने थे। सिखों का जीवन कहीं भी सुरक्षित नहीं था। वे जहाँ भी नजर आए कत्ल कर दिए जाते थे।

(अनुच्छेद 12 / ए-20)

सिंध में भी इसी प्रकार की घटनाएँ हुईं। 11 जनवरी, 1948 को एक घटना प्रमाण के रूप में (प्रमाण क्रमांक 260) लिखी गई है। 850 हिन्दू निर्वासितों का एक जत्था 9 जनवरी, 1948 को ओखा (सौराष्ट्र) पट्टन (बंदरगाह) पर उतरा। क्वेटा मेल से जो लोग क्वेटा से करांची गए उस टुकड़ी के वे लोग थे। उन्हें रास्ते में लूट लिया गया। हत्याओं जैसी घटनाओं का भी उन्होंने अनुभव किया। उसी प्रमाण में यह भी लिखा हुआ है कि सिखों सहित सिंधी हिंदुओं की भी किस प्रकार हत्याएं हुई। स्त्रियों के अलंकार छीने गए। नथ जैसे अलंकार भी खींचे गए।

(अनुच्छेद 12 / ए-21)

15 जनवरी, 1947 का एक प्रपत्र (डाक्यूमेंट) प्रमाण क्र. 260 उद्धृत किया है। वह परिपत्रक (सरक्यूलर) है। यह पत्र बम्बई के गुप्तचर विभाग के डिप्टी इन्स्पेक्टर जनरल ऑफ पुलिस की ओर से जिले के आरक्षी अधीक्षक (पुलिस सुपरिंटेडेंट) तथा संभागीय डी. आई. जी. को भेजा गया है। उसमें लिखा है कि 6 जनवरी, 1947 को करांची में हिन्दू और सिखों पर हमला हुआ और मुसलमानों ने उन पर कठोर अत्याचार किए। उन निर्वासितों का एक जत्था 850 हिंदुओं का है। वह काठियावाड़ में ओखा बंदरगाह पर पहुँचा है और भी निर्वासित

आने वाले हैं। उनमें सब स्तर के लोग हैं। उनमें महाराष्ट्रीय, पंजाबी, सिंधी, काठियावाड़ी, मारवाड़ी आदि सब प्रांतों के लोग हैं। 'निर्वासितों को चाहिए मुसलमानों का रक्त' ऐसा उस परिपत्रक में बताया गया है।

(अनुच्छेद 12 / ए-22)

न्यामूर्ति कपूर प्रदत्त संदर्भ और उनका दिल्ली की उन दिनों की अवस्था का विवेचन पक्षपातपूर्ण है, एक पक्षीय है। इस प्रकार की आपत्ति कोई करे, यह असम्भव नहीं है। साधारणतः यह कहा जाता है कि जिस प्रकार मुसलमानों ने हिंदुओं का संहार किया उसी प्रकार हिंदुओं ने मुसलमानों का किया। अतः क्रूरता के लिए दोनों ही उत्तरदायी हैं। विभाजन के पाप पर परदा डालने का यह एक छद्मी युक्तिवाद है। ऐसे अभय-पक्ष की क्रूरता के उपरान्त हिन्दुस्तान का अभंगत्व जैसे का तैसे ही रहा होता तो उस नरसंहार को लेन-देन हो गया और शेष लेन-देन कुछ न रहा, ऐसा कहा जा सकता था, किन्तु विभाजन हाथ में लेने के लिए मुस्लिम-लीग ने प्रकट रूप से नरसंहार और अत्याचार का कार्य चालू रखा था। प्रतिकार हुआ। वह विभाजन रोकने के लिए नहीं हुआ, अपितु उर्वरित हिन्दुस्तान में ऐसे अत्याचारों को रोका जाए; इस उद्देश्य से।

दूसरी बात, विभाजन की प्रक्रिया में लोगों का स्थानान्तरण उसी परिणाम में हुआ होता तो रक्तपात का दोष एक ही जाति विशेष पर न रखा जाता, परन्तु वैसा न हुआ। हमारे पास संख्या-बल और शौर्य होते हुए भी हमारे नेतागण विशिष्ट उपदेश के मोह-पाश में आबद्ध रहे और मुस्लिम आक्रमक रवैये के सामने उन्होंने सर झुकाया। हमारे नेतागण के व्यवहार की आड़ में मुस्लिम संक्रमण से दिल्ली पर जो आघात पहुँचे वही पृष्ठभूमि गांधी हत्या के विषय की खोज के संदर्भ में अभिप्रेत थी। इसलिए न्यायमूर्ति कपूर ने उस विषय से सम्बद्ध भाग अंकित किया है, ऐसा मेरा विचार है।

2

निर्वासित और गांधी जी

अपने प्रतिवृत्त में न्यायमूर्ति कपूर ने गांधी-वध के कारणों का विवेचन किया है। (देखिए : खंड 1, पृष्ठ 226) वे लिखते हैं–

कई गवाहों का आग्रहपूर्वक कहना था कि 55 करोड़ रुपये पाकिस्तान को न देने का निर्णय भारत शासन ने ठुकराया, यह गांधी-वध का एक प्रमुख कारण था। मंत्रिमंडल ने यह निर्णय 9 जनवरी, 1947 को लिया था। 13 जनवरी को गांधी जी ने अनशन प्रारम्भ किया। 14 जनवरी को मंत्रिमंडल की फिर मीटिंग हुई। उस मीटिंग में 55 करोड़ रुपये ने देने के निर्णय को बदल दिया। गांधी जी ने उस बदले निर्णय को 'अद्वितीय' (unique) कहा। गांधी जी के एक शिष्य श्री प्यारेलाल ने 'महात्मा गांधी', दि लास्ट फ़ेज़' पुस्तक लिखी है। उस पुस्तक के दूसरे खंड के पृष्ठ 719 पर वे लिखते हैं, "निर्णय को इस प्रकार बदलने के पीछे–मंत्रिमंडल का क्या हेतु था?" गांधी जी ने स्वयं से ही प्रश्न पूछा, 'निश्चय ही मेरा अनशन', (उन्होंने ही उत्तर दिया) अनशन से पूरा दृष्टिकोण ही बदल गया। यदि मैं अनशन न करता तो वे अपनी योजना के अनुसार चलते। वे उतना ही करते जितना योजना के अनुसार था। ऐसी योजना के उपरान्त एक कानून अस्तित्व में आता है। इंग्लैंड में ऐसा कानून सैंकड़ों वर्षों तक प्रयोग हुआ है। जहाँ

सामान्य कानून अधूरा होता है, वहाँ न्याय बुद्धि (equity) से काम होता है।

(अनुच्छेद 12/1)

प्यारेलाल जी ने अपनी पुस्तक के खंड के 718 पृष्ठ पर लिखा है कि गांधी जी से पूछा गया, "क्या आपके इस अनशन का गुजरात (पंजाब) स्टेशन पर निर्वासितों के गाड़ी पर हुए हमले पर, नरसंहार पर, उसी प्रकार करांची के हत्याकांड पर प्रतिकूल परिणाम नहीं होगा?" गांधी जी बोले, 'मेरे मन में उस संभाव्य परिणाम का विचार आ गया था, परंतु ऐसा विचार कर मैं स्वयं को सत्यमार्ग से विचलित नहीं होने देता।'

(अनुच्छेद 12/2)

पाकिस्तान को यह प्रदान होने के बाद श्री न.वि. गाडगिल (जो उस समय केन्द्रीय मंत्री थे।) महाराष्ट्र में गए और उन्होंने वहाँ का दौरा किया। उन्होंने कहा कि गांधी जी की यह नीति वहाँ की अधिकांश जनता को अच्छी नहीं लगी। श्री गाडगिल लौटकर दिल्ली आए। जब वे गांधी जी से मिले, उन्होंने कहा, "मैंने लोगों को बताया कि हमने गांधी जी के प्राण 55 करोड़ की तुच्छ राशि देकर मोल लिए।" गाडगिल जी ने कहा है, मुझे तनिक आभास नहीं था कि ये अमूल्य प्राण थोड़े ही दिनों में हमसे विदा लेने वाले हैं। उनके विचारों के अनुसार प्रार्थना-स्थल पर हुआ विस्फोट 55 करोड़ रुपये प्रदान की प्रतिध्वनि थी।

(अनुच्छेद 12/1)

श्री राजगोपालचारी ने जो माउण्टबेटन के पश्चात् वायसराय बने, उन्होंने एक ग्रन्थ लिखा है। जिसका नाम है 'गांधी जी की शिक्षा और उनका तत्त्व-ज्ञान' (Gandhi's Teachings and Philosophy) राजा जी ने लिखा है, "सरदार पटेल के शब्द थे कि गांधी जी 55 करोड़ की राशि पाकिस्तान को देने का हठ कर बैठे, जिसका परिणाम उन्हें उनके वध के रूप में मिला।"

'गांधी जी ने 55 करोड़ जैसी बड़ी राशि पाकिस्तान को प्रदान करने के लिए आदेश दिया और वह भी देश की कठिन अवस्था में? जब पाकिस्तान हिंदुस्तान के विरुद्ध सैनिक हमलों के दुष्ट कार्यक्रम बनाने में व्यस्त था और उनको कार्यान्वित करने पर भी तुला हुआ था। उस समय उस घटना में हिंदुओं के मन में जो क्षोभ हुआ, उसका प्रकटीकरण उनकी हत्या में हुआ; ऐसा सरदार पटेल का मत था। महाराष्ट्र के उग्र मत के छोटे से सैनिक दल को ऐसा लगा कि गांधी जी देश विनाश के उच्चतम बिंदु पर हैं। उस दिल की भावना हुई कि अब अपराध क्षम्य नहीं है। उस दल ने सोचा कि गांधी जी को इस जगत से हटा दिया जाए, क्योंकि बिना उनकी हत्या के और कोई भी मार्ग उनके लिए परिणामकारक नहीं होगा।''

(अनुच्छेद 12/4)

आगे चलकर राजा जी लिखते हैं, 'यह हत्या 55 करोड़ के कारण हुई हो अथवा अन्य किसी भूतकालीन कारण से वह हुई हो, इस विषय में गांधीजी का मत था कि भारत-विभाजन में दोनों ओर से स्वीकृति अनुबंध का पालन दोनों को करना चाहिए। हिन्दुस्तान शासन को स्वातंत्र्य की शुरुआत अनुबंध तोड़ने से नहीं करनी चाहिए।' उनकी दृष्टि से, यदि हिन्दुस्तान 55 करोड़ न देता, तो उसका नैतिक बल नष्ट होता। वह हृदय जो कि एक हिन्दू की गोली से मरा, अन्य प्रकार से विदीर्ण होकर मर जाता। 55 करोड़ दिये जाने से हिन्दुस्तान की नैतिकता स्थिर रही, इतना ही नहीं वह अधिक ही ऊँची हुई।

(अनुच्छेद 12/6)

श्री पुरुषोत्तम त्रिकमदास ने कपूर आयोग के समक्ष गवाही दी थी। उन्होंने गांधी वध का कारण बताते हुए कहा कि मुसलमानों का अनुनय अथवा संतुष्टि कलकत्ता और नोआखाली में गांधी जी द्वारा किए हुए शांति प्रस्थापना के प्रयोग, 55 करोड़ रुपया दिलाने का

उनका हठ (जो उनके अनशन के दबाव से कार्यान्वित करना पड़ा) और हिन्दू सभा की गांधी जी के प्रति धारणा, ये कारण गांधी वध के लिए पर्याप्त थे।

(अनुच्छेद 12/7)

पंजाब तथा पश्चिमी-सीमा प्रांत से हिन्दू और सिख दिल्ली, पूर्वी पंजाब तथा पश्चिम उत्तर प्रदेश में आए। उनकी धारणा थी कि वे अपनी मातृभूमि में आ रहे हैं, किन्तु उनके साथ जो व्यवहार किया गया उससे उन्हें लगा कि वे आगंतुक हैं, वे अनचाहे अतिथि हैं, क्योंकि गांधी जी का मत था कि वे अपने-अपने प्रान्त में वापिस चले जाएँ। निम्न श्रेणी के नेता गांधी जी की हाँ में हाँ मिलाकर लाउडस्पीकर का काम करने लगे और गांधी जी के इस मत का प्रसार करने लगे। तब उन निर्वासितों के मन में गांधी जी के प्रति तिरस्कार की भावना पैदा हुई और वह तीव्रतर होने लगी।

(अनुच्छेद 12/8)

नर्वासितों की धारणाएँ ऐसी बनी थीं, किंतु सामान्य स्तर पर हिन्दुओं को और विशेषकर हिन्दू सभा के सदस्यों को गांधी जी के मुस्लिम तुष्टीकरण की नीति से बड़ी चिढ़ थी। उनके मत के अनुसार ऐसी नीति के कारण ही देश का विभाजन हुआ और केवल गांधी जी ही उस विभाजन के निर्माता थे। जिस हेतु गांधी जी ने अनशन किया था, वह 55 करोड़ देने का प्रश्न था और अनशन समाप्त करने के लिए लदी सात शर्तों का उन हिंदुसभाई नेताओं ने कड़ा विरोध किया था। इतना ही नहीं हिन्दू सभा के एक नेता श्री आशुतोष लहिरी ने उन सात शर्तों पर हिंदुओं की ओर हस्ताक्षर करने से इंकार कर दिया।

(अनुच्छेद 12/9)

दिल्ली में रह रहे निर्वासित, जिनको हिन्दू सभा का सहारा था, बड़े ही क्रुद्ध हुए। वे अपना क्रोध जुलूसों और नारों से प्रकट करते रहे, किन्तु

उनका वह प्रतिकार मौखिक था। पूना में सावरकरवाद के अनुयायी महाराष्ट्रीयजन बहुत अधिक बौखला उठे। सहनशक्ति की सीमा से परे हुए गोपाल गोडसे ने अपनी गवाही में आयोग के सम्मुख कहा है कि गांधी जी को राजनीतिक मंच से बिना हटाए हिंदुओं का और हिंदुत्व का संरक्षण नहीं हो सकेगा, ऐसा उनका मत था और चूँकि वे हिंसा-अहिंसा के तत्त्वज्ञान में लिपटे न थे, इसलिए ऐसे राजनीतिक स्तर पर गांधी जी का वध करने का उन्होंने निश्चय किया था। उनको मारने का उन्होंने षड्यन्त्र रचा था। उनका पहला प्रयास विफल हुआ, किन्तु दूसरे में उन्हें सफलता मिली। गोपाल गोडसे ने अपने वक्तव्य में यहाँ तक कहा है कि मान लो, नथूराम, आप्टे और उनके साथी हत्या पूर्व यदि पकड़े भी जाते तो भी गांधी जी बच नहीं सकते थे। इस कथन से ध्वनित होता है कि उनके गुट में गांधी विरोधी वातावरण की मात्रा कितनी तीव्र थी और षड्यन्त्र की व्याप्ति कितनी गहन थी।

(अनुच्छेद 12/10)

श्री जे.एन. साहनी ने कपूर आयोग से कहा कि पंजाब के हिन्दू और सिख निर्वासितों की गांधी जी पर अपार श्रद्धा थी। इतनी ही नहीं, प्रत्युत वे उनकी पूजा करते थे, किन्तु कुछ घटनाओं के कारण उनकी गांधी जी के प्रति श्रद्धा घट गई—

1. हिन्दुस्तान शासन ने मुसलमानों से आग्रहपूर्वक कहा कि आप हिन्दुस्तान छोड़कर न जाएँ तथा जो मुसलमान छोड़कर गए थे उनसे प्रार्थना की कि वे हिन्दुस्तान लौट आएँ। नीति की दृष्टि से यह बात अनुचित हो अथवा उचित, शायद वह उचित भी हो, तब भी निर्वासितों को यह बात अखरी, अनुचित लगी। उनका विचार था कि मुसलमानों ने जो घर अथवा दुकानें यहाँ पर छोड़ी हैं, वे उनके पुनर्वसन के लिए उनके काम आ सकती हैं।
2. पाकिस्तान को 55 करोड़ रुपये देने के पीछे गांधी जी का अनशन और हठ था, इसलिए निर्वासितों को क्रोध आया।

क्योंकि इस राशि का प्रयोग कश्मीर में हमारे जो सैनिक सुरक्षा के काम में व्यस्त थे, उनको मरवाने के लिए होगा, यह उनका अनुमान था।

3. हिन्दुस्तान के मुसलमानों का झुकाव पाकिस्तान निर्मिति के प्रति था। वस्तुतः आज जो हिन्दुस्तान कहा जाता है, उसी भूखंड के मुसलमानों के मत से पाकिस्तान का निर्माण हुआ। हिन्दू और सिखों में आत्मरक्षा की तथा अपने अधिकारों को स्थिर की भावना उत्पन्न हुई थी। संगठन बनाने का विचार उनमें पनप गया और वह आंदोलन लगभग पूरे हिन्दुस्तान में फैल गया।

(अनुच्छेद 12/11)

गांधी जी अपने प्रवचन-उपरांत प्रश्नोत्तर में स्पष्ट कहा करते थे, मुसलमानों का संरक्षण होना चाहिए, भले ही निर्वासित हिन्दू-सिक्खों को कितना भी कष्ट उठाना पड़े। उनके परिवार को भूखा रहना पड़े, खुले आकाश के नीचे ठंड में सिकुड़ना पड़े, तो भी कोई बात नहीं। दूसरी ओर, गांधी जी अमानवीय अत्याचार सहकर आए हिन्दू-सिखों के प्रति सहानुभूति प्रकट नहीं करते थे। इस प्रकार का प्रवचन और शासन द्वारा मुस्लिम संरक्षण, इन निर्वासितों को बहुत चुभता था। इन भावनाओं का हिन्दू सभा ने विशेषकर उनके उग्र विचारवादी घटकों ने, उनमें भी दक्षिण के अर्थात् महाराष्ट्र के घटकों ने पूरा लाभ उठाया।

(अनुच्छेद 12/12)

पश्चिमी पाकिस्तान से आए हुए हिन्दू और सिखों की ओर विशेष कर हिन्दुस्तान के सब हिंदुओं की, उसमें भी हिन्दू सभा पक्ष की यह धारणा बनी कि कांग्रेस ने मुस्लिम तुष्टीकरण की जो नीति अपनाई है, उसका कुपरिणाम है पाकिस्तान के हिन्दुओं की हत्या। इसी अनुनय से तथा तुष्टीकरण प्रवृत्ति से पाकिस्तान का निर्माण हुआ और वहाँ

के हिन्दुओं को बेघर होना पड़ा। न केवल गांधी जी के मुख से प्रत्युत छोटे-मोटे कांग्रेसी नेतागणों की सभाओं में भी इस अनुनय का उपक्रम चालू रहा। इतना ही नहीं, उन्होंने अपने प्रचार से गांधी जी को भी पछाड़ दिया।

(अनुच्छेद 12/13)

गांधी जी के चेलों ने गांधी जी को भ्रम में रखने के लिए बताया कि मुसलमानों पर बड़ा अत्याचार हो रहा है। उन्होंने गांधी जी की धारणा बनाई कि निर्वासितों के पास बड़ा धन है, वे सुख-चैन से रहते हैं और शासन द्वारा दी हुई सुविधाओं का वे दुरुपयोग कर रहे हैं। ऐसे झूठे प्रचार से निर्वासित संतप्त हुए। वे इन लोगों से घृणा करने लगे। कारण, काँग्रेस के कुछ नेता मुसलमानों को प्रसन्न करने के प्रयास में व्यस्त थे। निर्वासित हिंदुओं की अनिवार्य वस्तुओं की उपलब्धता से भी वे आनाकानी करते थे।

(अनुच्छेद 12/14)

न्यायमूर्ति कपूर का अभिप्राय है कि ऊपरलिखित कारणों से ऐसा लगेगा कि निर्वासित गांधी के प्रति ऐसे रुष्ट हुए थे कि वे उनको मारना चाहते थे, परंतु वस्तुस्थिति वैसी नहीं थी। गांधी जी ने जो कुछ अच्छा कार्य किया था, उससे पंजाबी, हिन्दू, सिख और अन्य जनों के संकटकाल में गांधी जी ने जो सहारा दिया था, उसके लिए उनका गांधी जी के प्रति आदर भाव था। विभाजन से निर्वासित अन्यमनस्क हुए, किन्तु आदर की मात्रा उनमें अधिक थी। गवाह श्री साहनी ने कहा है कि निर्वासित नहीं चाहते थे कि गांधी जी को शारीरिक हानि पहुँचाई जाए, किन्तु सावरकरवाद को पुरस्कृत करने वाले लड़ाकू महाराष्ट्रीय गुट के लोग इतने अधिक संतप्त हुए थे कि जो महात्मा थे, जो तत्त्ववेत्ता थे, जो राजनीतिज्ञ थे, जो बाएँ गाल पर थप्पड़ खाने पर दायाँ गाल सामने करने वाले तत्त्व पर श्रद्धा रखने वाले थे, उनकी गोली के शिकार हुए।

(अनुच्छेद 12/14)

न्यायमूर्ति कपूर का यह निष्कर्ष कि 'संभवतः निर्वासित गांधी जी को शारीरिक हानि नहीं पहुँचाना चाहते थे', वस्तुस्थिति से सुसंगति रखने वाला नहीं लगता। कपूर रिपोर्ट में लिखित कुछ गवाहों का वक्तव्य देखिए–

श्री रंधावा एक गवाह थे। जिनका अनुक्रम 18 था। उन्होंने कहा कि अनशन के दिनों में निर्वासित गांधी जी के विरुद्ध प्रदर्शन करते थे और 'मरता है तो मरने दो' ऐसे नारे भी लगाते थे।

(अनुच्छेद 12-ई/24, पृष्ठ187)

उपवास के समय परिस्थिति बड़ी ही विषम थी। सब स्थानों पर हल्ला-गुल्ला था। निर्वासित बड़े ही चिढ़े हुए थे। जत्थों के रूप में बिरला भवन पर आते थे। 'गांधी को मरने दो' नारे लगाते थे। उसका कारण आंशिक रूप से गांधी जी का 55 करोड़ रुपया देने का दुराग्रह ही था। दूसरा कारण, निर्वासितों को सहायता देने की बजाए मुसलमानों को ही सहायता देने का था।

(अनुच्छेद 12-ई/24)

श्री रंधावा उन दिनों दिल्ली के उपायुक्त (डिप्टी कमिश्नर) थे। न्यायमूर्ति कपूर ने पृष्ठ 166 पर (अनुच्छेद 12-सी/29) अभिप्राय दिया है कि 'यह आयोग इस बात से सहमत नहीं है कि पं. नेहरू तथा अन्य मंत्रियों को आने वाले निर्वासितों के प्रति सहानुभूति न थी। श्री जे.ए. साहनी के कथन से नेहरू की मनःस्थिति प्रतिबिंबित होती है, किन्तु शरणार्थी वैसा मानने को तैयार नहीं थे और गांधी जी जब अपने प्रार्थनोत्तर भाषण में सहानुभूति की झलक भी नहीं दिखाते थे, तब निर्वासित क्रुद्ध हो उठते। चूँकि गांधी जी का अर्थ है कांग्रेस, कांग्रेस का अर्थ है गाँधी जी, यही उनका समीकरण था। जब गांधी जी कहते : तुम अपने-अपने घर लौट जाओ तब निर्वासित और भी बौखलाते। वे वापस जाने को जरा भी तैयार न थे, भले ही उसके लिए उन्हें कोई भी त्याग करना पड़े। वहाँ पर उनके साथ जिस प्रकार

दुर्व्यवहार हुआ था, उसका उन्हें पूरा अनुभव था और यह भी संभावना न थी कि पाकिस्तानी अधिकारी और लोग उनसे कोई अच्छा व्यवहार करेंगे। मुजाहिद, रजाकार, खासकर, लीग के कार्यकर्त्ता, वैसे ही वहाँ के अधिकारी निर्वासितों का सद्भावना से, प्रेमभाव से, स्वागत करेंगे, यह अपेक्षा उन्होंने नहीं की थी और इसलिए उनका आग्रह था कि जैसे ये निर्वासित भारत आए हैं, मुसलमानों को भी उनके लिए बनाए गए पाकिस्तान जाना चाहिए। इस आयोग का यह क्षेत्र नहीं है कि उपर्युक्त विचारचारा उचित है अथवा अनुचित, किन्तु निर्वासितों की ऐसी मनोधारणा थी। गांधी जी के अनशन से वह और धधक उठी। वही बात पाकिस्तान को 55 करोड़ रुपए का प्रदान करने से हुई। हिंदुओं की दृष्टि से वह कृत्य (55 करोड़ का प्रदान) एक क्रूर कृत्य था। कारण, वह धन हिन्दुस्तान के विरुद्ध लड़ने वाले शत्रु सैनिकों के काम आयेगा। ऐसी केवल शंका ही नहीं थी, वरन् ऐसा निश्चित रूप में होने वाला था। भारतीय सेना कश्मीर में भेजी गई थी, जो कश्मीर अपनी रक्षा करने में असमर्थ था, उस कश्मीर की सुदर्शन-भूमि को पाकिस्तानी सेना शस्त्रबल से हड़प लेना चाहती थी। उन्हें किसी प्रकार की रुकावट नजर नहीं आती थी, सिवाय अपनी सेना के शौर्य के।

श्री कपूर ने निर्वासितों की भावनाओं को ही चित्रित किया है। वे भावनाएँ गांधी जी के विरुद्ध थीं अथवा नहीं थी, यह इस उद्धरण में ही स्पष्ट है।

श्री ब्रजकृष्ण चांदीवाला (साक्षी क्र. 11) के बयान का उल्लेख न्यायमूर्ति कपूर ने अपने प्रतिवृत्त (खंड 1, पृष्ठ 140, 12-ए/33) में किया है। न्यायमूर्ति कपूर के पहले इस आयोग का डॉ. गोपालस्वरूप पाठक जो भारत के उपराष्ट्रपति भी रहे हैं, संभाल रहे थे। उनके सम्मुख बयान देते समय श्री चांदीवाला ने कहा कि सितम्बर, 1947 में दिल्ली में हिन्दू-मुस्लिम दंगे चालू थे और दिल्ली में कर्फ्यू लगा था। झगड़े में कई लोग मारे गए। चांदीवाला ने इस बात का समाचार गांधी जी को समय-समय पर दिया। उन्होंने ही गांधी जी को बताया कि कलकत्ते से दिल्ली की गली-कूँचों पर

उससे भी बड़ा नरसंहार होता। उनके आने से शान्ति स्थापित हुई, किंतु पाकिस्तान से आए निर्वासित चिढ़े थे। एक बार, जब गांधी जी किंग्सवे कैम्प शरणार्थी-शिविर देखने गए, वहाँ शरणार्थियों ने अपनी दुःख भरी गाथा सुनाई। धीरे-धीरे वह विरोध बढ़ता गया और गांधी जी को पत्र आने लगे—वे गालियों से, निंदात्मक शब्दों से और धमकियों से भरे थे। चांदीवाला वे पत्र पढ़ते थे। चांदीवाला ने एक बार निर्वासितों को गांधी जी से मिलाया। उस भेंट में निर्वासितों ने गांधी जी को अभद्र वाणी सुनाई। एक दिन बिरला-भवन पर—जहाँ गांधी जी रहते थे, एक भारी जुलूस पहुँचा। उनका नारा था 'खून का बदला खून से लेंगे।' वह जुलूस रोकने के लिए बिरला भवन पर एक बड़ा आरक्षी दल खड़ा था। उस समय नेहरू, गांधी जी से बातचीत कर रहे थे। नेहरू जी उस समय बाहर आए और उन्होंने उस जुलूस को रोका। वे वैसा न करते तो गांधी जी के ऊपर जनता टूट पड़ती।

(पृष्ठ 149 पर अनुच्छेद 12-ए/34 में)

15 जनवरी, 1947 के हिन्दुस्तान टाइम्स में 15 जनवरी का वृत्तान्त छपा है। कुछ लोग बिरला-भवन की ड्योढ़ी पर इकट्ठे हुए। उन्होंने नारे लागाए 'गांधी जी को मरने दो।' अंदर गाँधी जी, पं. नेहरू, सरदार पटेल और मौलाना आजाद बातें कर रहे थे। जैसे ही 'गांधी जी को मरन दो' के नारे पं. नेहरू ने सुने वे बाहर आए और वे उन प्रदर्शनकारियों पर चिल्लाए। "तुम ऐसे शब्द मुँह से निकाल ही कैसे सकते हो? पहले मुझे मारो।" उसके बाद प्रदर्शनकारी वहाँ से चले गए।

ऊपरिलिखित वृत्त से न्यायमूर्ति कपूर का निष्कर्ष है कि चांदीवाला के कथन में नारों की बात की संपुष्टि मिलती है, किन्तु पं. नेहरू न आते तो गांधी जी पर जनता हमला कर बैठती, इस बात की पुष्टि नहीं मिलती।

जो भी हो, निर्वासितों ने जो यातनाएँ सहीं उनसे उत्पन्न क्रोध

की अपेक्षा गांधी जी पर उनका प्रेम अधिक मात्रा में था, यह न्यायाधीश कपूर का निष्कर्ष वस्तुस्थिति के विपरीत प्रतीत होता है। इसके अतिरिक्त मदनलाल ऐसा ही एक पीड़ित निर्वासित था और वह प्रत्यक्ष रूप में इस षड्यन्त्र में था। यह सत्य प्रमाण इस बात को पुष्ट करेगा कि निर्वासित अतिरेकी स्तर पर जा सकते थे या नहीं।

पाठक देखेंगे कि गांधी-वध के जो कारण न्यायाधीश कपूर ने दिए हैं वे नथूराम के दिए कारणों से मिलते-जुलते हैं। दिल्ली स्थित निर्वासितों की जो मनः स्थिति नथूराम ने देखी उसका उसने जो विवरण दिया वह न्यायमूर्ति कपूर के किए हुए वर्णन से भिन्न नहीं है।

3

सरदार पटेल और ५५ करोड़

सरदार पटेल की सुपुत्री श्रीमती मणीबेन पटेल की साक्षी कपूर आयोग के सामने हुई। श्रीमती मणीबेन की दैनन्दिनी 25 जनवरी से प्रकट है कि 13 जनवरी को सरदार पटेल ने सर्वश्री मथाई, चेट्टी, पं. नेहरू और गांधी जी के साथ 55 करोड़ की राशि के विषय में विचार-विमर्श किया गया था। गांधी जी की आँखें भर आईं थीं और उनके शब्द कठोर थे। उसके बाद सरदार को दुःख हुआ। उनके मुँह से ऐसे शब्द निकले कि अब मैं इस शासन में नहीं रह सकूँगा।'

(पृष्ठ 162)

श्रीमती मणीबेन ने कहा कि मदनलाल का दिया हुआ वक्तव्य सरदार पटेल को दिखाया गया था (पृष्ठ 180) बम के धमाके के बारे में जैसे-जैसे खोज होती थी, मेरे पिताजी को समाचार दिया जाता था। मुझे स्मरण नहीं है कि मेरे पिताजी ने उस विषय में उस खोज के उपक्रम में कौन से आदेश दिए थे। वे देश-रक्षा की दृष्टि से किसी को गिरफ्तार करने का आदेश तब तक नहीं देते थे, जब तक उनके पास वैसा कोई ठोस प्रमाण न हो। (My father would not order the arrest of anyboody unless he had positive proof that the arrest was for the protection of the country)

(पृष्ठ 179)

'मुझे निश्चय ही स्मरण है कि गांधी-वध के एक पखवारा पूर्व वृत्त-पत्र के एक पूना के सम्पादक जिनके वृत्त-पत्र से प्रतिभूति (जमानत) माँगी गई थी, मेरे पिताजी से प्रातःकाल 5 बजे मिलने आए थे। उस समय अँधेरा होने के कारण मैं उस व्यक्ति को पहचान न सकी, किन्तु मुझे स्मरण है कि उस व्यक्ति ने अपने वृत्त-पत्र से माँगी प्रतिभूति के विषय में चर्चा की। उस व्यक्ति को यह भी शिकायत थी कि मोरारजी देसाई (तत्कालीन महाराष्ट्र के गृहमन्त्री) उनसे अन्याय कर रहे हैं।

(पृष्ठ 179)

नथूराम उन दिनों दिल्ली में थे। नाना आप्टे भी वहीं थे। उनके वृत्त-पत्र से एक-के-बाद एक प्रतिभूतियाँ माँगी गईं थीं। श्री मोरारजी के विरुद्ध उनकी शिकायत कठोर थी। ये सब बातें श्रीमती मणीबेन पटेल की गवाही से मिलती-जुलती हैं, तो भी नथूराम या आप्टे ने प्रस्तुत लेखक से नहीं कहा था कि वे सरदार पटेल से मिले थे। इसलिए सरदार पटेल से नथूराम या आप्टे मिले थे, वह बात उस प्रातःकाल के अन्धेरे में मिले व्यक्ति के समान अंधेरे में ही रह गईं।

श्री राजगोपालचारी द्वारा लिखी पुस्तक 'गांधीजीज् टीचिंग्ज एंड फिलासफी' का न्यायमूर्ति कपूर ने अपने प्रतिवृत्त के पृष्ठ 185 पर उल्लेख किया है। राजगोपालाचारी ने अपनी पुस्तक के पृष्ठ 20-21 पर लिखा है, "30 जनवरी, 1948 को गोडसे ने गांधी जी को मारा, उस समय सरदार पटेल को लगा कि एक ओर से पाकिस्तान हिन्दुस्तान के विरुद्ध दुष्ट सैनिकी व्यूह रचना में व्यस्त है और दूसरी ओर गांधी जी पाकिस्तान को यह बड़ी धनराशि देने का हठ कर बैठे थे, इसलिए हिन्दुओं को गांधी जी पर क्रोध आया और उसी क्रोध में गांधी जी की हत्या का षड्यंत्र खड़ा हुआ। उस समय शत्रु को 55 करोड़ रुपये देने की जो मूर्खता शासन ने की थी, उनको ऐसा लगा कि वह इस गुट को अक्षम्य लगी और गांधी विरोधी महाराष्ट्रीय लड़ाकू दल को ऐसा लगा कि गांधी जी ने इस देश को हानि पहुँचाने वाली जो बात की, उसकी चरमसीमा हुई

और इसलिए उन्होंने मूढ सन्त को समाप्त करने की ठानी, क्योंकि उनके मत के अनुसार अन्य किसी मार्ग से उनको इस नेतृत्व से हटाया नहीं जा सकता था। उनका (गांधी जी का) प्रभाव इतना अधिक था और लोग भेड़ों की तरह उनका इतना आदर करते और उनका कहना सुनते कि सरदार पटेल के अनुसार, उन गुट वालों को ऐसा लगा कि गांधी जी के वध के सिवाय दूसरा कोई मार्ग नहीं बचा है।"

पाकिस्तान को 55 करोड़ रुपये दिए जाने से लोगों के मन में गांधी के प्रति कितना असन्तोष का निर्माण हुआ था, इसको सरदार पटेल जानते थे। उपरलिखित अनुच्छदों से यही प्रतीत होता है।

(पृष्ठ 179)

गांधी-वध के पीछे नथूराम की जो विचार-संगति थी वही कारण संगति वल्लभभाई ने राजा जी से तुरन्त कैसे प्रकट की, इस रहस्य को प्रकट करने योग्य कोई प्रमाण प्रस्तुत लेखक के पास नहीं है। हाँ, कुछ तर्क दिए जा सकते हैं, किन्तु पाठक जितना तर्क करेंगे उतना ही लेखक भी कर सकता है, उसके परे नहीं।

4

गांधी-वध का पूर्वज्ञान और उदासीन नेतागण

श्री गोपाल गोडसे (इस पुस्तक के लेखक), श्री विष्णु रामकृष्ण करकरे, श्री मदनलाल पहवा, इन तीनों को गांधी-वध अभियोग में आजन्म कारावास हुआ था। ये तीनों बन्दीगृह से 13 अक्टूबर, 1964 को मुक्त हुए। एक मास पश्चात् पूना के मित्रगणों ने उनकी रिहाई के आनन्द के उपलक्ष्य में सत्यनारायण पूजा का आयोजन किया था। वह पूजा 12 नवम्बर, 1964 को शनिवार पेठ के 'उद्यान कार्यालय' में सम्पन्न हुई थी।

उस समारोह में श्रीमान् गजानन विश्वनाथ केतकर ने कुछ विचार प्रदर्शित किए थे। श्री केतकर महाराष्ट्र के प्रसिद्ध पत्रकारों में एक हैं। वे लोकमान्य तिलक के धेवते हैं और वे लोकमान्य जी के 'वृत्त-पत्र के कई वर्षों तक सम्पादक रहे।

अपने विचार प्रदर्शन में उन्होंने कहा था कि गांधी जी का वध टले इसलिए उन्होंने प्रयास किया था। उन्होंने शासन को भी चेतावनी दी थी। इस चेतावनी पर हिन्दू-विरोधी वृत्त-पत्रों ने बड़ा ही शोर मचाया था। शासन ने दस-बारह जनों को भारत प्रतिरक्षा नियम (D.I.R.) के तहत बन्दीगृह में बंद किया था, जो एक वर्ष के बाद छूटे।

शासन ने एक आयोग नियुक्त किया कि श्री केतकर जी के कथन के अनुसार किन-किन व्यक्तियों को इस बात का ज्ञान था तथा शासन ने क्या-क्या कदम उठाए? कपूर आयोग की नियुक्ति का यही कारण था।

अपने प्रतिवृत्त (रिपोर्ट) में न्यायधीश कपूर ने इस बात की भी चर्चा की है कि गांधी-वध का पूर्वज्ञान किन-किन व्यक्तियों को था?

जब अभियोग चला उस समय प्रो. जे.जी. जैन ने न्यायाधीश आत्माचरण के सम्मुख सन् 1948 में गवाही दी थी कि मदनलाल पाहवा ने उक्त षड्यन्त्र के बारे में उनसे कुछ कहा था। न्यायाधीश कपूर के समक्ष भी जैन की गवाही हुई है। प्रतिवृत्त खण्ड 2, पृष्ठ 177, अनुच्छेद 21/217 पर उद्धत है कि "इस गवाह के कथन के अनुसार किसी की भी यह इच्छा नहीं थी कि गांधी जी को बचाएं। इस आयोग के निर्माण का खोज क्षेत्र सीमित है। इस सीमा में इस गवाही का यह भाग महत्त्वपूर्ण है। उन्होंने कहा, "मेरी जितनी शक्ति थी मैंने लगा दी। मैंने बम्बई राज्य के मुख्य सचिव को बताया था। जय प्रकाश जी को बताया था और हॅरिस को भी। इससे अधिक मैं क्या कर सकता था? मुझसे जो बन सका मैंने किया। इनमें से किसी ने भी कोई हलचल नहीं दिखाई, यह मेरा दोष नहीं है।"

प्रो. जैन ने प्रो. याज्ञिक को बताया था। श्री याज्ञिक रामनारायण रुइया महाशाला में एक प्राध्यापक हैं, उन्होंने भी साक्षी दी है। उनकी साक्षी क्रम संख्या 29 है। जब प्रो. जैन ने श्री याज्ञिक को मदनलाल के कार्यक्रम के विषय में कहा तो याज्ञिक उस पर विश्वास करने को तैयार नहीं हुए। उन्होंने श्री जैन को उपदेश दिया कि वे शासन को इस विषय में सूचित करें।

न्यायमूर्ति श्री कपूर ने प्रतिवृत्त के पृष्ठ 179 पर लिखा है, प्रो. जैन को गांधी जी के जीवन को खतरा है, इस बात का

पूर्वज्ञान था। यह बात श्री जैन ने अपने मित्रों से कही थी, किन्तु उन्होंने इस बात पर गम्भीर रूप में नहीं सोचा, परन्तु इस आयोग का यह मत है कि श्री जैन को आरक्षी अधिकारी श्री नागरवाला या श्री भरूचा से मिलने में कुछ संकोच था, तो उन्हें इस बात को मन्त्रियों को अथवा कांग्रेस के नेताओं को अथवा चीफ प्रेसिडेन्सी मैजिस्ट्रेट क़ो बतानी चाहिए थी, वह उनका कर्त्तव्य था। (श्री कपूर का तात्पर्य है कि प्रार्थनास्थल पर बम का विस्फोट होने के पूर्व उन्हें इस बात की सूचना देनी चाहिए थी।)

प्रतिवृत्त खण्ड 1, पृष्ठ 290 पर न्यायाधीश कपूर का सारांश है, "स्व. बालूकाका कानिटकर, उस समय के शेतकरी कामकरी (कृषक, श्रमिक पक्ष) पक्ष के कार्यकर्ता श्री र.के. खाडिलकर, सांसद स्व. केशवराव जेधे और श्री ग.वि. केतकर आदि अपराधिकारी व्यक्तियों को यह ज्ञात था कि पूना का वातावरण गांधी जी के विरुद्ध व्याप्त है। वृत्त-पत्रों का लेखन, सार्वजनिक व्यासपीठ के भाषण, व्यक्ति-व्यक्तियों के वार्त्तालाप इन सबमें कांग्रेस के वरिष्ठ नेता, विशेषकर महात्मा गांधी, नेहरू, सरदार पटेल, मौलाना आजाद के जीवन को हानि पहुँचाने के संकेतों की अभिव्यक्ति होती थी, इस बात का ज्ञान उपर्युक्त सज्जनों को था। इन व्यक्तियों में से स्व. बालूकाका कानिटकर और भागवत ने ही केवल बम्बई के मुख्यमंत्री श्री खेर और उपप्रधानमंत्री सरदार बल्लभभाई पटेल को सूचित किया था, किंतु उन्होंने आरक्षी आधिकारों को नहीं बताया था।" न्यायाधीश कपूर आगे कहते हैं कि इस बात के तथ्य की छानबीन करने के लिए किसी ने भी गुप्तचर विभाग से सम्पर्क नहीं किया, यह बात आश्चर्यकारक है।

श्री गाडगिल की गवाही क्रमांक 6 है। श्री केशवराव जेथे ने गाडगिल से जो बात कही थी उसको छोड़कर उन्होंने और कोई स्पष्टीकरण नहीं दिया। ऐसा न्यायमूर्ति प्रतिवृत्त खण्ड 2, अनुच्छेद 129-30 से स्पष्ट होता है। पृष्ठ 130 पर अनुच्छेद 21-34 में

लिखा है "श्री काका गाडगिल तब केंद्रीय मंत्री थे। वे पूना के एक प्रमुख नागरिक थे। उन्होंने सन् 1964 के 'धर्नुधारी' के दीपावली अंक में यह लेख लिखा है। उसमें वे कहते हैं कि पंजाब और बंगाल के हिन्दुओं पर विभाजन के कारण जो आपत्ति आई, उस कारण गांधी जी के विरुद्ध लोकमत क्रुद्ध था। पूना में गांधी जी के विरुद्ध बड़ी कठोर भाषा का प्रयोग खुलेआम होता था। पूना के वृत्त-पत्रों ने गांधी जी की आलोचना कर हिंसावाद का अप्रत्यक्ष रूप में वातावरण निर्माण किया था। कोई न कोई भयानक घटना होने वाली है, इस प्रकार की किंवदन्तियाँ भी कान पर आती थीं। श्री बालूकाका कानटिकर ने श्री बालासाहेब खेर को एक गुप्त पत्र लिखा है, ऐसा सुनने में आता था। उस पत्र में श्री कानिटकर ने लिखा था कि गांधी जी के विरुद्ध कुछ षड्यन्त्र पक रहा है। सरदार पटेल कभी-कभी चिन्ता व्यक्त करते थे, किन्तु उसकी ओर गंभीरतापूर्वक ध्यान नहीं दिया जाता था। श्री नेहरू हिन्दू नेतागणों के विरुद्ध आग उगलते थे। श्री गाडगिल आगे लिखते हैं "निर्वासितों की भावना थी कि गांधी जी, उनके लिए कुछ भी नहीं करते हैं, अपितु वे केवल मुसलमानों की सहायता करते हैं। क्योंकि अपने प्रार्थनोत्तर भाषण के पश्चात् गांधी जी केवल हिन्दुओं के कृत्यों की आलोचना किया करते थे, इसलिए बहुत सारे निर्वासितों का मन गांधी जी के इस व्यवहार से ऊब गया था। वे खिन्न थे। कुछ तो बड़े ही क्रूद्ध थे। 55 करोड़ रुपये पाकिस्तान को प्रदान उनके लिए जले पर नमक जैसा सिद्ध हुआ था। निर्वासितों को लगा कि इस अर्थ-प्रदान का अर्थ है, जिनकी हत्या हुई है उनकी अवहेलना और जिन्होंने हत्या की है उनके घावों का उपचार। गांधी जी जो भाषण करते थे और नेहरू हिन्दुओं के विरुद्ध जो बोलते थे, उससे गांधी जी के विरुद्ध वातावरण दिन-प्रतिदिन विषाक्त हो रहा था।"

स्व. श्री गाडगिल को इस घटना का जो पूर्वज्ञान था, उस विषय में न्यायाधीश कपूर ने कहा है कि श्री जेधे का कहना

ठीक-ठीक क्या था, इसकी छानबीन गाडगिल को करनी चाहिए थी। मदनलाल ने जो स्वीकारोक्ति (कन्फेन्शन) दी थी उसके अनुसार थी और उस दृष्टि से भी श्री गाडगिल ने गंभीरता से लेने का प्रयास नहीं किया। उन्हें अपनी उदासीनता थोड़ी दूर रखनी चाहिए थी और अपनी विलक्षण बुद्धि काम में लानी चाहिए थी।

(पृष्ठ 132)

इसीलिए प्रस्तुत लेखक ने अपनी गवाही में न्यायाधीश कपूर से कहा था कि यदि हम सब षड्यंत्रकारी पकड़े जाते तो भी गांधी जी की हत्या टलना संभव नहीं दिखता था।

'गांधी-वध : पूर्वज्ञान प्रकरण' से यह निष्कर्ष निकलता है कि गांधी-हत्या का वातावरण बन चुका है, ऐसा पूर्वज्ञान वरिष्ठ प्रशासनिक अधिकारियों का था, परन्तु इस जानकारी पर भी कार्यवाही करने के लिए वे असमंजस में रहे। क्योंकि वे जानते थे कि गांधी-वध सुनिश्चित है।

5

कश्मीर

श्री वी. पी. मेनन ने पुस्तक लिखी है ''दि स्टोरी ऑफ दि इंटिग्रेशन ऑफ दि इंडियन स्टेट्स'। एक परिच्छेद का साराँश उन्होंने दिया है : ''जो राष्ट्र अपने इतिहास तथा अपने भूगोल से मुँह मोड़ता है, उस राष्ट्र का विनाश अटल है।''

(पृष्ठ 413)

कश्मीर पर हमला हुआ था। कश्मीर के महाराज ने हिन्दुस्तान से सहायता की प्रार्थना की थी। हिन्दुस्तान में विलीन होने की लिखित स्वीकृति उन्होंने दी थी। श्री मेनन ने सूचनात्मक सुझाव दिया था कि उस लेख को स्वीकार किया जाए। उनकी सूचना का विशेष महत्त्व था। सरदार वल्लभभाई पटेल उन दिनों गृहमन्त्री और उपप्रधानमंत्री थे। श्री मेनन वल्लभभाई के सचिव थे। रजवाड़ों के विलीनीकरण में उनका कार्य बड़ा ही अनमोल था। कश्मीर प्रश्न पर श्री मेनन ने जो सूचना हिन्दुस्तान शासन को दी थी उसके पीछे उनका विचार था, ''जिरगेवालों का कश्मीर पर आज जो आक्रमण हुआ है उसका अर्थ है बचे हुए हिन्दुस्तान के अभंगत्व में भयानक भय का प्रारंभ। मुहम्मद गोरी के समय से अर्थात् आठवीं शताब्दी के पूर्व से वायव्य (पश्चिम-उत्तर) सीमा के उस पार से हिन्दुस्तान पर लगातार आक्रमण

होते रहे। मुगलकाल के समय में इस क्रम में कुछ अपवाद था। मुहम्मद गजनी ने स्वयं सत्रह आक्रमण किए थे और अब पाकिस्तान निर्माण के लगभग छह सप्ताह के अन्दर ही वायव्य सीमा से लुटेरे जिरगेवाले हमला करने को स्वच्छन्द छोड़े गये थे। आज श्रीनगर तो कल दिल्ली।'' इसलिए श्री मेनन का अभिप्राय था A nation that forgets its history or its Geography does so at it peril.''

हिन्दुस्तान का मस्तक है कश्मीर। चौदवहीं शताब्दी तक वहाँ बुद्ध तथा अन्य हिन्दू राजाओं का राज चला। उनके कार्यकाल का वर्णन हम कल्हण की राजतरंगिणी नामक संस्कृत पद्य-ग्रन्थ से देख पाते हैं। डॉ. स्टेन (Sten) ने कश्मीर के इतिहास के विषय में लिखा है कि मुस्लिम आक्रमण कालखण्ड के पूर्व काल से भी यथाक्रम अविरत इतिहास लेखन यदि हिन्दुस्तान के किसी भूखंड पर हुआ हो तो वह कश्मीर है। (1895 The valley of Kashmir by Walter Lawren, London) कल्हण का इतिहास लेखन-कार्य पंडित जोनाराजा ने 15 वीं शताब्दी के प्रारंभ तक चालू रखा।

हिन्दू कालखंड में राज्य संपादन के साथ-साथ ही सुन्दर मन्दिर और सुदर्शन सार्वजनिक रचनाएँ खड़ी हुईं। अनंतनाग ब्रजबिहारी पांडुपट्टण, शंकराचार्यपट्टण, मार्तंड आदि नगरों के अवशेष आज भी दृष्टिगोचर होते हैं। इससे यह सिद्ध होता है कि वहाँ पर बस्ती भी घनी होगी। हिन्दू राजाओं के शासन में रही हिन्दू-प्रजा सुख समृद्धि में रहती होगी। जो नहर अथवा ताल अवस्थित हैं उनसे लगता है कि नरेशों ने अपनी संपत्ति का विनियोग केवल मंदिर बनाने में नहीं लगाया था, अपितु खेती के विकास के लिए भी लगाया था।

मुस्लिम आक्रमणों ने कश्मीर को दासता का रूप दिया। विकसित घाटी ध्वस्त की गईं। हिन्दुओं का भ्रष्टीकरण हुआ 1587 में अकबर ने कश्मीर को मुगल साम्राज्य में विलीन किया। मुगलों

ने उस स्थान पर लगभग दो सौ वर्षों तक अपना हिल स्टेशन बनाया।

धीरे-धीरे मुगलों का चंगुल ढीला हुआ। अफगानिस्तान के अहमदशाह अब्दाली ने लगभग सन् 1750 में हिन्दुस्तान पर आक्रमण किया और कश्मीर को उसने अपने अधीन किया। फिर लगभग 70 वर्ष या निश्चित गणना में सन् 1819 तक कश्मीर पर भिन्न-भिन्न पठान प्रशासन अधिकार जमाए बैठे रहे।

मुस्लिमों की क्रूरता का वर्णन अनेक इतिहासकारों ने किया है। इस्लाम की वृद्धि किस प्रकार हुई इसका ज्ञान उससे होता है।

तेरवहीं शताब्दी के आरम्भ में तारतारों ने कश्मीर पर हमला किया। उस समय राजा के सेनापति ने स्वात के शाहमीर और तिब्बत के रायचन्द शाह को सहायता के लिए बुलाया। रायचंद शाह बलवान था। उसने सेनापति को मारा और उसकी लड़की कुटरानी से विवाह किया। राज्य सत्ता भी उसी ने अपने अधीन कर ली। भिन्न जातीय होने के कारण उन दिनों की प्रथा के अनुसार हिन्दू धर्म में उसको आत्मीयता नहीं मिली, इसलिए उसने मुस्लिम धर्म ग्रहण किया और सदरुद्दीन नाम धारण किया।

सदरुद्दीन के मरने के पश्चात् स्वात के मीरशाह ने कश्मीर पर आक्रमण किया और राज्य को पदाक्रांत किया। वही कश्मीर का पहला सुल्तान था।।

परम्परा के अनुसार सन् 1696 में सिकन्दर नामक सुल्तान गद्दी पर आया। वह न केवल मूर्ति पूजकों का द्वेषी था अपितु इस्लाम धर्म का प्रसार करने के लिए उसने बड़े क्रूर उपाय बरते। हिन्दुओं के लिए उसने तीन पर्याय रखे– 1. धर्मान्तर करें अर्थात् इस्लामी बनें, 2. देशत्याग करें, या 3. मृत्यु स्वीकार करें। जिन्होंने इस्लाम को नहीं अपनाया, या देशान्तर भी नहीं किया जैसे यज्ञोपवीतधारी हिन्दू अथवा पण्डितों को उसने कितनी संख्या में मारा इसका

उल्लेख लारेन्स ने अपने ग्रन्थ में किया है। एक, दो, तीन ऐसी संख्या में गणना करना सम्भव न होगा इसलिए उसने एक परिमाण निश्चित किया। मारने के बाद हिन्दुओं के यज्ञोपवीत इकट्ठे किए। उनकी पोटलियाँ बाँधी। उनका भार सात मन हुआ। मृत्यु अंकों में अंक जोड़ते जाने से लम्बी संख्या स्मरण रखना कठिन तो है ही। उससे ये गणन पद्धति कितनी सरल है? उन यज्ञोपवीतों को जलाया गया। हिन्दू शास्त्रों के विद्याभ्यासों और संबंधित ग्रंथों को, जो पीढ़ियों से सुरक्षित रखे गये थे, सुल्तान ने डल सरोवर में डुबो दिए। विध्वंस को धर्मकृत्य मानकर, यवन संस्कृति बढ़ती गई।

पठानों के राज्यकाल में ऐसे ही, वरन् इससे भी क्रूरतम क्रम चालू रहे। आजादखान नामक प्रशासक का एक ही स्वभाव था कि ब्राह्मणों को बोरी-जोड़ी से घास के थैले में बन्द कर डल सरोवर में डुबाना। 'जजिया' कर उसने फिर से चालू किया। प्रशासन मीर हजर ने आजादखान की पद्धति में एक संशोधन किया। ब्राह्मणों को डुबोने के लिए उसने बोरी अथवा घास के थैले के स्थान पर चमड़े के थैले का प्रयोग किया। शियापंथीय मुसलमानों पर भी उसने ऐसे ही अत्याचार ढाए। प्रशासक महमदखान स्त्रियों पर बलात्कार करने के लिए कुख्यात हुआ। अपनी लड़कियों को उस भय से बचाने के लिए लोग स्त्रियों के सिर मुंडा देते थे तथा उनका सौन्दर्य छिपाने के लिए उनकी नाक काट देते थे। ऐसे भयानक अत्याचारों के पंजे में कश्मीर फँसा रहा। कश्मीर पर हिन्दुओं का पुनः अधिकार हुआ, इसी कारण से बचे।

शूरवीर सिख महाराजा रणजीतसिंह ने सन् 1719 में मुसलमानों के चंगुल से जैसे पंजाब मुक्त किया उसी प्रकार कश्मीर भी मुक्त किया था। सन् 1846 तक कश्मीर सिख राजाओं के अथवा उनके प्रशासकों के अधीन रहा।

कश्मीर का जम्मू भूखंड सन् 1750 के पश्चात् रणजीतदेव नामक राजपूत वंशीय डोगरा राजा के हाथ में था। सन् 1780 में

राणा रणजीतदेव की मृत्यु हुई। गद्दी के लिए झगड़े हो गए। तीन पीढ़ियाँ बीत गई थीं। रणजीतदेव के वंश के तीन युवक गुलाबसिंह, ध्यानसिंह और सुचेतसिंह, महाराजा रणजीतसिंह की सेवा में सेनापति के नाते रहे। रणजीतसिंह ने उनकी सेवा के पुरस्कार स्वरूप सन् 1818 में गुलाबसिंह को जम्मू, ध्यानसिंह को चिंबल और पूँछ तथा सुचेतसिंह को रामनगर भाग सौंप दिया। आगे चलकर ध्यानसिंह और सुचेतसिंह युद्ध में मारे गए। गुलाबसिंह ही अलिखित रूप में सब साम्राज्य का शासक बना।

सन् 1846 में अंग्रेज और सिख युद्ध की समाप्ति हुई। अंग्रेजों को विजय मिली थी। उन्होंने पंजाब के सिख सत्ताधारियों से एक करोड़ रुपये और पंजाब के बड़े भूभाग की माँग की। राजा ने व्यास नदी और सिंधु नदी के बीच का भाग स्वाधीन करने की सिद्धता दिखायी, क्योंकि एक करोड़ रुपये देना असंभव था। उस समय का गवर्नर जनरल हार्डिंग्ज था। उसको यह सौदा ठीक न लगा, क्योंकि उसके विचार से पर्वतमय प्रदेश के संरक्षण में ध्यान देना लाभप्रद नहीं था, वरन् हानिप्रद था।

गुलाबसिंह एक करोड़ रुपये देने के लिए प्रस्तुत हुआ। उसकी शर्त थी कि जम्मू और कश्मीर भाग स्वतंत्र रूप से उसके अधीन रहे। अंग्रेजों ने शर्त स्वीकार की। वह संधि-पत्र 16 मार्च, 1846 को अमृतसर में सम्पन्न हुआ। इस प्रकार निकटस्थ भूतकाल में जम्मू और कश्मीर प्रान्त का निर्माण हुआ।

जम्मू प्रदेश कश्मीर के दक्षिण में है। पूर्व में लद्दाख है। उत्तर में बाल्टि-स्थान है। उसकी परली ओर हुआ और नागरी के प्रदेश हैं। पश्चिम में गिलगिट, मुजफ्फराबाद, रैसों, पूँछ और मीरपुर हैं। क्षेत्रफल 84,479 वर्गमील है। सन् 1951 में इस प्रांत की जनसंख्या 43,37,000 (तीतालीस लाख सैंतीस हजार) थी।

जैसे पहले बताया है, चौदवहीं शताब्दी में हुए मुस्लिम आक्रमणों के पश्चात् ज्यादातर जनसंख्या मुसलमान बनती गई। (डेंजर इन

कश्मीर : जोसेफ कारबेल, पृष्ठ 19) स्त्रियों को भगाना तथा भ्रष्ट करना अनेक शताब्दियों तक चालू रहा। इसलिए स्वराज्य मिलते समय यह प्रांत यद्यपि हिन्दू राजाओं के पास था, तो भी राष्ट्रीयत्व स्थिर रखने के लिए संस्कृति की जो नींव आवश्यक होती है, वही अस्त-व्यस्त और ध्वस्त थी। सन् 1951 की जनगणना में मुसलमान 77 प्रतिशत थे।

संस्कृति की ध्वस्त नींव फिर से संभाली जाए, हिन्दू धर्म की पुनः प्रस्थापना हो, इस हेतु राजा ने 19 वीं शताब्दी के मध्य में संस्कृतिकरण का और शुद्धीकरण का प्रयास किया, किन्तु काशी के पंडितों ने उसका विरोध किया। कार्बेल ने इस घटना का उल्लेख अपनी 'डेंजर इन कश्मीर' पुस्तक के पृष्ठ 15 पर किया है।

श्री बालशास्त्री हरदास ने डॉ. मुंजे का चरित्र लिखा है उसके खंड 1, पृष्ठ 49 पर इसका विवरण दिया है।

कई वर्ष हम पठान और दूसरे परकीय और मुसलमानी राज में पीसे गए। छल से हम मुसलमान बनाए गए। हमें हिंदु-धर्म में आना है, आज हिन्दू धर्म के राजा कश्मीर पर राज कर रहे हैं। हमें हिन्दू धर्म में सुख से जीवन-यापन करने की आज्ञा दीजिए। आप जो आज्ञा करेंगे वह प्रायश्चित कर हम हिन्दू होंगे। इस प्रकार की लिखित याचिका मुसलमान प्रमुखों ने राजा को दी। कुटुम्ब के कुटुम्ब हिन्दू धर्म में प्रवेश करने के लिए तत्पर थे।

राजा ने काशी के पंडितों से इस धर्म-परिवर्तन के सम्बन्ध में पूछा। उन्होंने अनुकूल उत्तर नहीं दिया। फिर राजा ने शुद्धि कार्य का प्रबन्ध किया। उसने घोषित किया कि मै एक यज्ञ करूँगा, हिन्दू होने वाले प्रजाजनों को शुद्ध करूँगा। राजा के नाते मेरा यह अधिकार है।

अब राजपुरोहित रोड़ा बने। उन्होंने राजा से कहा, "यदि आप यह अधर्म करेंगे तो हम प्राण त्याग करेंगे।" उन्होंने सचमुच वितस्ता नदी में (झेलम नदी में) नाव छोड़ दी और प्रवाह में कूद

पड़े। (वितस्ता : यह झेलम नदी का वेदकालीन प्रचलित नाम है।)

राजा ने उनको नदी से बाहर निकलवाया और यज्ञ स्थगित किया। कश्मीर के वे नागरिक मुसलमान ही रह गए।

श्रुति, स्मृति, पुराणोक्त शब्दों के कभी भी व्यवहार में न आने के कारण उन तथाकथित विद्वानों का वह निर्णय राष्ट्र और धर्म के लिए हानिप्रद सिद्ध हुआ। यहाँ पर भी श्री मेनन के शब्दों का स्मरण करवाना उचित ही होगा "अपना इतिहास अथवा भूगोल भूलने वाले राष्ट्र का विनाश होता है" प्रबोधकान श्री ठाकरे ने 1928 में लिखी पुस्तक में कुछ उदाहरण दिए हैं। अलाउद्दीन खिलजी का सेनापति और हिन्दुओं को ध्वस्त करने वाला मालिक काफूर गूलत राजपूत वंश का था। उन्होंने इस प्रकार के कई उदाहरण दिए हैं।

मुस्लिम प्रणाली के संस्कारों का प्रयोग इस भ्रष्ट संतति पर किए गए। वे लोग हिन्दू प्रेमी न रहे। न हिन्दू प्रेम और न मुस्लिम प्रेम, ऐसी भी उनकी स्थिति नहीं रही। अथवा हिन्दुओं पर भी प्रेम और मुसलमालों पर भी प्रेम, ऐसे भी वे नहीं रहे। आज की परिभाषा में वे 'सैक्यूलर' नहीं हुए। कुराणोक्त के अनुसार इस्लाम का प्रसार करने के लिए मात्र हिन्दुओं के हत्याकाण्ड से लेकर स्त्रियों को भगाने तक के सब तरीके अपनाए। मुस्लिम राष्ट्र-निर्माण करने के लिए उन्होंने खड्ग का प्रयोग भी किया। धर्मान्तर राष्ट्रान्तर सिद्ध हुआ। वस्त्र में लिपटी पोथियों के सूत्र में फँसे हुए अपने तथाकथित धर्ममार्तण्ड अपना इतिहास भूल बैठे, भूगोल खो बैठे और शुद्धि कार्य का विरोध कर उन्होंने भावी विनाश का मार्ग प्रशस्त किया।

सन् 1857 में गुलाबसिंह का देहान्त हुआ। उनके पुत्र हरीसिंह 1884 तक गद्दी पर रहे। उनके पश्चात् प्रतापसिंह 1915 तक राज करते रहे। 1915 में महाराज हरीसिंह ने गद्दी संभाली।

हिन्दुस्तान की अंतरराष्ट्रीय सीमा की दृष्टि से भी कश्मीर का बड़ा महत्त्व है। उसकी सीमा पूर्व में तिब्बत, ईशान्य में (पूर्व पश्चिम कोण) चीन के लिचीयांग भूखंड से जुड़ी है। वायव्य (दक्षिण पश्चिम कोण) में अफगानिस्तान से सटी है। वाखान, यह अफगानिस्तान का भू-भाग गिलगिट के उत्तर में है। मिंताका घाटी से (दो पर्वतों के बीच का मार्ग : घाटी) जाने वाले गिलगिट खाशागार मार्ग के पश्चिम रूस की ओर तुर्किस्तान पड़ता है

राजा हिन्दू था। मुसलमानों का क्रूर आक्रमण बिना रोक-टोक न होए इसलिए राजा ने पूर्ण सतर्कता बरती थी। सेना के महत्त्व के स्थान और पद उसने हिन्दुओं के हाथ में रखे थे। इस्लाम के नाम से राजनिष्ठा का कोई मूल्य नहीं रहता, वह ठुकराई जाती है। इसके उदाहरण श्री वी.पी. मेनन की पुस्तक से मिलते हैं पृष्ठ 396 पर दी हुई घटना उल्लेखनीय है।

पाकिस्तान निर्माण के लगभग दो मास बाद अर्थात् 22 अक्टूबर, 1947 को पाकिस्तान ने टोलीवालों को आगे कर कश्मीर पर धावा बोल दिया। कश्मीर की अपनी भी सेना थी, वह मुजफ्फराबाद मे इकट्ठी थी। लेफ्टिनेंट कर्नल नारायणसिंह इस वाहिनी का (बटालियन का) सेनापति था।

सेना में मुसलमान भी थे और डोगरे भी। दोनों को वेतन कश्मीरी शासन देता था। किन्तु 'हमारा अलग स्वतन्त्र राष्ट्र है' यह भावना मुसलमानों में उनके नेताओं ने फैलाई थी और अनुयायिओं ने उसे स्वीकार किया था।

जैसे ही हमला हुआ, इस वाहिनी के मुसलमान सैनिक शस्त्रों सहित भाग गए। वे कहाँ गये? वे टोलीवालों से मिल गये। उन्होंने टोलीवालों को स्थलों तथा व्यक्तियों का भेद दिया। उनका मार्गदर्शन किया और जाते-जाते उन्होंनें वाहिनीप्रमुख तथा उसके उपप्रमुख (अड्ज्यूटन्ट) को मार डाला।

मुस्लिम समाज किस आक्रमण स्थिति में है, इस बात से

अनभिज्ञ कर अथवा उस तथ्य को लोगें से छुपाए रखकर भारतीय काँग्रेसी शीर्ष नेताओं ने जनता को हिन्दू-मुस्लिम एकता के भ्रम-जाल में फंसाए रखा था। कश्मीर के हिन्दू सेनाधिकारियों पर भी उस झूठे प्रचार का प्रभाव हुआ था, ऐसा लगता था। आक्रमण का सामना करना था। आक्रमण मुसलमानों का था। वह धर्म के नाम पर था। इस्लाम के नाम पर था। जिहाद के रूप में था। ऐसी अवस्था में कश्मीर के महाराजा ने लेफ्टिनेंट कर्नल नारायणसिंह से पूछा था, ''सेनापति! आपकी वाहिनी में आधा सैन्य मुसलमानों से भरा है। युद्ध किस प्रकार का है, आप जानते हैं, ऐसी स्थिति में क्या मुसलमान सैनिक आपकी आज्ञा का पालन करेंगे? क्या आप उनकी निष्ठा का भरोसा करते हैं?'' सेनापति कड़ककर बोले, ''महाराज! मेरा और सैनिकों का संपर्क एक दो दिनों का नहीं है, वरन् कई वर्षों का है। डोगरा सैनिक मुझे जितने विश्वासपात्र लगते हैं उससे बढ़कर मुझे ये मुसलमान सैनिक भरोसे के लगते हैं।'' सेनापति का तर्क कितना अदूरदर्शितापूर्ण रहा, यह बताने का सुअवसर भी उन अतिस्वामीनिष्ठ सैनिकों ने नारायणसिंह को नहीं दिया था।

धर्मान्तरण न होने देने के अभिशाप और लेफ्टीनेंट कर्नल नारायणसिंह की मुल्लिम सैनिकों पर अतिविश्वास की अदूरदर्शिता का परिणाम कश्मीर को भोगना पड़ा

सन् 1930-32 के कालखंड में शेख अब्दुल्ला के नेतृत्व में अखिल जम्मू कश्मीर मुस्लिम कान्फ्रेंस का आंदोलन प्रारम्भ हुआ, जिसका लक्ष्य था मुसलमानों को अधिकार दिलाना। ऐसी परिषदों में जैसे संकेत हुआ करते हैं, विशिष्ट पद्धति से दंगों का प्रादुर्भाव हुआ।

धूर्त शेख अब्दुल्ला ने सन् 1936 धर्म-निरपेक्षता का नुस्खा अपनाया। परिणामतः गांधी के नेतृत्व में हिन्दू काँग्रेसजनों से कश्मीर के हिन्दू राजा के विरुद्ध मुसलमानों के चलाए गए उस आंदोलन को पुष्टि मिली। शेख अब्दुल्ला को सेक्यूलरवाद के

पुरस्कर्ता की उपाधि मिली। अब्दुल्ला द्वारा चालू किए गए धंधे अब नेशनल कॉन्फ्रेंस के नाम से चलने लगे। शेख अब्दुल्ला ने 1946 में 'छोड़ो कश्मीर' नामक आंदोलन प्रारम्भ किया, जिसका लक्ष्य महाराज थे। मानो उसकी पूर्ति के लिए ही गांधी जी रट लगाते रहे कि कश्मीर के महाराजा को अब सत्ता मुसलमानों के हाथ या शेख अब्दुल्ला के हाथ सौंपनी चाहिए और स्वयं काशीतीर्थ जाना चाहिए। क्या उसका परिणाम ऐसा होने वाला था कि कश्मीर सीधे हिंदुस्तान में विलीन होने की इच्छा करे? सेक्यूलर शेख को वह नहीं चाहिए था। गांधी जी ने भी उसे भेद भरी और अलगपन की प्रवृत्ति की किस प्रकार पुष्टि की, इस बात का प्रमाण उन दिनों की घटनाओं से मिलता है।

1 अगस्त, 1947 को गांधी जी कश्मीर गए थे। टाइम्स के रिपोर्टर ने बाद में लिखा है, 'गांधी जी की कश्मीर-यात्रा और उनके समय-समय के वक्तव्यों से कश्मीर की राजनीति में खलबली मची। कश्मीर का भविष्य कश्मीर की जनता निश्चित करेगी, ऐसे उनके विधान से कश्मीर की स्थिति वायव्य सीमा प्रांत जैसी हुई।''

गांधी जी ने अपना मत व्यक्त किया ''मेरी यात्रा का उद्देश्य यह नहीं है कि कश्मीर किस राज्य हिंदुस्तान (या पाकिस्तान) में विलीन हो, इसलिए नहीं दबाव डालना। हम इतना ही बताना चाहते हैं कि कश्मीर की जनता की हम उपेक्षा नहीं करते। विलीनीकरण का प्रश्न जनता को ही निश्चित करना है, क्योंकि अन्त में प्रजा ही सर्वश्रेष्ठ होती है।

बाद में 6 अगस्त, 1947 को गांधी जी ने वक्तव्य दिया। उसमें उन्होंने आशा व्यक्त की कि कश्मीर की समस्या दो देश (हिन्दुस्तान-पाकिस्तान) कश्मीर के महाराज और कश्मीर की जनता सुलझाएंगे। उन्होंने कहा, यदि वे एकमत से निर्णय करें तो अच्छा होगा। कश्मीर एक बड़ा राज्य है और युद्ध की दृष्टि से इसका बड़ा महत्त्व है। अंततोगत्वा कश्मीर में मुख्यतया मुसलमान हैं,

किन्तु उनमें स्थानीय देशभक्ति भरपूर है, यह बात भी गांधी जी ने कही (Kashmir, a Study in Indian-Pakistan, Relations : Sisir Gupta, page 97) गांधी जी के इस वक्तव्य में कश्मीर के मुसलमानों की अलगाव की भावना को प्रोत्साहन था और साथ ही साथ उनकी देशभक्ति की, अर्थात् महाराजा के विरुद्ध किए गए प्रयासों की प्रशंसा थी।

कश्मीर में मुसलमानों की संख्या अधिक थी। धर्म-निरपेक्षता के नाम से शेख अब्दुल्ला को कश्मीर का स्वतन्त्र अस्तित्व चाहिए था। हिन्दुओं को संख्याधिक्य जिसमें है, ऐसे हिन्दुस्तान में समाविस्ट होने का अर्थ है अपना स्वातंत्र्य गंवाना होगा, यही उसके अंतःकरण में-गुप्त-सुप्त भाव था।

सन् 1943 के मई महीने में शेख अब्दुल्ला को 'कश्मीर छोड़ो' आंदोलन में नौ वर्ष का कारावास हुआ, किंतु केवल पन्द्रह महीनों के पश्चात् 29 सितम्बर, 1947 को छोड दिया गया। श्री कारबेल ने अपना तर्क दिया है कि वह मुक्तता पं. नेहरू की मध्यस्थता के कारण हुई।

बंदीगृह से मुक्तता पाते ही शेख अब्दुल्ला ने प्रचार प्रारम्भ किया कि कश्मीर की सत्ता जनता के हाथ में दी जानी चाहिए।

स्वराज और देश-विभाजन, इन प्रक्रियाओं के साथ राज्यों के विलीनीकरण का प्रश्न जुड़ा हुआ था। कश्मीर के महाराज हरीसिंह की स्थिति विषम थी। राजा था हिन्दू किन्तु बहुसंख्यक प्रजा मुसलमान थी। एक समय का वह हिन्दुस्तान का ही अविभाज्य भाग था, किन्तु धर्मांतरित प्रजा के कारण हिन्दुस्तान के विरुद्ध रहने वाला यदि पाकिस्तान में विलीन हो जाए तो जम्मू-लद्दाख आदि भागों में रहने वाले हिन्दुओं का संहार निश्चित था और स्वयं राजा का भी निष्कासित होना अनिवार्य था। इसके विपरीत, हिंदुस्तान में विलीन हाने का निश्चय करे तो मुस्लिम जनता को राजा के विरुद्ध विद्रोह के लिए आमंत्रण देने जैसा था।

सत्तातंरण के पूर्व दो महीनों से मेजर जनरल जनकसिंह कश्मीर के मुख्यमन्त्री थे। उन्होंने महाराज की ओर से हिन्दुस्तान और पाकिस्तान से 'यथास्थित अनुबन्ध' (Standstill Agreement) किया। उस पर विचार करने के लिए हिंदुस्तान ने कुछ समय लिया।

अनुबन्ध के अनुसार उन दोनों राज्यों में कश्मीर से व्यापारिक सम्बन्ध चालू रखना था। फिर पाकिस्तान ने रुकावट डाली। गाड़ियों की यातायात में व्यवधान डाला। कश्मीर की साढे चार सौ मील सीमा से टोली वाले और सैनिक कश्मीर में घुसे। लूट-मार चालू की। संहार प्रारंभ हुआ।

श्री मेहरचन्द महाजन तब कश्मीर के मुख्यमन्त्री बने थे। बाद में वे हिन्दुस्तान के सर्वोच्च न्यायालय के प्रमुख न्यायमूर्ति बने।

महाराज ने 15 अक्टूबर, 1947 को ब्रिटिश मुख्य प्रधान से कहा कि पाकिस्तान ने यथास्थित अनुबंध सन्धि का उल्लंघन किया है। गुरुदासपुर, गिलगिट प्रदेश में उनकी चढ़ाई चालू हुई है। पूँछ भाग में हमले चालू हुए हैं। ब्रिटिश मन्त्री पाकिस्तान को समझाएं। इस प्रकार का आशय महाजन के पत्र में था।

पत्र का उत्तर नहीं मिला।

18 अक्टूबर, 1947 को महाराज ने हिंदुस्तान के गवर्नर जनरल लॉर्ड माउंटबैटन और पाकिस्तान के गर्वनर जनरल जिन्ना को एक विशेष पत्र लिखा।

जिन्ना ने उत्तर दिया। शिकायती-पत्र की भाषा ही अनौचित्यपूर्ण है, यह उसकी शिकायत थी। बात तो सच थी। पाकिस्तान को आक्रमण करने का अधिकार प्राप्त था। उस आक्रमण से जो घाव लगे उनके दुःख की अभिव्यक्ति का कश्मीर के महाराज को अधिकार न था।

"हम आह भी भरते हैं, तो होते हैं बदनाम।
वे कत्ल भी करते हैं, तो चर्चा नहीं होती।"

जिन्ना ने महाराज के पत्र का उत्तर दिया। उसमें लिखा कि पूर्वी पंजाब में अशान्त वातावरण यातायात में बाधा डालता है, जिससे कोयला उपलब्ध नहीं होता। व्यापारिक सम्बन्धों में रुकावट आने जैसे कारण उत्तर में दिए गए थे।

किन्तु तीन-चार दिनों में ही पाकिस्तान ने कश्मीर पर व्यापक आक्रमण कर दिया। अफ्रीदी, वझीरी, मशहद, पठान आदि नामधारी टोली वालों के दलों का नेतृत्व छुट्टी पर गए पाकिस्तानी सेनाधिकारी कर रहे थे।

गढ़ी और डोमेल स्थानों को ध्वस्त कर टोलीवाले मुजफ्फराबाद पहुँचे। लेफ्टिनेंट कर्नल नारायणसिंह के मुसलमान सैनिक पाकिस्तानियों से जा मिले, इस बात का उल्लेख पहले आ ही चुका है। मुजफ्फाराबाद पर शत्रु का कब्जा हुआ।

बारमूला की दिशा में आक्रमणकारी बढ़ने लगे। रास्ते में उन्होंने 'उरी' पर हमला किया। कश्मीर राज्य की सेवा में मुसलमान सैनिक पकिस्तानियों को मिलने के लिए भाग गए थे। ब्रिगेडियर राजेन्द्रसिंह उरी में शत्रु का सामना कर रहे थे। उनके पास केवल 250 सैनिक थे, किन्तु वे बड़ी शूरता से लड़े। दो दिन तक वे लड़ते रहे। वे सबके सब मारे गए। उसके बाद ही शत्रु को उरी पर कब्जा मिला।

टोलीवलों ने 24 अक्तूबर को माहुरा विद्युत केन्द्र हस्तागत किया। श्रीनगर उस पर अवलंबित था, क्योंकि वहाँ बिजली का केन्द्र था। माहुरा शत्रु के हाथ आते ही पूरा श्रीनगर अंधियारे में डूब गया। 26 अक्टूबर को ईद थी। टोलीवालों ने घोषणा की कि ईद की नमाज श्रीनगर की मस्जिद में पढ़ेंगे।

24 अक्तूबर को कश्मीर के महाराज ने हिंदुस्तान से सहायता

की प्रार्थना की। 25 अक्टूबर को हिन्दुस्तान शासन सुरक्षा समिति की गोष्ठी हुई। माउंटबेटन अध्यक्ष थे।

कश्मीर की सहायता देने के प्रश्न पर विचार विमर्श हुआ। अधिकारियों ने दिल्ली से श्रीनगर और श्रीनगर से दिल्ली उड़ान भरी। राजनैतिक दृष्टि से कश्मीर हिंदुस्तान में विलीन होने के पश्चात् ही सहायता दी जाने की संभावना थी।

महाराज ने अपनी विलीनीकरण याचिका में लिखा था कि शेख अब्दुल्ला को कश्मीर का शासक बनाने की मेरी इच्छा है। महाराज का यह निर्णय स्वयंस्फूर्त था अथवा हिन्दुस्तान की ओर से सहायता प्राप्त हो, इसलिए वह हिंदुस्तान पर दबाव था, यही कहीं स्पष्ट नहीं था, किंतु कारबेल ने अपने ग्रन्थ में (पृष्ठ 84) एक शंका प्रकट की है कि हिंदुस्तान की ओर से ऐसा दबाव होगा। श्री होरीलाल सक्सेना ने तो अपनी पुस्तक की प्रस्तावना के आठवें पृष्ठ पर स्पष्ट रूप में लिखा है कि हिन्दुस्तान शासन ने 'यथास्थित' अनुबंध को तभी स्वीकार किया जब नेशनल कान्फ्रेंस के नेता शेख अब्दुल्ला को कश्मीर शासन ने मुक्त किया। अर्थात हिंदुस्तान शासन ने सैनिक सहायता देने का तभी निश्चय किया जब कश्मीर शासन ने अब्दुल्ला को शासक बनाने के लिए निमंत्रित करना स्वीकार किया।

कश्मीर का विलीनीकरण स्वीकृत किया गया। उसके अनुसार भारतीय शासन ने सेना भेजने का प्रबंध किया। उसमें (शर्त) यह था कि टोलीवाले आक्रमक जैसे ही कश्मीर से बाहर भगा दिए जायेंगे, कश्मीर जनमत के अनुसार कहीं भी सम्मिलित होने के लिए अथवा अपना भाग्य सम्बद्ध करने के लिए मुक्त रहेगा। सुरक्षा की दृष्टि से शेख अब्लुल्ला ने उन दिनों अपने परिवारीय जनों को इंदौर में अपने साले के यहाँ रखा था और वह भी श्रीनगर में नहीं था (The lron Curtain in Kashmir : ले. होरीलाल सक्सेना, पृष्ठ 25) उसने तत्कालीन मंत्रिमंडल का गठन किया।

कश्मीर का भविष्य कश्मीरवासी तय करेंगे, यह निर्णय लेना भारतीय नेताओं की मुस्लिम तुष्टिकरण नीति और अदूरदर्शिता थी। नेतागण यह भूल गए थे कि मूलत : यह हिन्दू भूमि है, यहाँ के निवासियों को धर्मान्तरित करके मुसलमान बनाया गया है। बल्कि कहना तो यह चाहिए था कि हमलावर कश्मीर से बाहर जाएँ। देश के साथ कितना बड़ा मजाक है। कि हमारी सेना बलिदान करे और फिर वहाँ के मुसलमानों को संतुष्ट करने के लिए उनको बताया जाए कि आप संकटमुक्त हैं; जहाँ इच्छा हो वहाँ विलीन हो जाइए। वहाँ के अल्संख्यक हिंदुओं का भवितव्य भी उन मुसलमानों के पल्ले बाँधना! फिर यह परिश्रम किसलिए? सैनिकों की बलि देने की उदारता किसलिए? श्री वी.पी. मेनन ने हैदराबाद अध्याय में एक वाक्य लिया है ''It is axiomatic that no nation can afford to be generous at the cost of its integrity and India had no reason to be afraid of her own shadow'' अर्थात् ''यह बात स्वयं सिद्ध है कि अपनी एकात्मकता खोकर उदार होना किसी भी देश के लिए व्यवहारहीनता है। हिंदुस्तान को तो अपनी ही परछाईं से घबराने की कोई आवरश्यकता न थी।''

श्री वी.पी. मेनन ने इसका समर्थन किया है कि हमने कश्मीर का आत्मनिर्णय का मार्ग खुला रखा। अपनी पुस्तक के पृष्ठ 413 पर वे लिखते हैं कि ''कश्मीर के प्रशन में हमें भूमिविस्तार की अभिलाषा नहीं थी। यदि टोली वाले हमला करते तो हिंदुस्तान शासन हस्तक्षेप न करता। माउंटबेटन इंग्लैंड से लौटे थे। उसके बाद उन्होंने यह भी कहा था कि कश्मीर के महाराज यदि निर्णय करते हैं कि पाकिस्तान में विलीन होना है तो भी वैसा करने की उन्हें पूर्ण रूप से स्वतन्त्रता थी। यह बात हिंदुस्तान शासन की ओर से कश्मीर के महाराज को अधिकृत करते हुए कही गई थी।''

निष्कर्षतः कश्मीर हिंदुस्तान का ही भूभाग है, ऐसा कहना भूमिविस्तार की अभिलाषा धरने जैसा है। ऐसी धारणा वी.पी.

मेनन जैसे कर्तत्व्यशील राजनीतिज्ञ ने भी दर्शाई है। फिर उनके मत के अनुसार हिंदुस्तान का भूगोल कहाँ से प्रारम्भ होता है कि जो हमें भूलना नहीं चाहिए। उनका क्या आग्रह है? अथवा भूगोल भूलने से देश का सर्वनाश होता है, ऐसा उसका क्या अभिप्राय है? मेनन कहते हैं कि टोली वालों का आज कश्मीर पर हमला प्रारम्भ के अहमद गजनी-सा होगा। यह हमला दिल्ली पर कल के आक्रमण की प्रस्तावना होगी। इसका सीधा अर्थ यह है कि ऐसा आक्रमण जहाँ का तहाँ रोकना चाहिए, भले ही हमें कश्मीर में घुसना पड़े। उसी से हिंदुस्तान की अभंगता सुरक्षित रहेगी। फिर कश्मीर हिदुस्तान में ही हो, यह धारणा भूमिविस्तार की आकांक्षा की व्याख्या में कैसे आएगी? मैं मेनन के इस तर्क से सहमत नहीं हूँ और हिंदुस्तान शासन ने भी अपनी भूमिका में कहा कि कश्मीर यदि पाकिस्तान में विलीन हो तो भी हमें कुछ आपत्ति नहीं होगी। क्या इसलिए कि बहु-जनसंख्या मुसलमान थी? फिर, 'हमने द्वि राष्ट्रवाद को नहीं माना' यह थोथा प्रचार किसलिए? मेनन अपने ग्रन्थ के पृष्ठ 412 पर लिखते हैं कि जिन्ना और मुस्लिम-लीग, दोनों ने विभाजन-पूर्व कुछ भी प्रचार किया हो, विभाजन की अनुमति देते समय कांग्रेसी नेताओं ने द्विराष्ट्रवाद को अनुमति नहीं दी।''

इसका अर्थ है कि कांग्रेस की दृष्टि में पाकिस्तान-निर्माण की स्वीकृति द्विराष्ट्रवाद के सिद्धांत पर नहीं हुई। यह ऐतिहासिक सत्य का गला घोंटना है। कांग्रेस द्वारा भारतमाता के अंग-भंग करके भी अपराध-बोध तक महसूस न करना कितनी बड़ी हृदयहीनता है। इससे यह निष्कर्ष भी निकलता है कि कांग्रेस के नक्शे में भारत की सीमा पाकिस्तान छोड़कर थी। इसलिए पाकिस्तान तो उनकी स्वीकृति से पूर्व अस्तित्व में था। सीधा प्रश्न यह उठता है कि शेख अब्दुल्ला और नेशनल कॉन्फ्रेंस यदि द्विराष्ट्रवाद से अलिप्त हैं, अर्थात् सेक्यूलर हैं तो हिंदुस्तान में पूर्णरूप से सम्मिलित होने में उन्हें विरोध क्यों? कांग्रेस-पक्ष का द्विराष्ट्रवाद को मानने, न

मानने से कभी भी कोई सुसंगत निष्कर्ष नहीं निकल पाया है। द्विराष्ट्रवाद का अर्थ, वे जो चाहें लें, किन्तु जनता इसका अर्थ भलीभाँति समझती हैं द्विराष्ट्रवाद के आधार भारत-विभाजन के लिए कांग्रेस को दोषी मानती है।

हिंदुस्तान की भूमि पर पाकिस्तान कभी अभिप्रेत नहीं था, तो भी वह भूभाग हिंदुस्तान से तोड़ा गया। इसके पश्चात् से संलग्न भूभाग खोकर पाकिस्तान की भूमि विस्तार की भूख को तृप्त करना देश के लिए हितकर नहीं होगा। क्या यही विचारधारा उस समय के राज्यकर्त्ताओं के मन में नहीं होगी? वहाँ आज मुसलमान भले ही बहुसंख्यक में हों, किंतु, जिस कालखंड में इन मुसलमानों के पूर्वज हिन्दू-संस्कृति से भ्रष्ट हुए वह आठ सौ वर्षों का इतिहास भूलना और वह भूभाग मुस्लिम तुष्टि या प्रभाववश पाकिस्तान के अधीन किया जाना अपने देश के लिए हानिप्रद होगा, यह धारणा क्या उन दिनों के सरदार पटेल जैसे नेताओं के मन में न होगी।

कश्मीर में हिन्दुस्तान की सेना विमान से पहुँचाने का निर्णय 16 अक्टूबर, 1947 को लिया गया। दूसरे दिन प्रात' काल लगभग सौ वायुयान उड़ान के लिए तैयार हुए। प्रातः का दस बजे विमानों का पहला दल श्रीनगर एअरपोर्ट पर मंडराने लगा और जैसे ही देखा कि वह हवाई पट्टी (Run way) उद्ध्वस्थ नहीं हुई है, हमारे वायुयान वहाँ उतर गए।

टोली वाले बारमूला तक आ धमके थे। वे श्रीनगर के इर्दगिर्द भी पहुँचे थे। श्रीनगर में घुसने का मार्ग बारामूला से था। टोली वालों की वर्ग संख्या, उनके शस्त्र, उनके अस्त्र, उनकी व्यापकता आदि की कल्पना भारतीय सेना को नहीं थी। लेफ्टिनेंट कर्नल राय बारामूला की ओर चल पड़े। उन्होंने देखा कि ये तथाकथित टोली वाले आधुनिक शस्त्रों से सज्जित थे। संख्याबल में भी वे कई गुना अधिक थे। इसलिए श्री राय पट्टन तक पीछे आऐ और

शत्रु का सामना किया। राय और उनका दल मारा गया। हमारे सैनिकों की शूरता अतुलनीय थी।

कश्मीर के गिलगिट क्षेत्र में मुस्लिम सैनिकों ने लेफ्टिनेंट कर्नल मजादखान के आधिपत्य में 4 नवंबर, 1947 को स्वतंत्र राज्य घोषित किया। हिंदुओं का वहाँ पर भयंकर संहार हुआ।

हमारी सेना ने बल बटोरकर चढ़ाई की और नवंबर में बारामूला स्वाधीन कराया। वह गाँव चौदह हजार जनसंख्या का था, किंतु गाँव में शायद ही एक हजार तक लोग बचे होंगे। संपत्ति लूटी गई थी। स्त्रियों को भगाया गया था। लोग भारी संख्या में मारे गए थे। गाँव में मुसलमान टोली वालों को मार्ग-दर्शन करने में और उनका स्वागत करने में व्यस्त रहे।

श्री मेनन ने लिखा है, 'नादिरशाह ने दिल्ली धोयी', ऐसा इतिहास हम पढ़ते हैं। उसी की पुनरावृत्ति टोलीवालों ने यहाँ पर की थी। किंतु मुस्लिम आक्रमण का दूसरा तंत्र ही क्या है? उनका संख्याबल कैसे बढ़ा? तात्पर्य यह है कि इतिहास की पुनरावृत्ति होती ही रहती है। यह कश्मीर का इतिहास स्पष्टतः दिखा रहा था।

रजौरी में टोली वालों ने 11 नवंबर को क्रूरता का प्रदर्शन किया। तीन हजार स्त्रियों ने राजौरी के तहसील बिल्डिंग में अग्निकुंड रखा और अग्नि प्रवेश कर जौहर किया (The Iron curtain in kashmir : होरीलाल सक्सेना) हमारी सेना वहाँ पहुँची तो उन्होंने पाया 'हड्डियों का ढेर'।

मीरपुर में 15 नंवबर को पन्द्रह सहस्त्र हिंदुओं का शिरच्छेद किया गया। हमारे ही लोग संस्कृति से बाहर होने के बाद मूल संस्कृति पर कैसा प्रहार करते हैं, इसका प्रत्यक्ष उदाहरण था।

हमारी सेना ने 11 नवंबर को उरी जीत लिया। सामने खड़े हुए भयानक क्रूरकर्मियों से लड़ते समय हमारी सेना ने कितना

उत्साह दिखाया होगा, इसका प्रमाण है एक के पीछे एक शत्रु अधीन भाग मुक्त कराना।

दूसरी ओर, दिल्ली-करांची तथा दिल्ली-लाहौर के बीच वाग्युद्ध चलता रहा। कश्मीर विषयक हलचल प्रारंभ होने के सप्ताह-भर पश्चात्, अर्थात् 20 नवम्बर, 1947 को महामंत्री पं. नेहरू ने आकाशवाणी पर भाषण किया। "हमारे शांत रहने का अर्थ था छलबल, घर जलाना, बलात्कार, नरसंहार, ऐसे प्रयोगों के सामने सर झुकाना, उससे कश्मीर के प्रति विश्वासघात होगा। यह कश्मीर का युद्ध आक्रमणकारियों के विरुद्ध युद्ध है, जनता का युद्ध है इसलिए एक बार वहाँ शांति प्रस्थापित हो गई तो यू. एन. ओ. जैसे तटस्थ के अनुशासन में लोकमत की कल्पना की जाएगी और विलीनीकरण कहाँ हो यह निश्चित किया जाएगा।" पं. नेहरू की इस सोच पर शेख अब्दुल्ला का जादू हावी था।

लियाकत अली की प्रतिक्रिया लाहौर आकाशवाणी पर ध्वनित हुई। उन्होंने कहा, "गुलाबसिंह और अंग्रेजों के बीच अमृतसर में हुई उभयान्वय सन्धि, यही मूलतः कुख्यात है। हिन्दुस्तान का कश्मीर पर अधिकार जताना न केवल अवैध है, अपितु अनैतिक भी। कश्मीर के महाराज के विरुद्ध विद्रोह कश्मीर के लोगों का है, किंतु बाहर के लोगों को उन कश्मीर के लोगों के साथ सहानुभूति है। इसलिए हिंदुस्तान शासन एक आभास निर्माण करने पर तुला है कि कश्मीर पर आक्रमण हुआ है जो बाहर से है। इतिहास झूठा लिखा गया है। हिंदुस्तान का उद्देश्य यह नहीं है कि कश्मीर को बचाए, अपितु परोक्ष रूप में वहाँ की राजसत्ता को बचाने का उनका हेतु है। वहाँ के भीरू राजा ने हिंदुस्तान में सम्मिलित होने का जो अनुबंध किया है, वह कश्मीरी जनता से धोखा है। हिंदुस्तान ने कश्मीर को आक्रमणकारी सहायता दी है।

यदि कश्मीर पाकिस्तान में विलीन होता तो कश्मीर के महाराज और कश्मीर के हिंदुओं की क्या दुर्दशा होती यह लियाकत अली के उपर्युक्त वक्तव्य से स्पष्ट होता है।

पं. नेहरू ने 21 नवंबर, 1947 को विधि-मंडल (संसद) में वक्तव्य दिया। पिछले चार सप्ताहों की घटनाओं का उन्होंने ब्यौरा दिया और कश्मीरी जनता को अपना भवितव्य निश्चित करने का अवसर मिलेगा, यह आश्वासन भी घोषित किया।

26 नवंबर को दोनों देशों में बातचीत हुई। उसमें विभाजन से उत्पन्न प्रश्नों की भी चर्चा हुई। 27 नवम्बर को 55 करोड़ रुपये देने का निर्णय हुआ, वह इस धारणा पर कि उसका कार्यान्वयन अर्थात् प्रत्यक्ष रूप में राशि का प्रदान अन्य प्रश्नों के सुझाव पर अवलंबित रहेगा।

किंतु इतना वचन मिलते ही पाकिस्तान ने अपना कश्मीर प्रश्न का रुख प्रखर किया। सरदार पटेल को इस स्थिति की तुरन्त समझ में आ गई।

हिंदुस्तान ने अपना पक्ष निश्चित किया। पाकिस्तान की उद्धत नीति को न चलने देने का यत्न नेताओं ने किया। एक ओर हमारे नेताओं का यह प्रयत्न था कि पाकिस्तान ही कबीले वालों को कश्मीर पर हमला करने से रोके और उन्हें वापस खींच ले, तो दूसरी ओर यह 55 करोड़ का आश्वासन उस प्रयत्न में रुकावटें डालने लगा।

ऐसी विपरीत अवस्था में हिंदुस्तान शासन ने 55 करोड़ रुपये न देने का जो निर्णय किया था वह गांधी जी के अनशन से बदलना पड़ा। सद्भावना के कारण वह प्रदान हुआ, ऐसे ढोल कितने भी बजाए गए हों, किंतु उस सद्भावना को प्रतिदान नहीं प्राप्त हुआ। 55 करोड़ के प्रदान के पश्चात् भी कश्मीर की हल के सुझाव में पाकिस्तान की ओर से सहयोग नहीं मिला। गांधी जी की मृत्यु के बाद यू.एन.ओ. के सुरक्षामंडल में पाकिस्तान के प्रतिनिधि जफरुल्ला खाँ ने गांधी जी को गौरवपूर्ण शब्दों में श्रद्धाजंलि अर्पित जरूर की, किंतु वे तात्कालिक उद्गार थे। उस वक्तव्य का पाकिस्तान के कश्मीर विषयक नीति से कुछ भी संबंध

नहीं था, क्योंकि आगामी सत्र में ही उस सभा में पाकिस्तान ने अपना दुराग्रह भी चालू रखा था।

सरदार पटेल की आशंका को पाकिस्तान ने अपनी कृति से संपुष्ट कर दिया। गांधी जी के हठ से पटेल को बड़ा दुःख उनकी अपनी प्रतिष्ठा अथवा अप्रतिष्ठा की धारणा के कारण नहीं था। उन्होंने अपने वक्तव्य में ही कहा था, "आर्थिक अनुबंध पाकिस्तान को सुदृढ़ कर देने वाला था। इसलिए पाकिस्तान ने अपनी आर्थिक स्थिरता रखने के लिए 55 करोड़ का वचन प्राप्त किया था। बदले में हमारी सुरक्षा पर ही कुल्हाड़ी मारे अथवा हमारी (देश की) प्रतिष्ठा नष्ट करे, ऐसे प्रश्न पैसों के लेन-देन के प्रश्न में डुबाये रखना हमारे लिए हानिप्रद था। हमें यह देखना होगा कि जो तनातनी है, उसमें वृद्धि न हो। 12 दिसंबर, 1947 को मैंने अपने वक्तव्य में कहा ही है कि हमारी सद्भावना से खड़ा किया कार्य अब धोखे में आ गया है। अर्थात् हमारी सद्भावना को ही अब भय है। इस समय पाकिस्तान ने हमसे दुबारा सशस्त्र संघर्ष खड़ा कर रखा है। ऐसा लगाता है कि उसकी व्यापकता और फैलेगी। "यदि पाकिस्तान को उसकी उदंड नीति में यह प्राप्त हुआ तो समझौता की नींव ही उखड़ जाएगी और पाकिस्तान के आक्रमण के कदम को सुलभता प्राप्त होगी।"

किंतु गांधी जी का हठ पूरा करना पड़ा। सरदार पटेल के शब्दो में राष्ट्र की अस्मिता डोल रही थी। वह अस्मिता गाँधी जी के हठ में बली चढ़ गई। वल्लभभाई ने अपमान का घूँट पीया और 26 जनवरी, 1948 को बम्बई की सभा में उन्होंने कहा, "सद्भाव और दातृत्व की प्रवृत्ति से हमने यह 55 करोड़ प्रदान किए। यह बात पाकिस्तान के अर्थसचिव और लंदन के अर्थशास्त्रियों ने मान ली है। हमने जिस अर्थ-प्रदान का निर्णय लिया, वह इसलिए कि गांधी जी अपनी मानसिक यातानाओं से मुक्त हों।"

क्या इस अर्थ-प्रदान से लड़ाई समाप्त हुई? क्या पाकिस्तान

ने आक्रमण रोका? क्या निर्वासितों का ताँता बंद हुआ? जिसकी कथा हम हिंदुस्तान शासन के वाता-वितरण मंत्रालय द्वारा 1947 में प्रकाशित 'कश्मीर का रक्षण' (Defending Kashmir) ग्रंथ में पढ़ सकते हैं। सरसरी दृष्टि से भी हमें अति भयानक दृश्य देखने को मिलेंगे।

कश्मीर के उत्तरी भाग में आक्रामक बाहर से आए थे तो जम्मू के पश्चिम भाग में जो आक्रमणकारी आए उनकी सहायता स्थानीय लोगों ने की। उनको सेना-साम्रगी बाहर से प्राप्त होती थी (Defending Kashmir, पृष्ठ 37)।

अत्याचार के बलि बने सहस्त्रावधि हिंदू निर्वासित (मूल पुस्तक में नॉन मुस्लिम लिखा है) अपनी सेना की छाया में असहाय अवस्था में रक्षण पा रहे थे। तो सीमाओं की रक्षा करने में लगे कश्मीर राज्य के सैनिक टोली वालों से घिर गए थे, इसलिए असहाय थे। उनको सहायता पहुँचाना और निर्वासितों को छुड़ाना, यही अपनी सेना का पहला काम रहा। पूँछ में ही केवल चालीस सहस्त्र शरणार्थी इकट्ठे हुए थे।

(पृष्ठ 37)।

20 जनवरी, 1947 को लेफ्टिनेंट जनरल करीअप्पा ने पश्चिमी मोर्चे का नेतृत्व हाथ में लिया। नौशेरा परिसर में 6 फरवरी को घमासान लड़ाई हुई। हमारी सद्भावना हमारे ही सैनिकों पर बन्दूक की गोली द्वारा पलटा खा गई थी। तीन टुकड़ियों में पंद्रह सहस्र शत्रुसेना ने नौशेरा में लड़ाई लड़ी थी। हमारी सेना ने विलक्षण शौर्य दिखाया। शत्रु के दो सहस्र सैनिक मारे गए, किंतु उसके लिए हमारे केवल 21 सैनिकों को प्राणों से वंचित होना पड़ा था और नब्बे सैनिक घायल हुए थे (पृष्ठ 42)।

जैसे ही शीतकाल घटने लगा। हमारी सेना ने शत्रुव्याप्त भूभाग को मुक्त करने का अभियान शुरू किया। राजौरी शत्रु के ही

अधीन था। फिर भी वहाँ शरणार्थी इकट्ठे हो रहे थे। हमारी सेना राजौरी की ओर चल पड़ी। 13 अप्रैल, 1947 को हमारी सेना वहाँ पहुँच गई और कबीले वाले भाग निकले थे।

हमारे सैनिकों में बड़ा उत्साह था कि अब राजौरी में स्थित निर्वासित हमारा स्वागत करेंगे, किन्तु वहाँ देखा तो केवल बारह सौ से पन्द्रह सौ तक ही निर्वासित जीवित थे। वे स्त्रियाँ थीं। उनमें से लगभग पाँच सौ स्त्रियों को मारने के लिए जकड़ रखा था। हमलावर भाग गए, इसलिए वे स्त्रियाँ बच सकी थीं।

अन्य शरणार्थियों का क्या हुआ था? शासकीय प्रतिवृत्त में लिखा है कि बारामूला में हुआ नरसंहार राजैरी में हुए नरंसहार के मुकाबले फीका रहा। नगर में सब ओर शमशान की शांति थी।

भाग जाने से पहले हमलावरों ने हिन्दू (प्रतिवृत्त के अनुसार 'नान मुस्लिम') लोगों का सार्वजनिक संहार हुआ। घरों के अस्तव्यस्त खंडहर, स्थान-स्थान पर दफनाये। असंख्य शव, अधूरे दबे सड़ रहे शवों के ढेर, उनसे निर्मित दुर्गंध, इन बातों से हमारी सेना को ज्ञात हुआ कि क्या-क्या हुआ है। जीवित मनुष्यों पर शस्त्रों के घाव थे। वे रेंगते-रेंगते सहारा ढूँढने आए थे।

डेढ़ सौ वर्ग फुट लम्बे और पन्द्रह फुट गहरे तीन गड्ढे शवों से परिपूर्ण थे। शत्रु को समय तक न था कि इन शवों पर मिट्टी फेंके। हमारे सैनिकों को बार-बार नए शव दीखते थे। एक स्थान पर टूटे कंगनों का ढेर नजर पड़ा। पास ही स्त्रियों की कई चप्पलें भी थीं। भूमि पर रक्त फैला था। कहीं-कहीं बच्चों के अधूरे दबाए प्राणहीन हाथ आकाश की ओर निर्देश करते दिखते थे।

गाँव के आधे से अधिक घर तो जलाए गए थे या फावड़े से गिराए गए थे। राजौरी पर यह दूसरा बलात्कार था। नवम्बर, 1947 के प्रारम्भ में टोली वालों ने जब राजौरी पहली बार हस्तागत किया, उस समय उन्होंने अपनी क्रूरता का जो परिचय दिया उसका वर्णन पहले कर चुके हैं।

गांधी जी ने 5 नवम्बर, 1947 को अहिंसक युद्ध का स्वप्न-चित्र शब्दाङ्कित किया था। यहाँ उसका स्मरण होता है। एक पृच्छक ने गांधी जी से पूछा था, "कश्मीर पर हुआ आक्रमण का प्रतिकार अहिंसा से कैसे किया जाए? गांधी जी ने कहा, "जिन पर आक्रमण हुआ है, उनको सैनिक सहायता न दी जाए। संघ राज्य अहिंसक सहायता करे और वह भी विपुल मात्रा में। भले ऐसी सहायता मिले अथवा न मिले। जो आक्रमित हैं वे विनयबद्ध सेना का अर्थात आक्रमणकारियों का प्रतिरोध न करें (अर्थात अपने पर आक्रमण होने दें।) आक्रमित अपने नियतस्थान पर (पोस्ट ऑफ ड्यूटी पर) क्रोध रहित और द्वेष रहित हृदय से आक्रमकों के शस्त्रों की बलि चढ़े। शस्त्र प्रयोग न करें। हाथ की मुट्ठी से भी प्रति प्रहार न करें। ऐसा अहिंसामय प्रतिकार इस पृथ्वी पर इतिहास को आज तक ज्ञान नहीं है। ऐसा नेत्रदीपक शूरता का दर्शन करायेगा। फिर कश्मीर पवित्र भूमि होगी। उस पवित्रता की सुगन्ध हिन्दुस्तान में ही नहीं अपितु पूरे विश्व में महकेगी।"

"यह स्वप्न मात्र है और मैं उसका कार्यान्वयन करने में निष्प्रभ (इंपोटेंट) हूँ" यह भी गांधी जी ने कहा था। यह चित्र किसी को सुन्दर, रमणीय लगे तो भले भी लग जाए। मानवता की दृष्टि से इस जैसा क्रूर-चित्र विश्व में शायद ही कहीं दिखेगा। बारामूला हो अथवा राजौरी, वहाँ के प्रतिकार अहिंसक ही हुए थे और उसमें हजारों प्राणों की बलि हुई थी और हमारे सैनिक उस अहिंसक प्रतिकार का शव देख रहे थे। क्या उस सबकी दुर्गन्ध से इस भूमि पर पवित्रता आने वाली थी?

55 करोड़ रुपये का प्रदान करने को अपने शासन को बाध्य ने करने से अहिंसा का कुछ सीमा तक पालन हुआ होता, किन्तु वह न करते हुए गांधी जी एक ओर अहिंसक युद्ध के दिवास्वप्नों में मस्त रहे और दूसरी ओर 55 करोड़ रुपये के प्रदान के लिए उपवास में लगे। आक्रमकों को अत्याचार करने के लिए अधिक

सामर्थ्य प्रदान करने वाले गांधी जी के उपचार उनके अहिंसा तत्त्व से पूर्णतया विसंगत सिद्ध हुए।

राजौरी खोना पड़ा। इसका प्रतिशोध लेने के लिए आक्रमणकारियों ने 16 अप्रैल को छह सहस्त्र की संख्या में झांगर पर हमला किया। हमारी सेना ने उनको मार भगाया था। 23 मई को टीटवाल, 27 मई को उरुसा, 28 मई को पोरकांटो स्थानों को हमारी सेना ने स्वाधीन कराया। लड़ते-लड़ते वे बड़ी संख्या में अपनी बलि चढ़ाते रहे। भिन्न-भिन्न मार्चों पर यही स्थिति रही।

14 अगस्त, 1948 को पाकिस्तानी सेना ने मानो मधुमक्खी के झुंड जैसा आक्रमण स्काईू स्थान पर किया। हमारे सैनिक लड़ते रहे, किन्तु न उन्हें सहायता मिलने की आशा थी, न विजय प्राप्त होने की। शत्रु की प्रचंड सेना के बीच वे दब गए। पाकिस्तानी सेना ने विजय प्राप्त की। अपने मुख्य स्थान पर उन्होंने विजय प्राप्ति का सन्देश भेजा। वह क्या था? सब सिखों को गोली मारो। सब स्त्रियों के साथ बलात्कार किया जाए। (All sikhs shot. All women raped!)" (Defending Kashmir, पृष्ठ 72)

यदि हममें से कोई बलात्कार का दुष्कृत्य करे तो हम उसको नीच समझते हैं और जो बलात्कार करता है उसको भी उस दृष्कृत्य पर गर्व नहीं हुआ करता। वह लज्जित रहता है, किन्तु कश्मीर में अर्थात् हिन्दुस्तान के विरुद्ध 'धर्मयुद्ध' 'बगावत' खड़ा किए हुए मुसलमानों को उनके धर्म के अनुसार स्त्रियों के साथ बलपूर्वक किया संभोग गौरवपूर्ण प्रतीत हुआ। वह इतना कि विजय में क्या-क्या लूट प्राप्त हुई, क्या-क्या शूरता दिखाई, इन बातों के कथन में इस 'धर्मकृत्य' का भी उन्होंने अपने संदेश में उल्लेख किया। कुरान की व्याख्या, इस पुस्तक का विषय नहीं है, किंतु ऐसे अपकृत्य को मुसलमानों ने 'धर्मकृत्य' माना। इस मेरे विधान से हमारे ही लोग चौकेंगे। इस संदर्भ के लिए प्रमाण रूप में कुरान का चौथा भाग (सुरा) प्रस्तुत है।

वैषयिक सम्बन्ध किससे स्वीकार्य हैं, किससे निषिद्ध है, ये नीतितत्त्व बनाने के उपक्रप में उस 'अन् निसा' (स्त्रियाँ अथवा स्त्री विषयक) भाग में एक युद्धनीतितत्त्व भी बताया है। आयत 24 में उसका आशय है–

"और विवाहित स्त्रियाँ भी तुम पर हराम हैं जो किसी के निकाह में हो, सिवाय उनके जो ('लौंडी' के रूप में) तुम्हारे कब्जे में हों!

श्री अबू समीम मुहम्मद अब्दुल हुई द्वारा कुरान का अनुवाद अधिकृत है। मक्तबा अलहसनात रामपुर (उत्तरप्रदेश) ने इसे प्रकाशित किया है। अरबी, उर्दू (फारसी लिपी) और नागरी लिपी में मुद्रित उपरोक्त उद्धरण पृष्ठ 253 पर है।

अर्थात् युद्ध में तुम्हारे हाथ में लगी स्त्रियाँ विवाहित हैं या अविवाहित यह इस्लामियों को पूछना आवश्यक नहीं है, क्योंकि जो पुरुष युद्ध में पकड़े जाते हैं उनका उनके स्त्रियों से सम्बन्ध टूट जाता है, यह 'इस्लमी कानून' है।

उद्धत ग्रन्थ के पृष्ठ 1243 पर 'लौंड़ी' का विवरण दिया है।

"लौंडी से अभिप्रेत वे स्त्रियाँ हैं जो इस्माली युद्ध में पकड़कर लाई जाएं और राज्य की ओर से लोगों में बांट दी जाएं।" आगे लिखा है, "युद्ध में जो स्त्रियाँ कैद होकर आएंगी उनके बारे में इस्लामी कानून यह है कि पहले उन्हें राज्य के हवाले कर दिया जाएगा। राज्य को यह अधिकार प्राप्त है कि उन्हें सैनिकों में बाँट दें। इस प्रकार जो स्त्री जिस सैनिक के हिस्सें में आएगी केवल वही उससे संभोग कर सकता है।"

दिल्ली से निकलने वाले 'रेडियन्स' नामक अंग्रेजी साप्ताहिक में कुरान पर चर्चा आया करती है। फरवरी, 1970 में प्रकाशित अंक में उपर्युक्त विषय की चर्चा है। वह भी पाठक सम्यक संदर्भ के लिये देखें।

स्त्रियों को अपदार्थ समझकर उन पर इस प्रकार कुप्रयोग, किसी समय उचित रहा होगा, किन्तु वह प्रथा मावन-धर्म को ही नीचा दिखाने वाली होने के कारण अनुसरण करने योग्य नहीं है, इस प्रकार का भाव किसी व्यक्ति ने किया है? उद्धृत ग्रन्थ के पृष्ठ 1243 पर जो विवरण है, वह देखा जाए—

"लड़ाई में कैद होकर आने वाली स्त्रियाँ राज्य के लिए एक समस्या होती है, जिसे हर समझदार व्यक्ति भली-भाँति समझ सकता है। इस्लाम ने इस समस्या का समाधान बिल्कुल स्वाभाविक रूप में किया है।

उपर्युक्त ग्रंथ का तीसरा संस्करण जनवरी, 1950 का है।

बीसवीं सदी से 20-25 वर्ष पूर्व 'स्त्रियों पर बलात्कार' की धर्म-पुष्टि बिल्कुल स्वाभाविक थी।

अस्तु! शत्रु को क्या करना चाहिए। इसकी अपेक्षा हमें क्या करनी चाहिए यही हमारे सम्मुख उन दिनों समस्या थी। हमारे सैनिकों का उत्सर्ग, स्त्रियों का अपहरण और बलात्कार और मारे गए नागरिक निर्विवाद रूप से उस 55 करोड़ की राशि के बलि थे।

क्या केवल 55 करोड़ से ही लड़ाई लड़ी जाती है? क्या यह सच नहीं है कि युद्ध में 55 करोड़ की ऐसी कई राशियाँ व्यय हुआ करती हैं? जी हाँ! किन्तु दूसरी बातों पर यह निर्भर रहती है। उस समय की अवस्था में इस 55 करोड़ के लिए क्या दुःखी होना, ऐसा आत्मघातक विचार हमारे देश ने नहीं किया था। हमारे पास कई मुफ्त के जहाज हैं। उसमें से एक विमान पाकिस्तान ने बलपूर्वक भगाया और जलाया तो उसका क्या दुःख करें, उससे पाकिस्तान पर क्यों क्रोध करें, इस प्रकार का विचार जो राष्ट्र करेगा वह स्वाभिमानी नहीं होगा। ऐसा राष्ट्र दूसरे बलवान राष्ट्रों से मकोड़े के समान (गोगलगाय?) पैर के नीचे दबने योग्य रहेगा। इसलिए हमारा जहाज भगाया गया और जलाया गया, इस घटना का क्रोध

न्यूनतम शब्दों में हो तो भी व्यक्त करते हैं। इसी कारण उन दिनों 55 करोड़ के प्रदान से पूरा राष्ट्र संतप्त हो उठा था।

सितम्बर, 13 और 14 को मराठा और जाट दलों ने बोटकूलम् गंज की ओर चढ़ाई की, किन्तु अपने उद्दिष्ट के केवल तीस यार्ड अंतर पर ही उन पर प्रचंड अग्नि वर्षा हुई। पूरी की पूरी एक कम्पनी हताहत हुई।

युद्ध बन्द हो, इसलिए कई दिनों तक प्रयास चल रहा था, किन्तु प्रत्यक्ष युद्ध बन्द का कार्यन्वयन 31 दिसम्बर 1948 को मध्य रात्रि में हुआ। इस प्रकार सद्भावना के नाम पर 55 करोड़ देने के निर्णय के लगभग एक वर्ष पश्चात् हमारी सेना के भाग में आया 'अग्नि-वर्षा की भेंट'।

6

निवेदन पढ़ने से पूर्व

"उच्च न्यायालय से पुनरावेदन (अपील) करने वालों में नथूराम वि. गोड्से ने अपनी दोषसिद्धि (कन्वीक्शन को) का आह्वान नहीं किया। 30 जनवरी, 1948 को महात्मा गांधी के वध के कारण उस पर दण्ड विधान धारा 302 के अनुसार आरोप सिद्ध हुआ था, उस अपराध के लिए उसको फाँसी का दण्ड सुनाया गया था। उसके विरुद्ध उसने पुनरावेदन नहीं किया। उसने अपना पुनरावेदन और अपने तर्क दूसरे आरोप जो सिद्ध माने गए थे, उनकी परिसीमा में ही सीमित रखे। इस न्यायालय में उसने अपना अधिवक्तव्य स्वयं ही दिया। वह देते समय उसने वस्तुस्थिति के तत्त्वों का जो विवेचन दिया उससे उसकी अलपरिक्षित क्षमता प्रतीत हुई। मैं विश्वासपूर्वक कहना चाहूँगा कि किसी भी विधि-विशेषज्ञ के गर्व के उपयुक्त उसने अपना अधिवक्तव्य प्रस्तुत किया।"

("Of all the Appellants Nathuram V. Godse has not challenged his conviction under Sec. 302 lf the Indian Penal Code nor has he appealed from the sentence of death passed on him in respect of the offence. He has confined his appeal and also his arguments at the Baronly to the other charges which have been found proved against him" "...he personally argued his appeal, I must say, with conspicuous ability evidencing a mastery of facts which would have done credit to any counsel.'')

दिल्ली के लिए उन दिनों उच्च न्यायालय पंजाब का था। जो विभाजन के पश्चात् वह शिमला में बैठने लगा। उस न्यायालय में गांधी-वध अभियोग के दंडित के पुनरावेदन सुने गए। 22 जून, 1949 को न्यायमूर्तियों ने अपना निर्णय-पत्र पढ़ा।

न्यायपीठ बेंच में न्यायमूर्ति श्री भण्डारी, श्री अच्छरुराम और श्री खोसला थे। श्री भण्डारी और श्री अच्छरुराम ने अपने अलग-अलग निर्णय-पत्र लिखे। वे आपस में मिलते थे। श्री खोसला ने इन दोनों न्यायमूर्तियों के मत की एकाध पन्ने में पुष्टि की।

डॉ. परचुरे और शंकर किस्तैया को उच्च न्यायालय ने दोषमुक्त ठहराया था। करकरे, मदनलाल पाहवा और गोपाल गोड्से (प्रस्तुत लेखक) को आजीवन कारावास, नथूराम और नाना आप्टे के फाँसी के दण्ड को स्थिर रखा गया।

पुनरावेदन चलते समय न्यायमूर्तियों ने नथूराम का जो निरीक्षण किया, उस पर भी उन्होंने अपना अभिमत व्यक्त किया। इन अध्यायों में नथूराम के पुनरावेदन के विषय में तथा उसकी क्षमता के सम्बन्ध में जो प्रारम्भ में उल्लेख है, वह न्यायमूर्ति श्री अच्छरुराम ने अपने निर्णयपत्र के पृष्ठ 204 और 206 पर अंकित किया अभिमत है।

''यद्यपि वह मैट्रिक परीक्षा में अनुत्तीर्ण हो गया था, किन्तु उसका अध्ययन गहन है। अपने प्रतिवेदन पर बहस करते हुए अंग्रेजी का गम्भीर ज्ञान और सोचने विचारने की स्पष्ट क्षमता दर्शनीय थी।''

(''Althouth he failed in his Matriculation examination he is wikely read. While arguing his appeal he showed a fair knoweldge of the English language and a remarkable capacity for clear thinking.'')

नथूराम ने अपने अभिवक्तव्य में एक भूमिका दी थी। "20 जनवरी, 1948 को, अर्थात् गांधी जी के प्रार्थना स्थल पर धमाका हुआ, उस दिन मैं वहाँ पर नहीं था, मैं पीछे रह गया था, क्योंकि मेरे सिर में दर्द था।" इस बात को काटते हुए न्यायमूर्ति ने नथूराम की उन्होंने जो क्षमता देखी उसी का आधार लिया। न्यायमूर्ति ने माना है कि उसका सिर दर्द करता होगा, किन्तु ऐसे महत्त्व के क्षणों में उस जैसा समर्थ व्यक्ति पीछे रहा होगा, यह मानने के लिए वे तैयार नहीं थे। वे कहते हैं–

पुनरावेदन हमारे सामने पाँच सप्ताह से अधिक चला। उस अवधि में और विशेषकर जो आठ-नौ दिन नथूराम स्वयं अपने तर्क प्रस्तुत कर रहा था उस सम्बन्ध में हमने उसको भलीभाँति परखा है, उसके जैसा कर्तृत्ववान मनुष्य ऐसा पीछे रहने का विचार भी मन में लायेगा, यह हम सोच तक नहीं सकते।"

("We have seen quite enough of Nathuram during the period of more than five weeks while we were hearing these appeal and particularly during the eight or nine days while he was arguing his own case, and I cannot imagine that a man of his calibre could have even entertained the idea.")

न्यायमूर्ति श्री खोसला ने गांधी-वध के लगभग पन्द्रह वर्ष पश्चात्, अपनी सेवानिवृत्ति के पश्चात् दस न्याय-निर्णय कथाओं का एक ग्रंथ लिखा। उसमें गांधी-वध (The Murder of the Mahatma) अर्थात् नथूराम गोडसे का अभियोग (The case of Nathuram Godse) यह भी एक अध्याय है। श्री खोसला के मन पर उस समय जो मुद्रा अंकित हुई थी, वह वस्तुस्थिति उन्होंने शब्दांकित की है। वे लिखते हैं–

नथूराम का वक्तव्य न्यायालय में उपस्थित दर्शकगण के लिए एक आकर्षक वस्तु थी। खचाखच भरा न्यायालय इतना भावाकुल

हुआ था कि उनकी आहें और सिसकियाँ सुनने में आती थीं और उनके गीले-गीले नेत्र और गिरने वाले आँसू दृष्टिगोचर होते थे। न्यायालय में उपस्थित उन प्रेक्षकों को यदि न्यायदान का कार्य सौंपा जाता तो मुझे तनिक संदेह नहीं है कि उन्होंने अधिक से अधिक संख्या में यह कहा होता कि नथूराम निर्दोष है।

("The highlight of the appeal before us was the discourse dclivered by Nathuram Godse in his defeance. He spoke for several hours discussing, in the first instance. the facts of the case and then the motive which had prompted him to take Mahatma Gandhi's life...") (The murder of the Mahatma, Page 238)

("The audience was visible and audibly moved. There was a deep silence when he ceased speaking. Many women were in tears and men were coughing and searching for there handkerchiefs. The silence was accentuated and made deeper by the sound of an occasional subdued sniff or a muffled cough...")

("I have however no doubt that had the audiance of that day been constituted into a Jury and entrusted with the task of deciding Godse's appeal, they would have brought in a verdict of 'not guilty' by an overwhelming mejority")

(The Murder of The Mahatma, Page 234)

न्यायमूर्ति कपूर को एक स्थान पर नथूराम की क्षमता का आधार लेकर ही उनके समक्ष हुई एक गवाही का वक्तव्य काटना पड़ा।

गांधी-वध के सम्बन्ध में क्या पहले कोई कुछ जानता था। इसकी छानबीन करते समय गांधी जी की पौत्री श्रीमती मनुबेन गांधी की एक गवाही हुई। वे गांधी जी के साथ सदा रही थीं।

उन्होंने कहा कि 30 जनवरी, 1948 को दोपहार के लगभग बारह बजे नथूराम बिरला-भवन पर आया था। उसको किसी ने रोका नहीं था, क्योंकि लोग आते-जाते रहते थे और आने वाला व्यक्ति कोई विशेष है, ऐसा उस समय नहीं लगा। उसके आने में भी किसी को कोई विशेषता नहीं लगी, क्योंकि गांधी जी जहाँ रहते थे, सोते थे, भोजन करते थे, वे स्थान देखने के लिए लोग आया करते थे। नथूराम भी आया था। संभवतः वह पिछले द्वार से आया होगा। कई व्यक्ति गांधी जी के दर्शन के लिए इस प्रकार आते थे। उन्हें कोई रोकता नहीं था। गांधी जी उस समय धूप का आनन्द ले रहे थे और यदि नथूराम के मन में होता तो वह वहीं पर उनके ऊपर गोली दागता। श्रीमती मनुबेन ने कहा, निश्चित है कि वह नथूराम ही था, क्योंकि सायंकाल को नथूराम ने गोलियाँ दागीं उस समय उन्होंने उसे पहचाना। उनकी धारणा है कि जब दोपहर को नथूराम आया था तब गांधी जी के प्रच्छन्न तेज से वह चकाचौंध हुआ था।

किन्तु श्रीमती मनुबेन ने 'बापू जी का अन्तिम दर्शन' (Last glimpse of Bapuji) नाम की जो पुस्तक लिखी है उसमें उन्होंने उपयुक्त घटना का उल्लेख तक नहीं किया है। 31 जनवरी, 1948 को अर्थात् गांधी-वध के दूसरे दिन उन्होंने आरक्षियों को भी यह घटना नहीं बताई, किंतु उन्होंने 'ब्लिट्स' (साप्ताहिक-पत्र) के 26 जनवरी, 1969 के अंक में जो लेख लिखा है उसमें इस घटना का प्रथम बार ही उल्लेख किया है। उस लेख में उन्होंने ऐसा भी लिखा है कि उन्होंने यह बात पं. नेहरू तथा सरदार पटेल से भी कही थीं। (न्या. कपूर आयोग प्रतिवृत्त खण्ड 1, पृष्ठ 202-203)

इस कथा पर न्यायमूर्ति कपूर ने विश्वास नहीं किया। उन्होंने एक कारण यह दिया है कि गांधी जी के जीवन को पूर्णतः समाप्त करने का नथूराम का निश्चय उसके वक्तव्य में ही प्रतीत होता है। उस लिखित निवेदन में उसको दोपहर में गांधी जी को

मारने का अवसर मिला होता तो वह उसको गँवायेगा, यह बात सम्भवातीत है। सायंकाल प्रार्थना-स्थल उसको व्यामोह नहीं हुआ था, दोपहर को व्यामोह हुआ होगा, ऐसी धारणा बनाने के लिए कारण मिलना असम्भव है। किसी के प्राण लेने के लिए प्रस्थान करने वाला व्यक्ति अपने लक्ष्य के 'दर्शन' के लिए नहीं जाता भले वह लक्ष्य गांधी क्यों न हो। जैसे नथूराम ने अपने निवेदन में कहा है, गोली चलाने के पश्चात् आरक्षियों को आत्मसमर्पण करने का उसका निश्चय था, आयोग ने इस बात की उपेक्षा नहीं की है। (खण्ड 1 अनच्छेद, 12 एफ/19 (5) पृष्ठ 205), इसलिए श्रीमती मनुबेन की गवाही 'असिद्ध', इस वर्ग में गिननी पड़ेगी। अतएव वह स्वीकार्य नहीं है।

गांधी-वध जैसी भीषण घटना के समय नथूराम के मन की स्थिरता के विषय में न्या. कपूर ने जो अभिप्राय दिया, वही उपरोक्त विवेचन से प्रतीत होता है।

नाथूराम का व्यक्तित्व कैसा था, विचारों के विवेचन की उनकी पद्धति कैसी थी, जो काम वे हाथ में लेते उसमें लगन कैसी थी, वाद-विवाद में पंडित्य कैसा था, आदि बातों का विवरण मैं स्वयं भी दे सकता था, क्योंकि उनके वे गुण मैंने स्वयं देखे हैं, किंतु उसमें एक भय था। हत्या करने वाले व्यक्ति का गुणगान करने से मैंने हत्या को उत्तेजना देने वाला लेखन किया, इस प्रकार का आरोप मुझ पर मढ़ा जाता। उस आरोप की छानबीन कराने के लिए न्यायालय के द्वार भले ही खुले हों, किंतु उसके लिये जो सप्रमाण प्रतिरोध करना पड़ता है, उस कारण सब प्रकार के कष्ट सहने पड़ते, यह अनुभव सिद्ध बात है। इसलिए वध करने के प्रायश्चित के रूप में फाँसी का दण्ड सुनाते-सुनाते भी न्यामूर्तियों ने नथूराम के गुणों का वर्णन किया है, उसी का मुझे प्रमुख आधार मिला है। क्योंकि नथूराम के निवेदन में जो ऐतिहासिक प्रसंग आए हैं, वे कितने सक्षम हैं और समर्थ व्यक्ति ने लिखे हैं यह बात न्यायमूर्तियों

ने नथूराम के विषय में जो अभिमत व्यक्त किया है उससे पाठक जान सकेंगे। वे घटनाओं का भी सत्यासत्य देख पाएंगे और स्वयं मूल्यांकन कर सकेंगे।

गांधी-वध से संलग्न प्रश्न जैसे, देश-विभाजन, निर्वासित, कश्मीर पर आक्रमण, 55 करोड़ की राशि आदि उन दिनों के जीते-जागते प्रश्न न्या. कपूर ने विवेचित किए हैं। जिसका सारांश रूप से उल्लेख प्रारम्भ के अध्यायों में आया है। 'निर्वासित और गांधी जी' अध्याय के अन्त में जैसे मैंने लिखा है, तथा अन्य स्थानों पर भी मैंने उल्लेख किया है, कपूर आयोग के प्रतिवृत्त के सम्बन्धित भागों से भी नथूराम के वक्तव्य की पुष्टि होती है।

यह मानना होगा कि 55 करोड़ की संख्या ही मानो हिंदुस्तान की राजनीति में अशुभ-सी रही। इस संख्या पर राष्ट्र की अस्मिता बलि चढ़ी। उस संख्या की वेदी पर कश्मीर में हमारे वीर सेनानी बलि चढ़े। उसी प्रकार गांधी जी का भी उसी 55 करोड़ के सम्बन्ध में वध हुआ। उस हत्या के अनुसंग (इंसिडेंट) से अभियोग खड़ा रहा। उसमें जो बलि हुए, वे लक्षणों से कहा जाए तो, पर्याप्त रूप से इस 55 करोड़ की संख्या के नाम ही लिखने होंगे।

नागपुर के 'तरुण भारत' वृत्त-पत्र के सम्पादक श्री ग. त्र्यं माडखोलकर जी को नथूराम ने एक पत्र 14 नवम्बर, 1949 को अर्थात फाँसी दिए जाने से एक दिन पूर्व लिखा। वह पत्र 'सोबत' साप्ताहिक के दीपावली, 1970 के अंक में श्री ग. वा. बेहरेजी ने प्रकाशित किया है। वह पत्र इस पुस्तक के परिशिष्ट (1) में दिया है।

नथूराम ने उस पत्र में लिखा है, "न्यायालय में दिए वक्तव्य का बहुत सारा भाग इतिहास है और कुछ भाग अन्तःकरण से लिखा साहित्य है।"

नथूराम ने जो 'बहुत सारा' भाग लिखा है इसका अर्थ यह है कि षड्यंत्र के आरोप का खंडन करने के लिए उसमें जो तर्क

प्रस्तुत किए गए हैं, वे केवल बचाव के लिए थे और इतिहास की व्याख्या में आने वाले नहीं थे, यही उसने बताया है। इसीलिए आगे दिए हुए उसके निवेदन के उतने खण्ड का मैंने संक्षेप मात्र दिया है, जो आरोप स्वीकृत नहीं है उनका उत्तर देने की चेष्टा करना ही अनुच्छेदों का विषय रहा है। वह भाग भी बहुत थोड़ा है। गांधी जी का वध क्यों अनिवार्य हुआ, इसका तात्कालिक कारण नथूराम ने दिया है। उसके पूर्व उन्होंने उस समय की स्थिति का राजनीतिक विवरण दिया है। गांधी जी की नीति का मार्गाक्रमण किस प्रकार होता रहा है और देश पर उसका क्या परिणाम हुआ इसकी समालोचना नथूराम ने की है। यह इतिहास-पक्ष है।

श्री माडखोलकर जी को जो पत्र नथूराम ने लिखा उसमें वे कहते हैं, "जो सत्य इतिहास मैंने लिखा है और जो अन्तःकरण से लिखा साहित्य है, वह लोगों के सामने जाने से शासन को भय लगता है, इसी से उसका प्रभाव मैं अनुभव कर सकता हूँ।"

उन दिनों राज्यों के शासनों ने कानून के किसी उपबंध के अन्तर्गत नथूराम के लिखित निवेदन के प्रकाशन पर प्रतिबंध लगाया था। नथूराम की धारणा सत्य थी। देश का, स्वतन्त्रता के आंदोलन का, विभाजन का, नरसंहार को छिपाने का, क्रूरता का इतिहास नथूराम ने प्रकट किया, इसलिए उस वक्तव्य पर शासन ने प्रतिबंध लगाया। सत्ताधीशों को सत्य से भय लगता है। हम सत्यभाषी हैं। सत्यप्रेमी हैं, सत्यतत्वीय हैं, ऐसी घोषणा जो सत्ताधीशों को इतिहास में समय के पृष्ठ पर अंकित किए सत्य को आँखों से आँखें मिलाने का साहस नहीं होता। यदि सत्य को पुरस्कृत करें, सत्य को प्रोत्साहित करें तो अपनी सत्ता ही हाथ से निकल जाएगी, यह डर उनके मन पर मंडराता रहता है। उनके पास यदि कोई वस्तु होती है, तो वह है शक्ति (Power)। इसलिए उस शक्ति का प्रयोग वे सत्य को दबाने के लिए करते हैं। अपराधी गौरवान्वित न होने पाए, इसलिए यह प्रतिबंध लगाया गया। सत्य

प्रकट होने से कांग्रेस भयभीत थी। कारण, उससे उनकी देशभक्ति और मुस्लिम तुष्टिकरण का पर्दाफाश होता था।

समय परिवर्तनशील है। जिस कानून के उपबन्ध के अनुसार वह प्रतिबन्ध लगाया गया था, वह कानून ही अब शासन ने अस्तित्व में नहीं रखा। इसी से केवल यह निवेदन लोगों के सम्मुख रखना सम्भव हो रहा है। शासन को अप्रत्यक्ष रूप में धन्यवाद प्रकट कर शासन पर न्याय करना उचित होगा। इसके पूर्व न्यायमूर्ति श्री खोसला, श्री के.ए. गौवा, श्री घर्मेन्द्र शर्मा आदि लेखकों ने अपने-अपने ग्रंथों में नथूराम के निवेदन के भाग दिए हैं वह इसलिए सम्भव हुआ क्योंकि वह प्रतिबन्ध लगाने वाला कानून अस्तित्व में नहीं रहा।

7

भाग १ : नथूराम का निवेदन

आरोपों की चर्चा और नथूराम का पूर्ववृत्त

न्या. श्री आत्माचरण अपने आसन पर विराजमान हुए थे। सब जगह सन्नाटा-सा था। कठघरे में अभियुक्त अपने-अपने स्थान पर बैठे थे। दोनों पक्षों के अधिवक्ता (एडवोकेट) उपस्थित थे। मुखपत्र के प्रतिनिधि और संवाददाता अपनी लेखनियाँ तैयार कर लिखने के मूड में बैठे थे।

न्यायालय खचाखच भरा था। आरक्षी अधिकारियों से प्रवेश पत्रिकाएँ लेकर ही न्यायामंदिर में लोगों को प्रवेश मिला था।

अभियोजकों की (प्रॉसिक्यूटर्स की) ओर से साक्षियाँ समाप्त हुई थीं प्रमाणो का प्रस्तुतिकरण पूरा हुआ था। अभियुक्तों का क्या कहना है यह आज न्यायालय के सामने प्रकट होने वाला था। वह दिनांक था 8 नवंबर, 1948।

दंड प्रक्रिया संहिता की अर्थात् क्रिमिनल प्रोसीजर कोड की धारा 364 के अनुसार न्यायमूर्ति ने अभियुक्तों से प्रश्न पूछना प्रारंभ किया।

"अभियुक्त क्रमांक एक, नथूराम विनायक गोडसे, आयु 37 वर्ष, व्यवसाय संपादक 'हिंदुराष्ट्र' मुखपत्र पूना..."

जैसे ही अभियुक्त क्रमांक एक शब्द सुने, नथूराम उठ खड़े हुए।

न्यायमूर्ति ने कहा, "तुम्हारे विरुद्ध अभियोजकों ने साक्षियाँ प्रस्तुत की और जो प्रमाण दिए वे तुमने सुने हैं। तुम्हारा उस पर क्या कहना है?"

नथूराम ने कहा, "मुझे लिखित निवेदन प्रस्तुत नहीं करना है।"

न्यायमूर्ति ने नथूराम से निवेदन पढ़ने के लिए कहा।

उस समय मुख्य अभियोजनक श्री दफ्तरी खड़े हुए। उन्होंने आपत्ति उठाई। "इस अभियोग से संबंधित निवेदन प्रस्तुत करने की अनुमति दी जाए अन्यथा निवेदन पढ़ने न दिया जाए।"

न्यायमूर्ति ने उस आपत्ति को नहीं माना। नथूराम निवेदन पढ़ने लगा। माइक लगा था इसलिए ध्वनि सर्वदूर पहुँच जाती थी।

"विशेष न्यायमूर्ति, लालकिला दिल्ली के न्यायालय में" राज्य के विरुद्ध नथूराम विनायक गोडसे और अन्य अभियुक्त!

देशभक्ति को पाप कहें यदि,
हूँ मैं पापी घोर भयंकर
किंतु रहा वह पुण्यकार्य तो
मेरा है अधिकार पुण्य पर
अचल खड़ा मैं इस वेदी पर।

संदर्भ : निवेदन 136

"मान्यवर न्यायमूर्ति की सेवा में, मैं नथूराम विनायक गोडसे आरोपी क्रमांक एक नम्रतापूर्वक निवेदन प्रस्तुत करता है..." इन शब्दों में नथूराम ने अपने निवेदन का प्रारम्भ किया।

निवेदन के पहले पच्चीस अनुच्छेदों में उस पर लगाए

भिन्न-भिन्न आरोपों की छानबीन की। उसका कथन सारांश रूप में है : "20 जनवरी, 1948 को गांधी जी के प्रार्थना-स्थल पर जो विस्फोट हुआ और जिसके लिए मदनलाल पकड़ा गया, वह घटना 30 जनवरी, 1948 की गांधी-वध की घटना, इन दोनों घटनाओं का अन्योन्याश्रित संबंध नहीं है। यह एक षड्यंत्र था, इस आरोप की पुष्टि के लिए अभियोजकों ने जो प्रमाण प्रस्तुत किए हैं, उससे वह आरोप सिद्ध नहीं हो पाता है। 30 जनवरी की घटना का उत्तरदायी केवल मैं ही हूँ। अन्य समय में भी मैंने न किसी के साथ षड्यन्त्र किया है और न किसी की सहायता की है। अतएव षड्यंत्र का आरोप मैं अस्वीकार करता हूँ।

अवैध रूप से (पिस्तौल) अपने पास रखने का आरोप नथूराम ने स्वीकार किया है। पिस्तौल दिल्ली में ही उसने खरीदी, यह उसकी स्वीकृति थी। उसका विवरण देते समय अपने निवेदन के अनुच्छेद, 15 और 16 में नथूराम ने कहा—मैं यह बताना आवश्यक समझता हूँ कि मैं दिल्ली क्यों और किस प्रकार आया? इस बात को तो मैं सदा बिना छिपाये कहता रहा हूँ कि मैं गांधी जी के सिद्धान्तों के विरोधी सिद्धान्तो का प्रचार कर रहा हूँ। मेरा यह पूर्ण विरश्वास रहा है कि अहिंसा का अति-प्रचार हिन्दू जाति को अत्यन्त निर्बल बना देगा और अन्त में यह जाति इस योग्य भी नहीं रहेगी कि वह दूसरी जातियों के, विशेष रूप से मुसलमानों के अत्याचारों का प्रतिरोध कर सके। इसलिए मैंने निश्चय किया कि सार्वजनिक कार्य में लगूँ और अपने जैसे विचारों के व्यक्तियों का संगठन करूँ। इस दिशा में मैंने और आप्टे ने मिलकर काम किया और एक दैनिक पत्र 'अग्रणी' प्रकाशित किया। हम लोग गांधी जी की अहिंसा के ही विरोधी नहीं थे, प्रत्युत इस बात के अधिक विरोधी थे कि गांधी जी अपने विचारों और कार्यों में मुसलमानों का अनुचित पक्ष लेते थे और उनके सिद्धान्तों एवं कार्यों से हिन्दू जाति को अधिकाधिक हानि हो रही थी। मैं अपने दृष्टिकोण को आगे विस्तारपूर्वक स्पष्ट करूँगा और उदाहरण दूँगा कि किस

प्रकार गांधी जी के कारण हिन्दू जाति को घोर दुःख और कष्ट सहने पड़े।

क्षेपक 16 में अपने पत्र 'अग्रणी' 'हिन्दूराष्ट्र' में मैंने गांधी जी के विचारों की कड़ी आलोचना की। अपने लक्ष्य की प्राप्ति के लिए उनके द्वारा किए जाने वाले उपवासों की भी आलोचना की। पश्चात् प्रार्थना-सभाओं में गांधी जी ने जब अपने विकृत राजनैतिक विचारों को प्रकट करना प्रारम्भ किया तब मैंने और मेरे सहयोगी श्री आप्टे ने यह निश्चय किया कि हम गांधी जी के कार्यक्रमों का शान्तिपूर्वक विरोध करें। हमने ऐसे प्रदर्शन पंचगनी, पूना, बम्बई और दिल्ली में किए। हमारे और गांधी जी के सिद्धान्तों के बीच बहुत बड़ा अन्तर था। यह अन्तर बढ़ता ही गया क्योंकि गांधी जी के आदेशानुसार मुसलमानों को अधिकाधिक सुविधाएँ दी जाने लगीं। गांधी जी के इशारों पर चलने वाली कांग्रेस ने जब 15 अगस्त, 1947 के दिन देश का विभाजन स्वीकार कर लिया तब मतभेद और भी बढ़ गया। इस विषय में मैं विस्तार से बताऊँगा। 13 जनवरी, 1948 को मुझे पता लगा कि गांधी जी एक और अनशन करने का निश्चय कर चुके हैं। इस अनशन के द्वारा वे इस बात का आश्वासन चाहते थे कि 'इण्डियन डोमिनियन' अर्थात् विभाजित देश में हिन्दू-मुस्लिम एकता रहे, किन्तु मैं और बहुत से लोग इस बात को स्पष्ट रूप से देख सकते थे कि अनशन का वास्तविक ध्येय कुछ और था। गांधी जी से भारत-सरकार पूर्णतया असहमत थी। इस विषय में श्री आप्टे ने परामर्श दिया कि गांधी जी की प्रार्थना सभाओं में लगातार विरोध प्रदर्शन करने चाहिए। मैं इस प्रस्ताव पर सहमत तो हो गया, किन्तु मैं जानता था कि ऐसे प्रयत्न सर्वथा निरर्थक होंगे। फिर भी इसके अतिरिक्त उस समय कोई और उपाय नहीं था, इसलिए हमने ऐसे प्रदर्शन करने का निश्चय कर लिया और इस निश्चय के साथ हम बम्बई गए।''

इस प्रकार, नथूराम का प्रतिपादन था कि वह जो दिल्ली में

गया था, वहां गांधी जी के विरुद्ध प्रदर्शन करने की योजना बन रही थी, उसमें हाथ बटाने के लिए।

और पिस्तौल प्राप्ति का ब्योरा देते हुए उसने कहा—

"यहाँ (दिल्ली में) संयोगवश मुझे एक शरणार्थी मिला जो शस्त्र बेचता था और उसने मुझे एक पिस्तौल दिखाई। मुझे वह पिस्तौल पंसद आ गई और मैंने उसे खरीद लिया। यही वह पिस्तौल थी जिससे मैंने गांधी जी को निशाना बनाया।"

अपने निवेदन के अनुच्छेद 25 में नथूराम अपनी मनःस्थिति के बारे में कहता है, "हिंदुओं की आज की दमघुट और आगामी ध्वंस चिंतन में मैंने दिनांक 29 की रात बितायी।"

स्व. सावरकर जी से नथूराम का संबंध दिखाया गया था। नथूराम का कहना था, अभियोजक कहते हैं कि वीर सावरकर ने मेरा मार्गदर्शन किया और यदि उनका प्रोत्साहन न होता तो मैं गांधी-वध न कर पाता। मैं इस बात को अस्वीकार करता हूँ। उनके कथन में असत्यता है। ऐसे सत्यविहीन न्यायविहीन आरोप पर मैं तीव्रतर प्रतिरोध करता हूँ। इस आराप में मेरी संतुलित बुद्धि का और प्रज्ञा का अपमान है। अभियोजकों का यह कहना है कि मैं किसी के हाथ की कठपुतली हूँ, वस्तुस्थिति के विपरीत है। प्रत्युत यह सत्य का मजाक है।

अनुच्छेद 25 में नथूराम ने इस विषय को स्पष्ट किया है, "स्वातंत्र्यवीर सावरकर जी से मेरा राजनीतिक और अन्य प्रकार से भी संबंध था। अभियोजकों ने तिल का ताड़ बनाया। यहाँ से मैं उस संबंध की भूमिका दे रहा हूँ।"

(26) मैंने एक भक्तिपरायण ब्राह्मण वंश में जन्म लिया था, इसलिए स्वभावतः मेरे हृदय में हिन्दू धर्म, हिन्दू इतिहास और हिन्दू संस्कृति के लिए सम्मान था। मुझे हिन्दुत्व का अभिमान था। मैं ज्यों-ज्यों बड़ा होता गया, स्वतन्त्रापूर्वक

सोचता रहा। मै कट्टरपन पर नहीं जमा रहा। इसीलिए मैंने छूत-छात और जन्मगत जातीयता को मिटाने का प्रयत्न किया। मैंने जाति-पाँति विरोधी-दल में काम किया और इस निश्चय पर पहुँचा कि सब हिन्दू बराबर हैं। चाहे वे किसी भी जाति में उत्पन्न हुए हों और चाहे उनका कोई भी व्यवसाय हो। सबको एक ही सामाजिक और धार्मिक दृष्टि से देखा जाना चाहिए। मैंने खुल्लम-खुल्ला बहुत बार ऐसे भोजों में भाग लिया जिनमें बाह्मण, क्षत्रिय, वैश्य और अंत्यजो ने साथ बैठकर भोजन किया था।

(27) मैंने दादाभाई नौराजी, विवेकानंद, गोखले और तिलक के साहित्य को पढ़ा है और प्राचीन एवं आधुनिक भारत के इतिहास को पढ़ा है। साथ ही संसार के बड़े-बड़े देशों—इंग्लैंड, फ्रान्स, अमेरिका और रूस के इतिहास को भी पढ़ा है। केवल यही नहीं प्रत्युत मैंने समाजवाद और रूस के कम्युनिज्म पर भी पुस्तकें पढ़ी हैं, परन्तु सबसे अधिक ध्यान मैंने वीर सावरकर और गांधी जी के साहित्य और विचारों पर दिया। आधुनिक भारत गत 50 वर्षों में इन्हीं दो पुरुषों के सिद्धांतों से प्रभावित रहा है।

(28) पर्याप्त पढ़ने और सोचने के पश्चात् मुझे ऐसा लगता है कि देशभक्त होने के निाते मेरा सर्वप्रथम कर्त्तव्य हिंदुत्व और हिन्दू-जनता की सेवा करना है, क्योंकि तीस करोड़ हिंदुओं की स्वतन्त्रता और उनके अधिकारों की रक्षा करना संपूर्ण संसार के पाँचवें भाग की भलाई करना है। इसी विचारधारा से प्रेरित होकर मैं हिन्दू-संगठन की ओर आकृष्ट हुआ और मेरा यह विश्वास दृढ़ हो गया कि उन्हीं सिद्धान्तों पर चलकर मातृभूमि भारतवर्ष की स्वतन्त्रता को स्थाई रखा जा सकता है।

(29) मैंने कई वर्षों तक राष्ट्रीय स्वयंसेवक संध में भी काम

किया, किन्तु बाद में मैं हिन्दू-महासभा में आ गया और हिन्दू-ध्वज के नीचे एक सैनिक के रूप में काम करता रहा। उस समय वीर सावरकर हिन्दू-महासभा के अध्यक्ष चुने गए थे। उनके मार्गदर्शन में हिन्दू-संगठन की लहर बहुत प्रखर हो गई थी। लाखों हिन्दू उन्हें अपना सच्चा नेता मानकार उनसे बहुत से आशाएँ रखते थे। मैं भी उनमें से एक था। मैंने बहुत परिश्रम से हिन्दू-महासभा का काम किया। यहाँ तक कि सावरकर जी मुझे व्यक्तिगत रूप से जानने लग गए थे।

(30) कालांतर में मैंने और मेरे साथी श्री आप्टे ने एक दैनिक पत्र का प्रकाशन करने का निश्चय किया। इस पत्र के प्रकाशन का उद्देश्य हिन्दू-संगठन को दृढ़ करना ही था। इस विषय में हम अनेक हिंन्दू नेताओं से मिले और आर्थिक सहायता तथा सहानुभूति प्राप्त करके हम सावरकर जी से मिले। उन्होंने भी इस विषय में सहानुभूति दिखाई और हमें इस शर्त पर 75 सहस्त्र रुपया भी दिया कि हम एक लिमिटेड फर्म बनाएं जिसमें इन 75,000 रुपये के शेयर रखे जाएं।

(31) इस योजना के अनुसार हमने मराठी दैनिक पत्र 'अग्रणी' निकाला और कुछ दिनों बाद एक लिमिटेड फर्म भी रजिस्टर्ड कराई। इस फर्म में एक शेयर 500 का रखा गया। कम्पनी के डाइरेक्टरों में सेठ बालचन्द हीराचन्द के भाई सेठ गुलाबचन्द, भूतपूर्व मंत्री श्री शिंगरे, कोल्यापुर के प्रसिद्धा फिल्म-निर्माता श्री भालजी पेंढारकार और अन्य माननीय व्यक्ति थे। मैं पत्र का सम्पादक था। हमने कई वर्षों तक इस पत्र को सफलतापूर्वक चलाया एवं लोगों के सम्मुख हिन्दू-संगठन के पक्ष को अच्छी प्रकार रखा।

(32) इस पत्र का प्रतिनिधि होने के नाते हम हिन्दू-संगठन कार्यालय

में जाया करते थे जो वीर सावरकर के निवास-स्थान में था। यह कार्यालय सावरकर जी के सचिव श्री जी.वी. दामले और उनके अंगरक्षक श्री अप्पा कासार के प्रबन्ध में था। हम इस कार्यालय में सावरकर जी के सचिव से सावरकर जी के भाषण आदि की प्रतिलिपियाँ और उनकी यात्राओं के विषय में सूचनाएँ प्राप्त करते थे। सावरकर जी के मकान में ही 'फ्री हिन्दुस्तान' के सम्पादक भी किरायेदार के रूप में रहते थे और अनेक हिंदुराष्ट्रवादी कार्यकर्ता एकत्र होते थे। इन कारणों से हमारा 'सावरकार सदन' में आना-जाना होता रहता था।

(33) यहाँ यह उल्लेखनीय है कि जब हम 'सावरकर सदन' में जाते थे तो निचली मंजिल में ही रुक जाते थे। वीर सावरकर ऊपर की मंजिल में रहते और हम बहुत ही कम उनसे मिलते थे और जब मिलते थे तो उनसे समय निश्चित करके।

(34) तीन वर्षों से सावरकर जी का स्वास्थ्य खराब था और वह प्रायः बिस्तर पर पड़े रहते थे। उन्होंने अपना सार्वजनिक कार्य निलंबित (सस्पेंड) कर दिया था। इस प्रकार हिन्दू-महासभा का नेतृत्व करने के लिए कोई प्रभावशाली व्यक्तिव्य नहीं रह गया था और हिन्दू सभा का कार्य शिथिल होता जा रहा था। जब श्री मुखर्जी इसके अध्यक्ष बने तब हिन्दू-महासभा कांग्रेस की तुलना में बहुत-निर्बल हो गई थी। उस समय एक ओर गांधी जी के अनुयायी ऐसी नीतियों पर चल रहे थे जो हिन्दू के लिए घातक थी और दूसरी ओर मुस्लिम-लीग हिन्दुओं का विनाश करने पर तुली हुई थी, परन्तु हिन्दू-महासभा में इतनी शक्ति न थी कि दोनों को पराजित कर सके। उस समय मुझे कोई आशा नहीं रही कि महासभा की कार्य-पद्धति पर चल कर हिन्दू-संगठन सफल

हो सकेगा। इसलिए मैंने यह निश्चय किया कि उन युवक कार्यकर्त्ताओं का संगठन करूँ जो मेरे विचारों के हों। इस प्रकार मैंने बूढ़े नेताओं का परामर्श लिए बिना ही गांधीवाद और मुस्लिम-लीग के विरुद्ध लड़ने का कार्यक्रम बनाया।

(35) उन्हीं दिनों बहुत-सी घटनाएँ ऐसी हुईं जिनसे मुझे ऐसा विश्वास हो गया कि सावरकर जी और अन्य नेता मेरे विचारों के युवकों की उग्र नीति का समर्थन नहीं करेंगे। 1946 में सुहरावर्दी की सरकार के समय नोआखाली (बंगाल) में मुसलमानों के हाथों हिन्दुओं पर जो अत्याचार हुए उससे हमारा खून खौल गया। हमारा क्षोभ उस समय और भी उग्र हो गया जब गांधी जी ने सुहरावर्दी को शरण दी और प्रार्थना-सभाओं में उसे 'शहीद साहब' के नाम से सम्बोधित करना प्रारम्भ किया। सभा में जनता और पुजारियों के विरोध करने पर भी उन्होंने कुरान की आयतें पढ़ीं, लेकिन कभी भी वह किसी मस्जिद में (मुसलमानों के भय से) गीता न पढ़ सके। वह जानते थे कि मस्जिद में गीता पढ़ने से मुसलमानों द्वारा उनके साथ किस प्रकार का व्यवहार होगा? वे सदा सहनशील हिन्दुओं को ही कुचलते रहे। मैंने गांधी जी के इन विचारों को, कि हिन्दू सहनशील होता है, नष्ट करने का निर्णय किया। मैं उनको यह सिद्ध करके दिखाना चाहता था कि जब हिन्दू का अपमान होता है, तब वह भी सहनशीलता छोड़ सकता है और ऐसा ही करने का निश्चय किया।

(36) मैंने और आप्टे ने यह निश्चय किया कि उनकी प्रार्थना सभाओं में इतने प्रदर्शन करें कि उनके लिए प्रार्थना-सभा करना असम्भव हो जाए। श्री आप्टे ने कुछ शरणार्थी साथ लेकर शहर में एक जुलूस भी निकाला, जिसमें गांधी जी और सुहरावर्दी के विरुद्ध नारे लगाए गए और भंगी कालोनी

की प्रार्थना-सभा में प्रदर्शन किया। उस समय हमारा हिंसा करने का लेशमात्र भी विचार न था, फिर भी गांधी जी ने कायरतापूर्वक पिछले दरवाजे की शरण ली और अपने आपको सुरक्षित करने का प्रयत्न किया।

(37) जब श्री सावरकर ने इस प्रदर्शन के विषय में पढ़ा तो उन्होंने हमारे कार्य की प्रशंसा नहीं की, प्रत्युत मुझे एकांत में ऐसे कार्य के लिए बहुत बुरा-भला कहा यद्यपि हमने प्रदर्शन शान्तिपूर्ण किए थे तथापि उन्होंने कहा, "जिस प्रकार मैं इस बात की निन्दा करता हूँ कि कांग्रेस से संबंध रखने वाले लोग हमारी सभाओं और चुनाव में शांति भंग करते हैं। उसी प्रकार मुझे इस बात की भी निन्दा करनी चाहिए कि हिन्दू संगठनवादी लोग कांग्रेस वालों के किसी कार्यक्रम को भंग करते हैं। यदि गांधी जी अपनी प्रार्थना-सभा में हिन्दुओं के विरुद्ध बोलते हैं तो उसी प्रकार आप भी अपनी पार्टी की सभा करें और गांधी जी के सिद्धान्तों का खण्डन करें। हम सबको अपनी-अपनी बात का प्रचार संवैधानिक नियमानुसार करना चाहिए।

(35) दूसरी महत्त्वपूर्ण घटना उस समय हुई जब भारत के विभाजन का अन्तिम निश्चय हुआ। उस समय कुछ हिन्दू सभाई यह जानना चाहते थे कि विभाजित भारत की नई कांग्रेस सरकार के साथ हिन्दू-महासभा का क्या व्यवहार होगा? वीर सावरकर आदि हिन्दू नेताओं ने कहा कि नई सरकार को किसी दल अथवा कांग्रेस की सरकार नहीं मानना चाहिए, प्रत्युत भारत की राष्ट्रीय-सरकार समझना चाहिए और उसकी प्रत्येक आज्ञा का पालन करना चाहिए। उन्होंने कहा कि पाकिस्तान बनने का उनको दुःख तो अवश्य है, परन्तु फिर भी नई आजादी की रक्षा करने के लिए और उसे स्थाई रखने के लिए नई सरकार को सहयोग देना ही

हमारा ध्येय होना चाहिए। यदि नई सरकार को सहयोग न दिया तो देश में गृहयुद्ध हो जाएगा और मुसलमान अपने गुप्त उद्देश्य अर्थात् सारे भारत को पाकिस्तान बनाने में सफल हो जाएंगे।

(39) मुझे और मेरे मित्रों को सावरकर जी के ये विचार सन्तोषजनक नहीं लगे। हमने सोच लिया कि हमें हिन्दू जाति के हित में सावरकार जी के नतृत्व को छोड़ देना चाहिए, हमको अपनी भविष्य की याजनाओं और कार्यक्रम के विषय में उनका परामर्श नहीं लेना चाहिए और न हमको अपनी भविष्य की योजनाओं का भेद उनको देना चाहिए।

(40) कुछ समय बाद ही पंजाब और भारत के अन्य भागों में मुसलमानों के अत्याचार शुरू हो गए। काँग्रेस शासन ने बिहार, कलकत्ता, पंजाब और अन्य स्थानों पर उन हिन्दुओं को गोली का निशाना बनाना शुरू कर दिया जिन्होंने मुसलमानों की बढ़ती हुई शक्ति को रोकने का साहस किया था। जिस बात से हम डरते थे वही होकर रही। फिर भी कितनी लज्जा की बात थी कि कांग्रेस शासन 15 अगस्त, 1947 को रंगरेलियाँ रचाए, रोशनी करे और आनन्दोत्सव मनाए जबकि उसी दिन पंजाब में मुसलमानों द्वारा हिन्दुओं का खून बहाया जा रहा था और पूरे पंजाब में हिंदुओं के घर जलाए जा रहे थे। मेरे विचारों के हिन्दू सभाइयों ने निश्चय किया कि हम उत्सव मनाएँ और मुसलमानों के बढ़ते हुए अत्याचार को रोकने का प्रयत्न करें।

(41) हिन्दू-महासभा की कार्यकारिणी और अखिल भरतीय हिन्दू कनवेन्शन की सभाएँ नौ और दस अगस्त को दिल्ली में हुई थीं, जिनकी अध्यक्षता सावरकर जी ने की। मैंने, आप्टे ने और मेरे विचारों के अन्य सदस्यों ने भरसक प्रयत्न किया कि महासभा के नेताओं श्री सावरकर, मुखर्जी और

श्री भोपटकर को अपने विचारों से सहमत करें और यह प्रस्ताव पारित कराएँ कि कांग्रेस से भारत-विभाजन और हिन्दुओं के व्यापक विनाश क प्रश्न पर टक्कर ली जाए, परन्तु महासभा वर्किंग कमेटी ने हमारे इन परामर्शों को भी नहीं माना कि हैदराबाद के विषय में विशेष रूप से कोई कार्य किया जाए, या नई कांग्रेस सरकार का बहिष्कार किया जाए। मेरे व्यक्तिगत विचार में विभाजित भारत की सरकार को वैध सरकार मानना और उसकी सहायता करना ठीक नहीं था, परन्तु कार्यकारिणी ने यह प्रस्ताव पारित किया कि 15 अगस्त को जनता अपने घरों पर भगवा ध्वज लहराए। वीर सावरकर ने स्वयं आगे बढ़कर कहा कि चक्र वाले तिरंगे झण्डे को राष्ट्रध्वज स्वीकार किया जाए। हमने इस बात का खुला विरोध किया।।

(42) केवल यही नहीं, 15 अगस्त को वीर सावरकर ने बहुत से हिन्दू राष्ट्रवादियों की इच्छा के विरुद्ध, अपने मकान पर भगवे ध्वज के साथ चक्र वाला तिरंगा ध्वज भी लहराया, इसके साथ ही जब मुखर्जी ने ट्रंककाल से पूछा कि नई गवर्नमेंट में वे मन्त्री पद स्वीकार कर लें या नहीं तब सावरकार जी ने उत्तर दिया कि नई गवर्नमेंट राष्ट्र की गवर्नमेंट है और सभी पार्टियों को इसमें सहयोग देना चाहिए, चाहे इसमें मन्त्री किसी भी पार्टी के हों। हिंदुराष्ट्रवादियों को चाहिए कि यदि उनके नेता को मन्त्री पद दिया जाए तो वह उसे स्वीकार करके अपने सहयोग का प्रमाण दे। उन्होंने कांग्रेस नेताओं को इस बात पर बधाई दी कि वह मंत्रिमंडल बनाने में सबका सहयोग प्राप्त कर रहे थे और उन्होंने हिन्दू सभा के नेता डॉ. श्यामाप्रसाद मुखर्जी को भी मन्त्री पद के लिए आमन्त्रित किया। श्री भोपटकर का भी ऐसी ही विचार था।

(43) उस समय कांग्रेस के बड़े नेता और कुछ प्रान्तीय-मन्त्री सावरकर जी से पत्र-व्यवहार कर रहे थे। नई गवर्नमेंट सबके सहयोग से बने, यह तो सावरकर जी पहले ही निश्चय कर चुके थे। मुझे सब दलों की मिली-जुली सरकार से कोई विरोध न था, परन्तु चूँकि कांग्रेस गवर्नमेंट गांधी जी के इशारों पर चलती थी, और यदि किसी समय कांग्रेस सरकार उनकी कोई बात नहीं मानती थी तो वह अनशन की धमकी देकर मना लेते थे, ऐसी स्थिति में जो सरकार (कांग्रेस सरकार या सबकी मिली-जुली सरकार) बनती उसमें कांग्रेस का बहुमत तो निश्चय ही था और यह भी तय था कि वह सरकार गांधी जी की आज्ञा में चलेगी और तब उसके द्वारा हिन्दुओं के साथ अन्याय होता रहना निश्चित था।

(44) जो भी कार्य वीर सावरकर आदि ने इस दिशा में किया, मेरे मन में उनकी इस नीति के प्रति घोर विरक्ति हो गई और मैंने, आप्टे ने एवं अन्य हिन्दू संगठनवादी नवयुवकों ने यह निश्चय कि सभा में पुराने नेताओं से बिना पूछे अपना कार्यक्रम बनाएं और चलें। हमने यह भी सोच लिया कि अपनी कोई योजना किसी को नहीं बताएंगे, यहाँ तक कि सावरकर जी को भी नहीं।

(45) मैंने अपने दैनिक पत्र 'अग्रणी' में हिन्दू-महासभा की इस नीति और वृद्ध नेताओं के कार्यों की आलोचना प्रारम्भ की और हिन्दू-संगठन के इच्छुक नवयुवकों का आह्वान किया कि हमारे कार्यक्रम को अपनाएँ।

(46) नया कार्यक्रम बनाने के लिए मेरे पास दो मुख्य मार्ग थे जिनसे मैं आरम्भ करता। पहला तो यह था कि शान्तिपूर्वक गांधी जी की प्रार्थना-सभा में प्रदर्शन किए जाएं, जिसे उनको यह ज्ञान हो जाए कि हिन्दू सामूहिक रूप से उनकी नीति

का विरोध करते हैं, अथवा प्रार्थना-सभाओं में, जिनमें वे हिन्दू विरोधी प्रचार करते थे, अपने विरोध से गड़बड़ फैलाई जाए। दूसरा यह कि, हैदराबाद के विषय में आन्दोलन प्रारम्भ किया जाए, जिससे हिन्दू भाई-बहनों की यवनों के अत्याचार से रक्षा हो। ये कार्यक्रम गुप्त रूप से ही चल सकते थे और वह भी एक व्यक्ति की आज्ञा का पालन करने पर। इसलिए हमने यह निर्णय किया कि यह योजना केवल उन्हीं को बताई जाए जिनका इस मार्ग पर विश्वास हो और जो इस विषय में प्रत्येक आज्ञा का पालन करने को तत्पर हों।

(47) मैंने यह सब विस्तार से इसलिए बताया है कि मुझ पर दोष लगाते हुए कहा गया है कि मैंने सब कुछ सावरकर के इशारे पर किया, स्वयं अपनी इच्छा से नहीं। ऐसा कहना कि मैं सावरकर जी पर निर्भर था, मेरे व्यक्तित्व का, मेरे कार्य का और निर्णय की क्षमता का अपमान है। यह सब मैं इसलिए कह रहा हूँ कि मेरे विषय में जो भ्रान्त धारणाएँ हों, वे दूर हो जाएँ। मैं इस बात को दोहराता हूँ कि वीर सावरकर को मेरे उस कार्यक्रम का तनिक भी पता नहीं था जिस पर चल कर मैंने गांधी जी का वध किया। मैं इस बात को भी दोहराता हूँ कि यह निरा झूठ है कि आप्टे ने मेरे सामने या मैंने स्वयं बडगे को कहा कि हमें सावरकर जी ने गांधी, नेहरू और सुहरवर्दी को मारने की आज्ञा दी है। यह भी सच नहीं है कि हम ऐसी किसी योजना या षड्यन्त्र के बारे में श्री बडगे के साथ सावरकर जी के अन्तिम बार दर्शन करने गए हों और उन्होंने हमें आशीर्वाद के यह शब्द कहे हों–'सफल हो और वापिस लौटो–यशस्वी हों!' यह असत्य है कि आप्टे या मैंने बडगे को कहा कि सावरकर ने हमें कहा है कि गांधी जी के

सौ बरस पूर्ण हो चुके हैं इसलिए तुम अवश्य सफल हो जाओगे। मैं न तो इतना अंधश्रद्ध था कि सावरकर की भविष्यवाणी के आधार पर कार्य करता और न इतना मूर्ख था कि ऐसे भविष्य कथन पर भरोसा करता।

भाग २ : गांधी जी की राजनीति का क्षय-दर्शन

उपभाग 1

(48) 30 जनवरी, 1948 की घटना का कारण राजनैतिक और केवल राजनैतिक था। मैं इस बात को सविस्तार बातऊँगा मुझे इसमें कोई आपत्ति नहीं थी कि गांधी जी हिन्दू-मस्लिम और अन्य धर्मों की पवित्र पुस्तकों का अध्ययन करते थे या वे अपनी प्रार्थना में गीता, कुरान और बाइबिल से श्लोक पढ़ते थे। सब धर्मों की पुस्तकें पढ़ना मैं बुरा नहीं समझता था। भिन्न-भिन्न धर्म-ग्रंथों का तुलनात्मक अध्ययन करना मैं गुण समझता हूँ। मेरे मतभेद के कारण और थे।

(49) उत्तर में वायव्य सीमा प्रान्त से लेकर दक्षिण में कुमारी अन्तरीप तक और कराची से आसाम तक इस सारी भूमि को मैं अपनी मातृभूमि मानता रहा हूँ। इतने विशाल देश में प्रत्येक धर्म के लोग रहते हैं। मैं समझता हूँ कि उन सबको अपने धर्म पर चलने की स्वतन्त्रता होनी चाहिए। भारत में हिन्दुओं की संख्या सबसे अधिक है। इस देश से बाहर ऐसा कोई स्थान नहीं है जिसे हम अपना कह

सकें। भारतवर्ष प्राचीन काल से ही हिन्दुओं की मातृभूमि है और पुण्यभूमि भी। हिन्दुओं के कारण यह देश प्रसिद्ध हुआ। कला, विज्ञान, धर्म एवं संस्कृति में इसको जो ख्याति मिली, वह भी हिन्दुओं के कारण मिली। हिंदुओं के पश्चात् यहाँ मुसलमानों की जनसंख्या सबसे अधिक है। मुसलमानों ने दसवीं शताब्दी से यहाँ प्रवेश करना आरम्भ किया और भिन्न-भिन्न स्थानों पर अपने राज्य स्थापित करके भारत के बहुत बड़े भाग पर अपना आधिपत्य जमा लिया।

(50) अंग्रेजों के भारत में आने के पहले ही हिन्दू और यवन शताब्दियों के अनुभव के पश्चात् यह जान चुके थे कि मुसलमान यहाँ राजा बनकर नहीं रह सकते और न ही उन्होंने यहाँ रहना है। मराठों की उन्नति, राजपूतों के विद्रोह और सिखों की शक्ति के कारण मुसलमानों का आधिपत्य बहुत निर्बल हो चुका था। वैसे तो मुसलमान तब भी यहाँ, जमाए रखने का इरादा किए हुए थे, परन्तु अनुभवी लोग जानते थे कि ऐसी आशाएँ निरर्थक हैं। दूसरी ओर, अंग्रेज हिन्दुओं और मुसलमानों से युद्ध में जीते हुए थे और नीति में इन दोनों से अधिक निपुण थे। उन्होंने अपनी योग्यता और राज्य-प्रबन्ध से जनता के जीवन और सम्मान को सुरक्षित किया। हिन्दू और मुसलमान, दोनों ने उनको यहाँ का राजा स्वीकार कर लिया। हिन्दुओं और मुसलमानों में कटुता तो पहले से ही थी। अंग्रेजों ने इस कटुता का लाभ उठाया और अपने राज्य को अधिक समय तक जमाए रखने के लिए हिन्दू और मुसलमानों की परस्पर कटुता को और बढ़ावा दिया। कांग्रेस, इस ध्येय से बनाई गई थी कि जनता को उसके अधिकार दिलाए जाएं। मेरे मन में प्रारम्भ से ही, जब मैं कार्यक्षेत्र में उतरा, वे विचार बहुत दृढ़ हो गए थे कि वेदशी राज्य को समाप्त करके उसके स्थान पर अपना राज्य स्थापित किया जाना चाहिए।

(51) मैंने अपने लेखों और भाषणों में सदा यही बात कही है कि चुनाव के समय या मन्त्रिमण्डल बनाते समय अथवा अन्य ऐसे कार्यों में सम्प्रदाय का प्रश्न नहीं उठाना चाहिए। स्पष्ट रूप से समझने के लिए आप हिन्दू-महासभा के बिलासपुर के अधिवेशन के प्रस्तावों को देख सकते हैं जो आगे दिए भी गए हैं। (प्रस्ताव पढ़े गए, परिशिष्ट देखिए) कांग्रेस के नतृत्व में यह विचार दृढ़ होता जा रहा था, परन्तु मुसलमानों ने अग्रसर होकर इसमें भाग नहीं लिया। पीछे वे अंग्रेजों की चाल में आ गए। हिन्दू और मुसलमानों में फूट डालकर ही अंग्रेज यहाँ राज्य कर सकते थे। अंग्रेजों ने उनकी सहायता की और उनसे प्रोत्साहित होकर मुसलमान यह अभिलाषा करने लगे कि हिंदुओं पर आगे उनका आधिपत्य पुनः हो सकेगा। यह अभिलाषा पहली बार 1906 में प्रकट हुई जब वाइसराय लार्ड मिंटो का संकेत पाकर मुसलमानों ने हिन्दुओं से अलग चुनाव के अधिकार माँगे और अग्रेजों ने धूर्ततापूर्वक यह कहकर अलग चुनावों को स्वीकार कर लिया कि ऐसा करने से अल्पसंख्यक अर्थात् मुसलमानों के अधिकार सुरक्षित हो जाएंगे। कांग्रेस ने पहले तो इसका थोड़ा-सा विरोध किया, परन्तु 1934 में उसने इस प्रस्ताव को पास कराने में अप्रत्यक्ष सहायता की। कांग्रेस ने कहा—हम इस विषय मे न 'हाँ' कहते हैं औ न 'ना'।

(52) इस प्रकार देश के विभाजन की माँग की नींव पड़ी और नींव पड़ते ही यह माँग बढ़ी जो प्रारम्भ मे जरा-सी बात थी, उसने अन्त में पाकिस्तान का रूप धारण कर लिया। वास्तविक गलती तो यह हुई कि हम सबने यह सोचा कि किसी प्रकार सब मिलजुलकर अंग्रेजों को निकाल दें, फिर आपस के मतभेद स्वयं ही मिट जाएंगे।

(53) सिद्धान्ततः मैं चुनाव के अधिकारों के विभाजन के विरुद्ध

था, परन्तु हमें उस समय यह सहन करना पड़ा, फिर भी मैंने इस बात पर जोर दिया कि दोनों जातियों की संख्या के अनुसार ही सदस्य मिल जाएं।

(54) मुस्लिम-लीग को एक ओर तो अंग्रेजों की सहायता मिलती रही और दूसरी ओर, गांधी जी के नेतृत्व वाली कांग्रेस का आशीर्वाद मिलता रहा। उधर मुसलमानों ने मुस्लिम-लीग को अपना पूरा समर्थन दिया और वह प्रतिवर्ष अपने अलग अधिकारों की मांगों को बढ़ाती गई।

(55) जैसे मैंने पहले कहा है, कांग्रेस वैसे तो अलग चुनाव के सिद्धान्त के विरुद्ध थी, परन्तु 1916 में उसने लखनऊ पैक्ट में मुसलमानों की अनुचित माँगों को स्वीकार कर लिया और फिर हर बार वह स्वीकार करती गई। इस प्रकार कांग्रेस, जो अपने ध्येय से हटती गई, आगे एक असहनीय कष्ट का कारण बनी।

(56) सन् 1920 से अर्थात् लोकमान्य तिलक के पश्चात् गांधी जी का प्रभाव कांग्रेस में बढ़ा और बल पकड़ता गया। उन्होंने जनता को जागृत करने के लिए जो कार्य किए उनका बहुत प्रभाव पड़ा। वे सत्य और अहिंसा के नारे लगवाते रहे। कोई भी समझदार व्यक्ति उन नारों को बुरा नहीं कह सकता था। वास्तव में इन उद्घोषों में नवीन बात न थी। प्रत्येक शांतिपूर्ण आंदोलन में ऐसे उद्घोष लगाए ही जाते हैं। यह आशा करना कि जनता साधारण जीवन में ऐसे उच्च सिद्धांतों पर चलेगी, केवल एक स्वप्न है। वास्तविकता यह है कि अपने कर्त्तव्य का पालन करने के लिए, अपने सम्मान की रक्षा करने के लिए और अपने आश्रितों और देश के लिए कुछ करने के लिए हमें सामना शस्त्रों से ही करना पड़ता है। अत्याचारी शत्रु का शस्त्रों से दमन करना मैं पवित्र समझता हूँ। श्री रामचंद्र ने

सीता को मुक्त कराने के लिए रावण को मारा। श्रीकृष्ण ने कंस के अत्याचारों का अन्त करने के लिए कंस को मारा। महाभारत में अर्जुन को भी बहुत ऐसे व्यक्तियों को मारना पड़ा जिनमें उनके बहुत से निकट संबंधी भी थे। यहाँ तक कि पूजनीय भीष्म पितामह को भी मारना पड़ा क्योंकि वे अत्याचारी के पक्ष में थे। यदि कोई राम, कृष्ण और अर्जुन को हिंसक समझता है तो उसको मानवता के सिद्धान्त का ज्ञाता नहीं कहा जा सकता। ऐसा कहना चाहिए की उसे संसार की कार्य-प्रणाली का ही ज्ञान नहीं है। वह छात्रपति शिवाजी की ही वीरता थी, जिसने भारत में यवनों के अत्याचार को रोका। शिवाजी ने जिस प्रकार अफजलखाँ को मारा वह बिल्कुल ठीक तरीका था, अन्यथा अफजलखाँ शिवाजी को मार डालता। गांधी जी शिवाजी, प्रताप और गुरु गोविंदसिंह की निन्दा करते थे और उनको गलत-पथ पर चलने वाला कहते थे और इस प्रकार अपने बौद्धिक दिवालियापन का प्रमाण दे रहे थे।

(57) प्रत्येक देशभक्त वीर ने अपने समय में देश को अत्याचारों से बचाया। शक्ति से विदेशी आक्रमणों को रोका और मातृभूमि को मुक्त कराया। दूसरी ओर, इस महात्मा के 30 साल के नेतृत्व में वे करतूतें हुईं, जो पहले कभी नहीं हुई थीं। अधिक से अधिक मन्दिरों को अपवित्र किया गया। अधिक से अधिक लोगों को मुसलमान बनाया गया और अधिकाधिक स्त्रियों का अपमान हुआ और अन्त में देश का एक तृतीयांश हाथ से जाता रहा। मुझे आश्चर्य इस बात का है कि गांधी जी के अनुयायी उस स्पष्ट बात को भी नहीं देख सके, जिसको कोई अन्धा भी देख सकता है। गांधी जी तो शिवाजी, प्रताप और गुरु गोविन्दसिंह के समक्ष कुछ भी नहीं थे। वे उन वीरों की निन्दा करते

थे जो उनकी सीमा से बाहर का काम था और नितान्त अनुचित था।

(58) यह पार्टी जिसके हाथ में अंग्रेजों की दी हुई शक्ति है, जिसने मुसलमानों की हिंसा के आगे सर झुका कर कायरता से भारत के विभाजन को स्वीकार कर लिया, आज सैकड़ों उल्टे-सीधे उचित-अनुचित उपायों से अपने स्वार्थों के लिए प्रयत्नशील है। गांधी जी की मृत्यु भी उनकी स्वार्थ-सिद्धि के उपभोग में लाई जा सकती है, परन्तु गांधी जी का ठीक स्थान कहाँ पर है, यह इतिहास का समय आने पर बताएगा। मेरा कहना विपरीत लगेगा, किन्तु वास्तव में गांधी एक हिंसक शांतिमूर्ति थे जिन्होंने सत्य अहिंसा के नाम पर देश पर घोर विपत्तियों का भार डाल दिया, जब कि प्रताप, शिवाजी और गुरु गाविन्दसिंह देशवासियों के हृदयों में सदा जीवित रहेंगे, क्योंकि उन्होंने देश को रावणों से मुक्त कराया और राष्ट्र का मुख उज्ज्वल किया।

(59) गांधी जी 1914 में इंग्लैंड से आए और उसी समय उन्होंने देश के राजनैतिक जीवन में प्रवेश किया। दुर्भाग्य से श्री फिरोजशाह मेहता और श्री गोखले जिनको गांधी जी अपना गुरु कहते थे, शीघ्र ही स्वर्गवासी हो गए।

गांधी जी ने अपना कार्य अहमदाबाद में साबरमती नदी के किनारे एक आश्रम खोलकर प्रारम्भ किया। सत्य और अहिंसा के जयघोष कराए। उन्होंने स्वयं इस बात को बहुत बार स्वीकार किया कि वे अपने सिद्धान्तों के विरुद्ध कार्य कर जाते हैं। मुसलमानों को खुश करने के लिए उन्हें अपने सिद्धान्त जब तोड़ने पड़ते थे तो वे इसमें कभी नहीं चूकते थे। सत्य और अहिंसा वैसे तो बहुत अच्छे सिद्धान्त हैं, परन्तु उनको जीवन में बरता जाए तभी तो वह अच्छे

कहलाएंगे। मैं आगे चलकर बताऊँगा कि किस प्रकार गांधी जी स्वयं इन सिद्धान्तों को बुरी तरह तोड़ने के अपराधी हैं।

(60) गांधीजी के राजनैतिक जीवन को निम्नलिखित तीन भागों में विभक्त किया जा सकता है–

(क) 1915 से 1939-40 तक

(ख) 1939-40 से 3 जून, 1947 तक, जब कांग्रेस जिन्ना के सामने झुकी और इन महात्मा जी के नेतृत्व में उसने पाकिस्तान स्वीकार किया।

(ग) तीसरा हिस्सा देश के विभाजन से उस समय तक, जब उन्होंने पाकिस्तान को 55 करोड़ रुपया दिलाने क लिए आमरण अनशन करने का निश्चय किया और कुछ दिन बाद उनकी मृत्यु हो गई।

(61) जब गांधी जी 1914 के अन्त में भारत लौटे तब दक्षिणी अफ्रीका में भारतवासियों का नेतृत्व करने के कारण उनका काफी नाम था। वहाँ उन्होंने भारत के सम्मान के लिए ही संघर्ष किया था और अंग्रेजों के अत्याचारों के विरुद्ध वे वहाँ रहने वाले भारतवासियों के नागरिक अधिकारों के लिए लड़े थे। वहाँ हिन्दू, मुसलमान और पारसियों ने बिना भेदभाव के उनकी आज्ञा का पालन किया और दक्षिणी अफ्रीका में उनको बहुत बढ़ाया। भारत में भी हम सबने उनका बहुत आदर किया।

(62) जब वे भारत में भारतवासियों के साथ मिलकर स्वतन्त्रता का संघर्ष करने के लिए आए तो उनको यह आशा थी कि यहाँ भी उन्होंने सभी वर्गों की ओर से पूर्ण विश्वास और सहयोग मिलेगा, परन्तु वे शीघ्र ही निराश हो गए। भारत दक्षिणी अफ्रीका नहीं था। अफ्रीका में भारतवासियों की केवल एक ही माँग थी कि उनको भी नागरिक अधिकार

दिये जाएं। उन सबको एक ही शिकायत थी। इसलिए हिन्दू, मुसलमान और पारसी, सब संगठित होकर शत्रु के विरुद्ध खड़े हो सके। उनका दक्षिणी अफ्रीका की सरकार के साथ कोई झगड़ा नहीं था। भारत में बात और थी। यहाँ अपने राज्य, अपनी सरकार और स्वतन्त्रता के लिए लड़ाई चल रही थी। यहाँ हम अंग्रेजों के प्रभुत्व को समाप्त करना चाहते थे, जिनके पाँव इस भूमि पर अच्छी तरह जम चुके थे और जो यहाँ जमे रहने के लिए प्रत्येक सम्भव साधन का प्रयोग कर रहे थे। हिन्दू और मुसलमानों में फूट डाली जा रही थी और बहुत सीमा तक यही नीति सफल भी होती जा रही थी। इसलिए गांधी जी को प्रारम्भ में ही ऐसे प्रश्न को छोड़ना पड़ा, जिसका उन्होंने दक्षिण अफ्रीका में कोई अनुभव नहीं हुआ था। दक्षिण अफ्रीका में तो उनका काम बिना बाधाओं के चलता रहा। विभिन्न जातियों का अर्थात् सबका वहाँ एक ही स्वार्थ था, परन्तु भारत में तो चुनाव भी अलग-अगल होते थे। गांधी जी के मन में हिन्दू और मुसलमान, दोनों जातियों का नेतृत्व करने की महत्त्वाकांक्षा प्रबल रूप में थी। उनकी आकांक्षा तो सच्ची थी, परन्तु उनको यह पता न था कि ऐसे स्थान पर कैसे नेतृत्व किया जाए, जहाँ ऐसी फूट पड़ी हो। ऐसी सेना का अधिपति बनना जो परस्पर भीषण मतभेद रखती हो, मूर्खता नहीं तो और क्या है?

(63) गांधी जी को भारत के आने के बहुत समय पश्चात् तक सम्पूर्ण भारत की राजनीति का नेतृत्व नहीं मिला। मिलने की सम्भावना भी नहीं थी। दादाभाई नौरोजी, सर फिरोजशाह मेहता, लोकमान्य तिलक और श्री गोखले के जीवनकाल में गांधी जी यद्यपि लोकप्रिय तो हो गए थे, परन्तु इन नेताओं से वे आयु में भी कम थे और अनुभव में भी। एकाएक गांधी जी का भाग्य चमका और लोकमान्य तिलक का देहांत

हो गया। उनकी मृत्य के पश्चात् शीघ्र ही अन्य नेता भी स्वर्ग सिधार गए और गांधी जी के लिए रास्ता साफ हो गया। वे राजनीति के क्षेत्र में बहुत आगे बढ़ गए।

(64) उन्होंने देखा कि विदेशी अंग्रेज भारतवासियों में फूट डाल रहे थे और मुसलमानों में विचित्र प्रकार की इस्लाम-भक्ति की भावना भर रहे थे। डन्होंने सोचा कि जब तक जनता में एकता नहीं आएगी जब तक अंग्रेजों के विरुद्ध लड़ना अत्यंत कठिन है। इसलिए उन्होंने हिन्दू-मुसलमान एकता पर अपनी राजनीति की नींव डाली। अंग्रेजों की चालों को कुचलने के लिए उन्होंने मुसलमानों से स्नेह बढ़ाना प्रारम्भ किया और उनसे बहुत से वायदे शुरू कर दिए, जिनमें हिन्दुओं को हानि थी। इस प्रकार उन्होंने मुसलमानों की शक्ति बढ़ा दी। यह एकता बढ़ाने का कार्य उस समय तक तो ठीक था जब तक भारत की स्वतन्त्रता को प्रमुख समझ कर यह किया गया, परन्तु कुछ समय पश्चात् गांधी जी ने अपना ध्येय ही मुसलमानों को संतुष्ट करना बना लिया जिसका परिणाम आज हम देख रहे हैं।

(65) सन् 1919 तक गांधी जी निराश रहे और मुसलमानों का विश्वास ग्रहण न कर पाए। वे वायदे पर वायदे करते चले गए। यहाँ तक कि उन्होंने मुसलमानों की मर्जी के अनुसार सब कुछ उन्हें देने की सोच ली। उन्होंने देश में खिलाफत आंदोलन के लिए सहानुभूति उत्पन्न की, और इसी कारण खिलाफत आंदोलन को कांग्रेस की पूरी सहायता मिली। कुछ समय तक तो ऐसा रहा कि गांधी जी सफल हो जाएंगे क्योंकि भारत के प्रसिद्ध मुसलमान नेता उनके अनुयायी प्रतीत होते थे। 1920-21 में जिन्ना साहब का कोई महत्त्व न था और अलीभाई (मोहम्मद अली और शौकत अली) मुसलमानों के नेता थे। गांधी जी ने अली भाइयों को बहुत

चढ़ाया और उनकी बहुत प्रशंसा की। उन्हें हर प्रकार की सुविधा दी, परन्तु जो कुछ गांधी जी करना चाहते थे, वह कभी नहीं हुआ। मुसलमान खिलाफत आंदोलन में लगे, परन्तु खिलाफत आन्दोलन को उन्होंने कांग्रेस से अलग संस्था ही समझा। उन्हीं दिनों मोपला विद्रोह हुआ और उसने यह सिद्ध कर दिया कि जिस एकता पर गांधी जी टकटकी लगाए बैठे थे उसका मुसलमानों पर लेशमात्र प्रभाव नहीं पड़ा है। मोपलों विद्रोह में हिन्दुओं का बड़ी संख्या में संहार हुआ। बहुतों को बलात् मुसलमान बनाया गया। उनके घर फूँक दिये गए और उनकी स्त्रियों का अपमान किया गया। अंग्रेजों पर इस विद्रोह का कुछ प्रभाव न पड़ा। कुछ महीनों में यह विद्रोह दबा दिया गया। गांधी जी ने देख लिया कि उनकी हिन्दू-मुस्लिम एकता कहाँ तक सफल हुई है।

खिलाफत आंदोलन असफल रहा और गांधी जी की किसी ने नहीं सुनी। अंग्रेज अधिक शक्तिशाली हो गए और मुसलमान हिन्दुओं के पक्के विरोधी हो गए, परन्तु गांधी जी अपनी एकता की जिद पर अड़े रहे। 1919 में चुनाव के अधिकार अलग कर दिए गए और लेजिस्लेचर बोर्ड और कैबिनेट में भी सदस्य लेते समय जाति का ध्यान रखा जाने लगा। नौकरियां भी मुसलमान और हिन्दू कह कर दी जाने लगीं और मुसलमानों को ऊँची-ऊँची नौकरियाँ अंग्रेजों ने केवल इस कारण दीं कि उन्होंने स्वतन्त्रता आन्दोलन में भाग नहीं लिया और वे अंग्रेजों के यहाँ रहने के पक्ष में रहे। मुसलमानों की सहायता अंग्रेजों ने यह कहकर की वह अल्पसंख्यक जाति की रक्षा कर रहे हैं और इस प्रकार हर मुसलमान में हिन्दू के विरुद्ध विष भरा गया और गांधी जी के हिन्दू-मुस्लिम एकता के नारे निरर्थक रहे, परन्तु अब भी वे इसी आशा में बैठे थे कि वे हिन्दू

और मुसलमान, दोनों का नेतृत्व करेंगे। ज्यों-ज्यों उनकी पराजय होती गई। त्यों-त्यों वे मुसलमानों के लिए अधिक बलिदान करने को तत्पर होते गए। देश की दशा बिगड़ती गई और 1924 में सबको यह निश्चय हो गया कि अंग्रेज सब प्रकार से सबल होकर जमे हुए हैं। हर प्रकार से अंग्रेज ही जीत में थे, परन्तु जिस प्रकार हारा हुआ जुआरी दाँव पर दाँव लगाता चला जाता है, उसी प्रकार गांधी जी भी दाँव लगाते चले गए। वे सिन्ध और सीमा प्राप्त को भी अलग करने पर सहमत हो गए। वे मुस्लिम-लीग की माँगों को पूरा करते रहे, चाहे वे उचित रही हों अथवा नहीं। केवल इस आशा में कि मुसलमान स्वतन्त्रता के युद्ध में उसका नेतृत्व स्वीकार करेंगे। कालान्तर में अली भाइयों की पूछ नहीं रही और जिन्ना का नेतृत्व बढ़ने लगा। जिन्ना ने कांग्रेस और अंग्रेजों के दिए हुए अधिकारों को स्वीकार करके और अधिक माँगें उग्र रूप से रख दीं। 'राऊंड टेबल कांफ्रेंस' में बम्बई से सिन्ध प्रान्त अगल कर दिया गया। मिस्टर जिन्ना फेडरेशन से उस वक्त तक अगल रहे, जब तक कि गांधी जी ने स्वयं मि. मैक्डॉनल्ड (ब्रिटिश प्रधानमन्त्री) को अलग-अलग चुनाव अधिकार देने के लिए नहीं कहा और इस प्रकार से विभाजन के बीज बो दिए गए। 1934 के सुधारों में यह भेद और भी बढा दिया गया। जिन्ना ने हर बात का पूरा लाभ उठाया। कांग्रेस ने पृथक्-पृथक् चुनाव के अधिकारों को मान लिया, हालाँकि वह ऊपर से कहती रही कि वह इसको न मानती है और न इन्कार करती है। सन् 1939 के महायुद्ध में श्री जिन्ना ने खुल्लम-खुल्ला कह दिया कि जब मुसलमानों के अधिकारों को माना जाएगा तभी मुसलमान युद्ध में अंग्रेजों की सहायता करेंगे। अप्रैल, 1940 में अर्थात् युद्ध होने के छह माह के अन्दर ही जिन्ना ने दो राष्ट्रों के

सिद्धान्त के आधार पर पाकिस्तान की माँग रख दी। जिन्ना ने इस बात को भुला दिया कि भारतवर्ष में अधिकांश हिन्दू और मुसलमान इकट्ठे रहते थे। किसी प्रान्त में हिन्दू या मुसलमानों की संख्या इतनी कभी न थी कि अल्पसंख्यक जाति की रक्षा का प्रश्न विभाजन से ही हल हो सकता।

(66) अंग्रेजों को पाकिस्तान की योजना बहुत पसन्द आई, क्योंकि इस योजना से हिन्दू और मुसलमान महायुद्ध के काम में मिल नहीं सकते थे और इस प्रकार से अंग्रेज निरापद और निश्चिन्त रह सकते थे। मुसलमान लड़ाई में मदद करते रहे और कांग्रेस कभी तो युद्ध में सहायता देने का विरोध करती रही और कभी तटस्थ बनी रही। उस समय हिन्दू-महासभा ने यह अनुभव किया कि यह अवसर है जब हिन्दू नवयुवकों को सैनिक शिक्षा दी जा सकती है और यह भी कि अंग्रेज जान बूझकर हिन्दुओं को सैनिक शिक्षा से अगल रख रहे हैं। युद्ध के कारण हर प्रकार की सेना में जाने के द्वार खुले थे और महासभा ने यह जोर दिया कि हिन्दू युद्ध में भाग लेकर सैनिक-शिक्षा प्राप्त करें। इसके परिणामस्वरूप 15 लाख हिंदुओं ने आधुनिक सैनिक-शिक्षा प्राप्त की। आज कांग्रेस हिन्दू-महासभा की इस दूरदर्शिता का लाभ उठा रही है क्योंकि कांग्रेस-सरकार जो सेनाएं कश्मीर में भेजती रही वह हिन्दू-महासभा के विचारों के लोगों की कोशिश का ही परिणाम है। सन् 1942 में कांग्रेस ने 'भारत छोड़ो' आन्दोलन छेड़ा। हर एक प्रांत में कांग्रेसियों ने भयानक कार्य किए। उत्तरी बिहार में एक भी रेलवे स्टेशन ऐसा न था जो कि जला न दिया गया हो या जिसे हानि न पहुँचाई गई हो, परन्तु कांग्रेस के उग्र विरोध के बाद भी अंग्रेज विजयी हो गए। अप्रैल, 1945 में जर्मनी हार गया और अगस्त, 1945 में जापान। सन् 1942 का 'भारत छोड़ो' आंदोलन असफल रहा। अंग्रेज

जीत गए और कांग्रेस ने यह नीति अपना ली कि कांग्रेस के हाथ में सत्ता रहे और शांति रहे, चाहे इन दो बातों के बदले कितना भी बड़ा मूल्य क्यों न देना पड़े। कांग्रेस ने अंग्रेजों से संधि कर ली और उनसे सत्ता ले ली। अन्ततोगत्वा वह जिन्ना की हिंसा के आगे झुक गई और भारत का एक तिहाई भाग अलग देश मानकर उसको दे दिया गया। जिसको इस्लामी देश मान लिया गया। इस कार्य में 20 लाख मनुष्यों का संहार हुआ। पं. नेहरू अब यह कह रहे हैं कि भारत में सब जातियों का बराबर अधिकार है और जो लोग उनको याद दिलाते हैं कि गत वर्ष ही उन्होंने धार्मिक आधार पर जिन्ना के साथ संधि की थी, उनके साथ वे कठोर व्यवहार करते हैं। पं. नेहरू को अब भी भ्रम है कि वे हिन्दू-मुस्लिम की एकता कर सकते हैं। यह उस आदमी की स्थिति है जो घर के बाहर तो संसार से डरे और अपने घर में पत्नी से। पं.नेहरू अब भी मुसलमानों से डरते हैं।

(67) मैं याद दिलाना चाहूँगा कि सिंध में कांग्रेस ने 'भारत छोड़ो' आंदोलन को त्यागने का वायदा किया, अंग्रेजों को विश्वास दिलाया कि कांग्रेस जापान के विरुद्ध अंग्रेजों की सहायता करेगी और वाइसराय लार्ड वैवल को भारतीय सरकार का प्रधान मानेगी। कांग्रेस ने कान्फ्रेंस चैम्बर में जाने के पहले इन तीन बातों को मान लिया था।

(68) अब मैं भारत के विभाजन की दुर्घटना और गांधी जी के वध की चर्चा करूँगा। मुझे इन बातों की चर्चा करके प्रसन्नता नहीं होती, परन्तु भारतवासियों को और सारे संसार को उन तीस वर्षों के इतिहास का पता होना चाहिए जिनमें भारत के टुकड़े किए जाने की भूमिका बनी और हिन्दू-मुस्लिम एकता के नाम पर गांधी के गलत मार्गदर्शन में कांग्रेस

अपना वास्तविक ध्येय खो बैठी। 5 करोड़ मुसलमान हमारे देश से अलग हो गए हैं। पश्चिमी पाकिस्तान में हिन्दू या तो मार डाले गए हैं या उनका सब कुछ नष्ट हो चुका है। पूर्वी पाकिस्तान में भी यही हाल हो रहा है। 15 करोड़, 10 लाख आदमी बेघरबार हो गए जिनमें 40 लाख मुसलमान भी हैं और इतने भयानक परिणाम के बाद भी गांधी जी अपनी उसी नीति पर चले जा रहे थे। इस दशा को देखकर मेरा खून खौल उठा और मैं यह सहन न कर सका कि वे कुछ और समय तक देश का विध्वंस करते रहें। मैं व्यक्तिगत रूप से गांधी जी के विरुद्ध कटु शब्दों का प्रयोग नहीं करना चाहता, परन्तु मैं यह अवश्य कहना चहता हूँ कि मैं उनकी कार्य-प्रणाली और नीति का घोर विरोधी था और हूँ। वास्तव में गांधी जी ने वह काम किया जो अंग्रेज हिन्दू मुसलमानों में फूट डाल कर करना चाहते थे। उन्होंने भारत का विभाजन करने में अंग्रेजों की सहायत की और मुझे तो अब भी विश्वास नहीं है कि अंग्रेज भारत से अपना सम्बन्ध तोड़ने का इरादा रखते हों।

गांधी जी की राजनीति का क्षय-दर्शन

उपभाग 2

(67) बत्तीस वर्षों से गांधी जी मुसलमानों के पक्ष में जो कार्य कर रहे थे और अन्त में उन्होंने जो पाकिस्तान को 55 करोड़ रुपये दिलाने के लिए अनशन करने का निश्चय किया, इन बातों ने मुझे विवश किया कि गांधी जी को समाप्त कर देना चाहिए। भारत आने के पश्चात् उन्होंने ऐसी नीति पर कार्य किया और अपने निर्णय को वे इस प्रकार अन्तिम निर्णय समझने लगे कि यदि देश को उनके नेतृत्व की आवश्यकता हो तो वह उनके कहने पर चले अन्यथा वे कांग्रेस से अलग होकर अपने ढंग पर व्यक्तिगत रूप से चलने पर तैयार हो जाते थे। ऐसी हालत में यही हो सकता कि या तो उनकी सब प्रकार की अच्छी-बुरी बातें मानी जाएँ और उनके दृष्टिकोण के अनुसार कार्य किया जाए या उनके बिना पर कार्य किया जाए। प्रत्येक निर्णय वे स्वयं करते थे। असहयोग आंदोलन के सब कुछ वही थे। सब अधिकार उन्होंने अपने पास ही रखे कि कब उसे प्रारम्भ और समाप्त किया जाए। चाहे आंदोलन सफल

हो या असफल, चाहे इसके कारण कितनी भी विपत्तियाँ आएँ, परन्तु गांधी जी अपनी जिद्द से नहीं हटते थे। अन्य किसी को आंदोलन की रूपरेखा नहीं जानने देते थे। उनका सिद्धान्त था कि एक सत्याग्रही कभी असफल हो ही नहीं सकता, परन्तु सत्याग्रह की परिभाषा उन्होंने कभी स्पष्ट नहीं की। गांधी जी के ऊँचे चरित्र और अनवरत कार्य-क्षमता के कारण उनकी ये सब बातें निभ जाती और कोई भी उनके दुराग्रह से टक्कर न ले सका। कांग्रेस में बहुत से लोग यह जानते थे कि गांधी जी की नीति ठीक नहीं है, परन्तु उनके लिए केवल एक ही मार्ग था कि या तो कांग्रेस छोड़ दें या अपने आपको उनकी योजना के समक्ष समर्पित कर दें। ऐसी दशा में गांधी जी भूल करते गए, असफलता पर असफलता पाते रहे और विपत्तियाँ लाते रहें। नीचे मैं उनकी उन भीषण भूलों का वर्णन करूँगा जो उन्होंने अपने बत्तीस वर्ष के नेतृत्व में कीं, जब उन्हें कोई रोकने वाला नहीं था।

(70) उन नारों ने जो गांधी जी ने देश को दिए, कितनी हानि पहुँचाई और अन्त में उन नारों का कितना भयानक परिणाम हुआ, यह उन्होंने कभी नहीं सोचा।

(क) खिलाफत

पिछले युद्ध के कारण टर्की के राज्य का बहुत-सा भाग अफ्रीका तथा मध्यपूर्व भाग उसके हाथों से चला गया था। यूरोप में भी जो स्थान उसके अधिकार में थे, वे उसके हाथों से निकल चुके थे और केवल थोड़ा-सा भूमिखण्ड रह गया था। तुर्क नवयुवकों ने टर्की के सुल्तान को राज्य छोड़ने के लिए बाध्य कर दिया और इसके साथ ही खिलाफत के पक्ष में थे। उन्हें विश्वास था कि अंग्रेज ही सुल्तान के पतन और खिलाफत आंदोलन के कारण थे। इसलिए उन्होंने ही खिलाफत पुनः

प्रारम्भ करने के लिए आंदोलन किया। गांधी जी ने सोचा कि खिलाफत आन्दोलन का पक्ष लेकर वह भारत के मुसलमानों का नेतृत्व सहज में ही प्राप्त कर लेंगे और इस प्रकार यदि हिन्दू-मुसलमानों मे एकता हो गई तो अंग्रेज शीघ्र ही स्वराज दे देंगे। गांधी जी ने खिलाफत आंदोलन में कांग्रेस को लगा दिया और इस प्रकार राजनैतिक आंदोलन सफल होता दिखाई दिया, जो मुसलमान खिलाफत के पक्ष में न थे उनका महत्त्व बहुत अधिक बढ़ गया। वे लोकप्रिय हो गए, जिस प्रकार अली भाई। जिन्ना का तब कोई महत्त्व न था और कुछ वर्षों तक उसकी ओर किसी ने ध्यान भी नहीं दिया था। आगे चलकर खिलाफत आन्दोलन को दगा दिया गया और मौटेग्यू-चैम्सफोर्ड रिफार्म की सहायता से खिलाफत के प्रभाव को सर्वथा नष्ट कर दिया गया। मुसलमानों ने कांग्रेस की मदद को स्वीकार किया था, परन्तु वे कांग्रेस के साथ मिले नहीं थे। जब आन्दोलन असफल रहा तो मुसलमानों को बहुत निराशा हुई और अपना क्रोध उन्होंनें हिन्दुओं पर उतारा। भारत में विभिन्न स्थानों पर हिन्दू-मुस्लिम संघर्ष हुए और प्रत्येक स्थान पर हिन्दुओं को हानि पहुँचाई गई। महात्मा जी की हिन्दू-मुस्लिम एकता केवल एक स्वप्न बनकर रह गई।

(ख) मोपला–विद्रोह

मालाबार, पंजाब, बंगाल और सीमाप्राप्त में हिन्दुओं पर अत्यधिक अत्याचार हुए, जिस दुर्घटना को मोपला विद्रोह के नाम से पुकारा जाता है उसमें हिन्दुओं की धन, सम्पत्ति और जीवन पर सबसे बड़ा आक्रमण हुआ। सैकड़ो हिन्दुओं को बलपूर्वक मुसलमान बना लिया गया, स्त्रियों का अपमान किया गया, किन्तु गांधी जी, अपनी नीति के कारण इसके उत्तरदायी थे, मौन रहे। अत्याचारियों के विषय में उन्होंने एक भी शब्द नहीं कहा और न कांग्रेस को इन कांडों को रोकने के लिए कोई कार्य ही करने दिया, प्रत्युत और यह कहना शुरू कर दिया कि मलाबार में हिन्दुओं को मुसलमान नहीं बनाया गया। अपने

पत्र 'यंग इण्डिया' में उन्होंने प्रकाशित किया कि केवल एक ही ऐसी दुर्घटना हुई है। यद्यपि उनके अपने मुसलमान मित्रों ने स्वीकार किया कि मुसलमान बनाने की घटनाएँ अनेक हुई हैं, परन्तु उन्होंने अपने वक्तव्य को कभी नहीं सुधारा और मोपला मुसलमानों की सहायता के लिए निधि-संग्रह (फंड) शुरू कर दिया। इतने पर भी हिन्दू-मुस्लिम एकता का लक्ष्य उन्हें कभी प्राप्त नहीं हो सका।

(ग) अफगानिस्तान के अमीर के साथ सहायता

जब खिलाफत आन्दोलन असफल हो गया, तब अली भाइयों ने निश्चय किया कि किसी प्रकार खिलाफत आन्दोलन की भावना को जीवित रखा जाना चाहिए। उनका उद्घोष था—'जो खिलाफत का शत्रु है, वह मुसलमान का शत्रु है।' चूँकि अंग्रेजों के कारण टर्की के सुल्तान की हार हुई और उसे गद्दी छोड़नी पड़ी इसलिए हर मुसलमान अंग्रेजों का शत्रु है और प्रत्येक मुसलमान का यह पवित्र कर्त्तव्य है कि वह अंग्रेजों का विरोध करे। इस ध्येय की पूर्ति के लिए गांधी जी और अली भाइयों ने गुप्त रूप से अमीर अफगानिस्तान को भारत पर हमला करने का निमन्त्रण दिया और उसे हर प्रकार की सहायता देने का वचन दिया। इस षड्यंत्र के पीछे बहुत बड़ा इतिहास है। अली भाई इस बात को स्वीकार करते थे कि उनका इस षड्यन्त्र में हाथ था। गांधी जी ने हिन्दू-मुस्लिम एकता प्राप्त करने के लिए अली भाइयों से वायदा किया कि उनको हर प्रकार की सहायता दी जाएगी। गांधी जी ने खुल्लमखुल्ला वायदा किया कि खिलाफत को पुनर्जीवित करने के लिए वे मुसलमानों की पूरी सहायता करेंगे। भारत पर अमीर अफगानिस्तान के अधिकारों की योजना में भी गांधी जी ने अली भाइयों को पूरा सहयोग दिया, इसके प्रमाण बिल्कुल पुष्ट हैं। स्वर्गीय श्रीयुत श्रीनिवास शास्त्री, श्री सी.वाई. चिन्तामणि ('लीडर' के सम्पादक) और गांधी जी के परम मित्र श्री सी. एफ एण्ड्रूज ने स्पष्ट रूप से स्वीकार किया कि गांधी जी के भाषणों और लेखों से स्पष्ट प्रतीत होता है कि वे अमीर

अफगानिस्तान के भारत पर आक्रमण के सम्बन्ध में अली भाइयों के साथ हैं। गांधी जी के एक लेख का अंश नीचे दिया जा रहा है जो उन्होंने उन दिनों लिखा था। इससे यह पता चलता है कि किस प्रकार गांधी जी अपनी मुस्लिम तुष्टीकरण नीति के ऊपर अपने देश तक को न्यौछावर कर देने पर तुल गए थे। वे अपनी मातृभूमि पर आक्रमण करने वाले एक विदेशी राजा को सहायता देने के लिए तैयार हो गए थे। गांधी जी के शब्द निम्नलिखित हैं–

"मैं नहीं समझ सकता कि जैसी खबर फैली हुई है, अली भाइयों को क्यों जेल में डाला जाएगा और मैं स्वतन्त्रता में रहूँगा? उन्होंने ऐसा कोई कार्य नहीं किया जो मैं न करूँ यदि उन्होंने अमीर अफगानिस्तान को आक्रमण के लिए संदेश भेजा है, तो मैं भी उसके पास एक सन्देश भेज दूँगा कि जब वह भारत आएंगे तो जहाँ तक मेरा बस चलेगा एक भी भारतवासी उनको हिन्द से बाहर निकालने में सरकार की सहायता नहीं करेगा।"

बिटिश गुप्तचरों ने उस षड्यन्त्र को फोड़ा। अली बन्धुओं का मनोरथ ढह गया। हिन्दू-मुस्लिम एकता पहले जितनी ही दूर रही।

(घ) आर्यसमाज पर आक्रमण

(i) गांधी जी ने 1924 में मुसलमानों के प्रति अपना प्रेम प्रदर्शित करने के लिए आर्य समाज पर आक्रमण का घृणित कार्य भी किया और आर्यसमाज की जी भर कर निन्दा की। यह बहुत ही पतित कार्य था जो उन्होंने किया, परन्तु गांधी जी की हार्दिक इच्छा यह थी कि मुसलमानों को खुश रखा जाए, चाहे कुछ भी करना पड़े। आर्यसमाज ने बहुत ही सभ्य ढंग से जब इस निन्दा का उत्तर दिया तब गांधी जी के राजनैतिक प्रभाव विस्तार के कारण आर्यसमाज कमजोर होता गया। वास्तविकता तो यह है कि स्वामी

दयानन्द को कोई भी अनुयायी गांधी जी का शिष्य नहीं बन सकता, क्योंकि दोनों स्थितियाँ एक दूसरे से सर्वथा भिन्न हैं, परन्तु कुछ लोग नेता बनने की इच्छा से दोहरी चाल चलते रहे। एक ओर, वे आर्यसमाजी रहे और दूसरी ओर, गांधीवादी कांग्रेसी। इसका परिणाम यह हुआ कि जब सिन्ध में 'सत्यार्थप्रकाश' पर प्रतिबन्ध लगा था तो आर्यसमाज इस विषय में अधिक कुछ न कर सका। इसलिए आर्यसमाज का प्रभाव और भी कम हो गया। आर्यसमाज के सदस्य पक्के देशभक्त थे। लाला लाजपतराय और स्वामी श्रद्धानन्द, दो पक्के आर्यसमाजी थे, परन्तु अन्त तक कांग्रेस के नेता रहे। वे गांधी जी के अनुयायी नहीं थे, प्रत्युत उनकी मुसलमानों का पक्ष लेने की नीति के विरोधी थे, परन्तु वे महापुरुष अब शांत हो चुके थे। बहुत से आर्यसमाजी वैसे ही रहे जैसे कि वे थे, किन्तु प्रायः स्वार्थी लोग उनका मार्ग-दर्शन करते रहे और गांधी जी के कारण आर्यसमाज की वह शक्ति न रही जो किसी समय थी।

(ii) गांधी जी ने जो आर्यसमाज की निन्दा की उससे गांधी जी मुसलमानों में लोकप्रिय नहीं हुए। प्रत्युत उनके इस आचरण ने मुसलमानों को उकसा दिया और एक मुसलमान युवक ने आरोप लगाया कि यह संस्था बुरी भावना फैलाने वाली है। यह आरोप असत्य था। प्रत्येक व्यक्ति यह जानता है कि आर्यसमाज ने हिन्दू समाज में अनेक सुधार किए। आर्यसमाज ने विधवा विवाह प्रारम्भ किए। आर्यसमाज ने जात-पाँत को समाप्त करने के क्रांतिकारी प्रयत्न किए और हिन्दुओं की ही नहीं, प्रत्युत उनकी एकता का प्रचार किया जो आर्यसमाज के सिद्धान्तों को मानते हों। आगे चलकर लोग इस बात को भूल गए कि गांधी जी ने आर्यसमाज को कितनी हानि पहुँचाई थी। महर्षि दयानन्द, जो आर्यसमाज

के निर्माता थे, हिंसा और अहिंसा के प्रपंच से निर्लिप्त थे। वे तो कहते थे कि जब आवश्यकता हो तब शक्ति का प्रयोग करना चाहिए। आर्यसमाजियों के लिए धर्म-संकट उपस्थित हुआ कि वे आर्यसमाज में रहें या कांग्रेस में। क्योंकि कांग्रेस में तो उनको अहिंसा के सिद्धान्त को स्वीकार करना पड़ता, परन्तु स्वामी जी की मृत्यु हो चुकी थी और गांधी जी का सितारा चमक रहा था, इसलिए लोग गांधी जी के अनुयायी हो गए।

(ङ) सिंध प्रान्त का विभक्तिकरण

1928 तक जिन्ना का प्रभाव बहुत बढ़ चुका था और गांधी जी ने देश और हिन्दुओं को नुकसान पहुँचा कर भी जिन्ना की बहुत-सी अनुचित माँगों को स्वीकार कर लिया था। गांधी जी ने सिंध को बम्बई से अलग करने की बात को भी मान लिया और इस प्रकार सिन्ध में हिन्दुओं को साम्प्रदायिक दानवों के हाथों सौंप दिया गया। बहुत से झगड़े कराची, सक्खर, शिकारपुर और सिंध के दूसरे स्थानों पर हुए और उसमें हिन्दुओं का ही व्यापक विनाश हुआ। हिन्दू-मुस्लिम एकता स्वप्न बनकर रह गया।

(च) मुस्लिम–लीग कांग्रेस से विदा

प्रत्येक पराजय के बाद गांधी जी हिन्दू-मुस्लिम एकता के लिए अधिक उत्साह और उग्रता से कार्य करने लगते थे। हारे हुए जुआरी की तरह वह अपने दाँव बढ़ाते गए कि किसी प्रकार जिन्ना को प्रसन्न किया जा सके और मुसलमान उनका नेतृत्व स्वीकार करें, परन्तु दिन-प्रतिदिन मुसलमान कांग्रेस से हटते गए, यहाँ तक कि 1928 के बाद लीग ने कांग्रेस से कोई सम्बन्ध रखने से ही इन्कार कर दिया। 1929 में जब कांग्रेस ने स्वतन्त्रता प्रस्ताव लाहौर में पास किया तब मुसलमान उसमें सम्मिलित नहीं हुए। इसके बाद हिन्दू-मुस्लिम एकता की आशा किसी

को नहीं रही, परन्तु गांधी जी अपनी जिद्द पर अड़े रहे और मुसलमानों को हिन्दू-हितों की अधिक से अधिक बलि देते चलते गए।

(छ) राउंडटेबल कान्फ्रेंस तथा कम्यूनल अवार्ड

भारत और इंग्लैंड में जो अंग्रेज अधिकारी थे, उन्होंने यह अनुभव किया कि भारत में कुछ ऐसे सुधारों की आवश्यकता है जो भारत के विधान पर प्रभाव डाले। क्योंकि फूट डालने की नीति से भी अंग्रेजों का राज्य यहाँ पर सुरक्षित और स्थाई नहीं हो पाया था। 1921 के अन्त में उन्होंने राउंडटेबल कांफ्रेंस बुलाने का निश्चय किया और उसकी घोषणा कर दी। मैकडोनल्ड प्रधानमन्त्री थे और लेबर पार्टी का मन्त्रिमण्डल था, परन्तु उन्हें यह कांफ्रेंस करने की बात देर से सूझी। कांफ्रेंस की घोषणा के अनन्तर लाहौर में स्वाधीनता का प्रस्ताव पास हो गया और कांग्रेस ने उस कांफ्रेंस का बहिष्कार कर दिया। कुछ मास पश्चात् नमक आंदोलन चला जिससे बहुत जोश फैला और नमक का कानून तोड़ने पर लगभग सत्तर हजार लोग जेल में गए, परन्तु कांग्रेस ने शीघ्र ही पहली कांफ्रेंस का बहिष्कार करने पर पश्चात्ताप किया और 1931 में कराची में यह निर्णय हुआ कि केवल गांधी जी को कांग्रेस की ओर से कांफ्रेंस में भेजा जाए। जो भी व्यक्ति कांफ्रेंस की कार्यवाही को पढ़ेगा वह भली-भाँति समझ लेगा कि इस कांफ्रेंस की असफलता के एकमात्र कारण गांधी जी ही थे। कांफ्रेंस ने कोई निर्णय भारतीय जनता के पक्ष में नहीं किया, फिर भी गांधी जी ने मैकडोनल्ड को हिन्दू और मुसलमानों को अलग-अलग चुनाव अधिकार दे देने के लिए कहा जिससे कि देश में वह पारस्परिक फूट जो पिछले 24 साल से चल रही थी और उग्र हो गई। इस प्रकार गांधी जी भारतीय विधानमण्डलों के लिए हिन्दू और मुसलमानों के पृथक्-पृथक् चुनावों के लिए उत्तरदायी हुए। गांधी जी ने इस प्रकार के पृथक्-पृथक् चुनावों के पीछे भी कोई विरोध नहीं किया। प्रत्युत सदस्यों को यह सलाह दी कि वे इस विषय में निष्पक्ष रहें। गांधी जी ने इस प्रकार उस हिन्दू-मुस्लिम एकता पर

कुल्हाड़ा चलाया जिसका वे पिछले 15 वर्ष से स्थापित करने की चेष्टा कर रहे थे। 1935 के एक्ट के अनुसार प्रान्तों और केन्द्र में हिन्दू और मुसलमानों के अलग-अगल अधिकारों को हमें मानना पड़ा। यह तो स्वाभाविक ही था कि जो लोग साम्प्रदायिक रूप से चुने गए थे वह कट्टर विचारों के हों और साम्प्रदायिक झगड़ों का अन्त करने का कोई प्रयास न करें। ऐसे लोग राष्ट्रीयता का क्या निर्वाह करते? इस प्रकार हिन्दू और मुसलमान अलग होते गए और एक दूसरे के विरुद्ध कार्य करते रहे। प्रायः साम्प्रदायिक झगड़ों में हिन्दुओं को ही हानि पहुँची। लोग हिन्दू-मुस्लिम एकता से तंग आ गए, परन्तु गांधी जी अपने सिद्धान्त पर अड़े रहे।

(ज) सत्ताग्रहण और सत्तात्याग

1935 के एक्ट के अनुसार 1 अप्रैल, 1937 से प्रान्तों को अलग अधिकार मिल गए। एक्ट में अंग्रजों के अधिकार पूर्णतया सुरक्षित थे, जो अंग्रेज जिन पदों पर नियुक्त थे, उनको वहीं लगे रहना था। इसलिए कांग्रेस ने पहले तो पदों को ग्रहण नहीं किया, किन्तु जब देखा कि प्रान्तों में मन्त्रिमण्डल बन रहे हैं, प्रान्तों में भली-भाँति कार्य भी चल रहे हैं और छह प्रान्तों में मन्त्रिमण्डल अल्प-संख्या में होने पर भी अच्छी तरह कार्य कर रहे हैं तो कांग्रेस ने सोचा कि यदि उसने मन्त्रिमण्डलों में भाग नहीं लिया तो उसका महत्त्व जाता रहेगा, इसलिए उसने जुलाई, 1937 में पद ग्रहण करने का फैसला किया, परन्तु पद ग्रहण करते समय उसने मुस्लिम-लीग के मुसलमानों को मन्त्री नहीं बनाया, प्रत्युत वे मुसलमान लिए जो कांग्रेसी थे। यह कार्य उस दशा में तो ठीक था यदि चुनाव सारे देश में एक साथ और सामुदायिक आधार पर होते, किन्तु चुनाव तो पृथक्-पृथक् साम्प्रदायिक आधार पर हुए थे। लीग के चुने हुए प्रतिनिधियों का मन्त्रिमण्डल में न लेने से उन मुसलमानों का मन्त्रिमण्डल में कोई प्रतिनिधित्व नहीं रहा जिन्होंने लीगी प्रत्याशियों को चुन कर भेजा था। देश में मुसलमान अल्प-संख्या में थे, अतः यह ठीक नहीं था कि इतने मुसलमानों के

चुने हुए लोग मन्त्रिमण्डल में आ ही न सकें। कांग्रेस के मुसलमान वास्तव में मुसलमानों के प्रतिनिधि नहीं थे। इसलिए कांग्रेस-मन्त्रिमण्डल स्वतः हिन्दू-मंत्रिमण्डल हो गया। दूसरी ओर मुसलमान कांग्रेस के अधीन रहने के लिए तैयार न थे। मुसलमानों को अपने अधिकारों की रक्षा की चिन्ता नहीं थी, क्योंकि गवर्नमेंट मुस्लिम-लीग की सहायता के लिए सदा तैयार थी। मन्त्रिमण्डल में जो लीग के सदस्य नहीं लिए गए उससे 1939 में, जब कांग्रेस ने त्याग पत्र दिया, जिन्ना ने बहुत लाभ उठाया। 1935 के एक्ट की धारा 93 के अनुसार सत्ता गवर्नरों के हाथ में आ गई और शेष प्रान्तों में सत्ता-मुस्लिम-लीग के मन्त्रियों के हाथों में रही। गवर्नरों ने मुसलमानों का पक्ष लेकर कार्य किया, क्योंकि मुसलमानों का पक्ष लेना तो अंग्रेजों की नीति का प्रमुख अंग था। हिन्दू-मुस्लिम एकता एक स्वप्न से अधिक कुछ नहीं थी, परन्तु गांधी जी ने इस बात की ओर फिर भी ध्यान नहीं दिया।

(झ) महायुद्ध की परिस्थिति का लोगों द्वारा उठाया हुआ लाभ

पाँच प्रांतों में तो मुस्लिम-मन्त्रिमण्डल थे और 6 प्रांतों में मुसलमानों के पक्ष के गवर्नर थे। ऐसी दशा में मि. जिन्ना पूर्ण उग्रता से आगे बढ़े। कांग्रेस किसी न किसी रूप से युद्ध का विरोध करती थी, किन्तु लीग और जिन्ना की नीति स्पष्ट थी। वे निष्पक्ष रहे। अगले वर्ष लीग ने लाहौर में यह प्रस्ताव पास किया कि मुस्लिम-लीग केवल उसी हालत में युद्ध में सहयोग देगी जब कि भारत का विभाजन किया जाए और पाकिस्तान का प्रस्ताव स्वीकार किया जाए। लाहौर में लीग की बैठक के कुछ मास बाद वाइसराय लार्ड लिनलिथगो द्वारा सरकार की नीति के विषय में घोषणा की गई कि सब दलों की सहमति के बिना भारत के विषय में कोई फैसला नहीं किया जाएगा। इस प्रकार वाइसराय की घोषणा के अनुसार लीग और जिन्ना को भारत की राजनैतिक समस्याओं को सुलझाने में अन्तिम निर्णय का अधिकार

मिल गया। इसके पश्चात् का कार्य और भी तीव्र हो गया। लीग ने मुसलमानों को सेनाओं में भर्ती होने से नहीं रोका था, इसलिए बहुत से मुसलमान भर्ती हो गए। पंजाब में मुसलमान तो यह चाहते ही नहीं थे कि उनकी संख्या सेना में किसी से कम हो। इस प्रकार मुसलमानों ने इस ध्येय से कि सेना में भर्ती हुए मुसलमान पाकिस्तान बनाने में मदद देंगे, सेना में भर्ती के विषय में कोई बाधा न डाली। (सर सिकन्दर हयात खाँ का भाषण पढ़ा गया) वह केवल एक बात चाहते थे कि उनकी स्वीकृति के बिना भारत के संविधान में कोई परिवर्तन न किया जाए और वर्ष 1940 में ही उनकी सबसे बड़ी इच्छा पाकिस्तान की स्थापना थी।

(ञ) क्रिप्स विभाजन–योजना को मान्यता

कांग्रेस को स्वयं यह पता न था कि वह युद्ध का विरोध करे या न करे? पक्ष में रहे या विपक्ष में? ऐसा आचरण कांग्रेस ने बार-बार किया। कभी भाषणों के रूप में, कभी लेखों के रूप में और कभी प्रस्तावों के रूप में। कांग्रेस के विषय में सरकार जानती थी कि गवर्नमेंट की नीतियों पर टीका-टिप्पणी के अतिरिक्त वह और कुछ नहीं करना चाहती। 1942 तक युद्ध बड़ी सफलता से और बिना किसी बाधा के चलता रहा। लड़ाई के लिए सरकार को जितनी सामग्री, धन और मुनष्यों की आवश्यकता हुई, उसको मिलती रही। सरकार ने जो ऋण माँगे वे भी मिलते रहे। 1942 में क्रिप्स अपनी योजना लेकर आया, जिसमें भारत-विभाजन का प्रस्ताव भी था। क्रिप्स की योजना असफल रही, किन्तु कांग्रेस कार्य-समिति ने बाद में विभाजन के सिद्धान्त को स्वीकार कर लिया। इसके पश्चात् ही इलाहाबाद में अखिल भारतीय कांग्रेस कार्यकारिणी की बैठक में बहुमत से विभाजन को ठुकरा दिया गया। जो लोग इसके पक्ष में थे, वे बहुत थोड़े थे, इनमें राजगोपालाचार्य और उनके साथी थे। मौलाना आजाद उस समय कांग्रेस के सभापति थे।

इलाहाबाद के प्रस्ताव के कुछ ही मास बाद उन्होंने घोषणा की कि कांग्रेस की कार्यसमिति ने पहले जो प्रस्ताव विभाजन के सिद्धांत को मानते हुए पास किया था, उस पर इलाहाबाद के प्रस्ताव का कोई प्रभाव नहीं पड़ेगा। उस सयम कांग्रेस की समझ में कुछ नहीं आता था कि क्या उचित है, क्या अनुचित है। सरकार मुस्लिम-मन्त्रिमण्डलों और मुसलमानों का पक्ष लेने वाले गवर्नरों द्वारा देश पर अच्छी प्रकार अपना अधिकार जमाए हुए थी। रियासतों के राजाओं ने युद्ध में सहायता की थी। पूँजीपति-वर्ग वैसे तो कांग्रेस के साथ सहानुभूति दिखाता था, परन्तु वास्तव में सरकार की जरूरत को पूरा करके सरकार का पक्ष ले रहा था। खद्दर का प्रचार करने वाले भी सरकार के हाथों कम्बल बेच रहे थे। कांग्रेस देख रही थी कि उसका प्रभाव समाप्त हो रहा है, क्योंकि कांग्रेस ने पदों से त्याग-पत्र दे दिया था और फिर भी सरकार अच्छी प्रकार चल रही थी।

(ट) कांग्रेस का 'भारत छोड़ो' और लीग का 'विभाजन करो' आंदोलन

जब गांधी जी निराश हो गए तब उन्होंने 'भारत छोड़ो' आंदोलन की योजना प्रस्तुत की जिसे कांग्रेस ने मान लिया। यह विदेशी राज्य के विरुद्ध सबसे बड़ा विद्रोह समझा गया। गांधी जी ने जनता को आज्ञा दी–'करो या मरो' (Do or Die)। कांग्रेस नेताओं को सरकार ने जेल में डाल दिया। कुछ सप्ताहों तक कांग्रेसियों ने यत्र-तत्र कुछ गड़बड़ की और हिंसा की ओर बढ़े, परन्तु तीन सप्ताह में सरकार ने सम्पूर्ण आन्दोलन को कुचल दिया और आंदोलन का अन्त हो गया। कांग्रेस से सहानुभूति रखने वाले व्यक्ति और समाचार-पत्र नेताओं को छोड़ने की अपीलें करने लगे। गांधी जी ने छूटने के लिए व्रत रखा, परन्तु अंग्रेजों ने दो साल तक जब तक जर्मनी नहीं हार गया, भारतीय नेताओं को नहीं छोड़ा। जिन्ना ने 'भारत छोड़ो' आंदोलन

का विरोध किया, क्योंकि वह मुसलमानों के लिए उसे हानिकारक समझता था। इसलिए उसने यह नारे लगवाने शुरू किये–'भारत का विभाजन करो और जाओ?' यह हुआ गांधी जी की हिन्दू-मुस्लिम एकता का अन्त।

(ठ) हिन्दी के विरुद्ध हिन्दुस्तानी

राष्ट्रभाषा के प्रश्न पर भी गांधी जी ने मुसलमानों का जिस प्रकार अनुचित पक्ष लिया उनका कोई और उदाहरण नहीं मिलता। किसी भी दृष्टि से देखा जाए, हिन्दी का अधिकार राष्ट्रभाषा बनने के लिए सबसे पहले है। जब गांधी जी ने भारत में सार्वजनिक कार्य प्रारम्भ किया तो उन्होंने भी हिन्दी को ही महत्त्व दिया था, परन्तु जब उन्होंने देखा कि मुसलमान हिन्दी को पसन्द नहीं करते तो उन्होंने अपनी नीति भी बदल दी और हिंदुस्तानी का प्रचार करने लगे। हिन्दुस्तान का प्रत्येक व्यक्ति जानता है कि हिंदुस्तानी नाम की कोई भाषा कहीं नहीं है, न उस भाषा का कोई व्याकरण है और न शब्दावली। यह केवल हिन्दी और उर्दू की खिचड़ी है। पूरे प्रयत्न करके भी गांधी जी इस खिचड़ी को लोकप्रिय न बना सके। मुसलमानों को प्रसन्न करने के लिए उन्होंने इस बात पर बल दिया कि हिन्दुस्तानी को ही राष्ट्रभाषा बनाया जाए। अन्धे अनुयायी इसी भाषा का प्रचार करने लगे और यत्र-तत्र इस भाषा का प्रयोग भी किया जाने लगा। 'बादशाह राम' और 'बेगम सीता' जैसे शब्दों का प्रयोग होने लगा, परन्तु इस महात्मा में इतना साहस न था कि मिस्टर जिन्ना को महाशय जिन्ना कहकर पुकारें और मौलाना आजाद को पण्डित आजाद कहें। उन्होंने जितने भी अनुभव प्राप्त किए वह हिन्दुओं की बलि देकर ही किए। वे हिन्दू-मुस्लिम एकता की खोज में बढ़ते जा रहे थे। मुसलमानों को प्रसन्न करने के लिए हिन्दी के सौंदर्य और मधुरता को नष्ट कर दिया गया, परन्तु बहुत से कांग्रेसी भी इस खिचड़ी को नहीं पचा सके। गांधी जी अपनी हिन्दुस्तानी की जिद पर जमे रहे, परन्तु हिन्दू अपनी संस्कृति और मातृभाषा के ही भक्त रहे। वे गांधी जी के झांसे में

न आए। उसका परिणाम यह हुआ कि हिन्दी-साहित्य-सम्मेलन में गांधी की धाक न चली और उन्हें संस्था में त्याग-पत्र देना पड़ा। किन्तु गांधी का विषैला प्रभाव अब भी शेष है और आज भी भारत की सरकार यह निर्णय करते हुए झिझकती है कि देश की राष्ट्रभाषा हिन्दी को बनाया जाए या हिन्दुस्तानी को? साधारण बुद्धि वाले लोग भी स्पष्ट रूप से देख सकते हैं कि राष्ट्रभाषा वही हो सकती है जो 80 प्रतिशत जनता की भाषा हो, न कि वह जिसको 20 प्रतिशत भी न जानते हों। फिर भी गांधी जी मुसलमानों को सन्तुष्ट करने के लिए यह अनुचित कार्य करते थे। कितनी प्रसन्नता की बात है कि अब करोड़ों देशवासी हिन्दी और देवनागरी के पक्षपाती हैं। संयुक्त प्रांत (उत्तरप्रदेश) में हिन्दी को प्रांत की भाषा भी मान लिया गया है। भारत सरकार ने जो कमेटी बनाई है उसने संविधान का शुद्ध हिन्दी में अनुवाद कर दिया है। अब यह देखना है कि कांग्रेस 'लेजिस्लेचर' में हिन्दी को स्वीकार करती है या गांधी के प्रति अपनी श्रद्धा प्रकट करने के लिए एक विदेशी भाषा को भारत जैसे विशाल देश पर थोपती है। वास्तव में हिन्दुस्तानी उर्दू ही है। केवल नाम का ही भेद है। गांधी जी में इतना साहस नहीं था कि हिन्दी की प्रतियोगिता में उर्दू का प्रचार कर सकें, इसलिए उन्होंने उर्दू को हिन्दुस्तानी के नाम से चलाने की घृणित चाल चली। उर्दू पर किसी भी देशभक्त ने प्रतिबन्ध नहीं लगाया, परन्तु उर्दू को हिन्दुस्तानी के नाम से लादना एक धोखा है और अपराध है। यह थी गांधी जी की करतूतें। हिन्दुस्तानी के रूप में एक ऐसी भाषा, जिसका कोई अस्तित्व नहीं, गांधी जी के कहने पर स्कूलों में पढ़ाई जाने लगी। इसलिए नहीं कि इससे कोई लाभ था, प्रत्युत इसलिए कि इससे मुसलमान खुश हो सकते थे। इससे अधिक साम्प्रदायिक अत्याचार और क्या होगा? यही है गांधी जी की सेवाएँ, हिन्दू-मुस्लिम एकता के लिए।

(ड) न गाओ 'वन्देमातरम्'

गांधी जी का सबसे बड़ा गुण यह था कि सम्पूर्ण हिन्दूराष्ट्र के सम्मान

और भावनाओं को ठेस पहुँचाकर, न्याय और अन्याय का विचार न करके वे मुसलमानों के लिए सब कुछ कर देना चाहते थे। उनकी प्रबल इच्छा थी कि वे मुसलमानों के लीडर बनें। यह कितनी लज्जाजनक बात है कि मुसलमान यह पसन्द नहीं करते थे कि 'वन्देमातरम्' का राष्ट्रीय गीत गाया जाए, इसलिए गांधी जी ने जहाँ वे कर सकते थे, उसे बन्द करा दिया। यह गीत पिछले सौ वर्षों से देश का लोकप्रिय गीत रहा है। बंगाली भारतीयों के लिए तो यह बहुत ही महत्त्वपूर्ण है। यह गीत लोगों को देश के लिए संगठित होने की प्रेरणा देता है। 1905 में जब बंगाल के विभाजन का विरोध हुआ तब से यह गीत बहुत लोकप्रिय है। बंगाली इसी गीत से मातृभूमि की सेवा के लिए शपथ लेते थे। प्रत्येक राष्ट्रीय समारोह का प्रारम्भ इसी पवित्र गीत से होता था। इसके सम्मान की रक्षा के लिए अनेक देशभक्तों ने अपार कष्ट सहे और अपने प्राणों का बलिदान दिया। अंग्रेज अधिकारी इस गीत के वास्तविक अर्थ को नहीं समझते थे। इसका अभिप्राय केवल मातृभूमि की वन्दना है। 40 वर्ष पूर्व सरकार ने कुछ समय तक इस पर प्रतिबन्ध लगा दिया था, परन्तु उस प्रतिबन्ध से यह गीत सम्पूर्ण भारत में लोकप्रिय बन गया। तभी से यह गीत कांग्रेस और अन्य राष्ट्रीय अधिवेशनों में गाया जाने लगा, किन्तु जब एक मुसलमान ने इस पर आपत्ति की तब गांधी जी ने सारे राष्ट्र की भावना को ठुकरा कर कांग्रेस पर दबाव डाला कि इस गीत के बिना ही काम चलाया जाए। इसलिए आज हम रवीन्द्रनाथ का 'जग गण मन' गीत गाते हैं और 'वंदेमातरम्' बन्द कर दिया गया है। क्या इससे भी पतित कोई काम हो सकता है कि ऐसे विश्व प्रसिद्ध कोरस को केवल इसलिए बन्द कर दिया जाए कि एक अज्ञानी हठधर्मी समुदाय उसे पसन्द नहीं करता। यदि इस विषय को उचित ढंग से लिया जाता तो अज्ञानियों का अज्ञान मिट जाता और उनको प्रकाश मिलता, परन्तु अपने 30 वर्षों के नेतृत्व में गांधी जी को ऐसा साहस कभी नहीं हुआ। उनकी हिन्दू-मुस्लिम एकता की नीति का एक ही अर्थ था कि मुसलमानों के आगे मस्तक झुकाते जाएँ और वे जो कुछ माँगें वह सब कुछ

उन्हें दे दिया जाए, परन्तु इस प्रकार की एकता न तो आई, न आ सकती थी।

(ढ) शिवाबावनी पर प्रतिबन्ध

गांधी जी ने 'शिवाबावनी' जैसी साहित्यिक और ऐतिहासिक रचना पर भी प्रतिबन्ध लगवा दिया कि उसे लोगों के बीच न पढ़ा जाए। 'शिवाबावनी' 52 छंदों का एक संग्रह है जिसमें छात्रपति शिवाजी महाराज की प्रशंसा गाई गई है और इस बात का वर्णन है कि किस प्रकार उन्होंने हिन्दू धर्म और राष्ट्र की रक्षा की। 'शिवाबावनी' में एक छन्द है कि यदि शिवाजी न होते तो सारा देश मुसलमान हो जाता–

कुम्भकर्ण असुर अवतारी औरंगजेब,
काशी प्रयाग में दुहाई फेरी रब की।
तोड़ डाले देवी देव शहर मुहल्हों के,
लाखों मुसलमाँ किये माला तोड़ी सब की।
'भूषण' भणत भाग्यों काशपति विश्वनाथ।
और कौन गिनती में भूली गति भव की।
काशी कर्बला होती मथुरा मदीना होती।
शिवाजी न होते तो सुन्नत होती सब की।

यह 'शिवाबावनी' लाखों के लिए आनन्द और स्फूर्ति का स्रोत है एवं साहित्य और इतिहास में अद्वितीय महत्त्व रखती है, परन्तु गांधी जी तो अपनी हिन्दू-मुस्लिम एकता की धुन में लगे हुए थे और इस ध्येय की पूर्ति के लिए हिन्दू संस्कृति, इतिहास और धर्म के दमन के अतिरिक्त उनके सामने कोई सरल मार्ग न था।

(ण) सुहरावर्दी को संरक्षण

मुस्लिम-लीग ने उस केन्द्रीय अस्थाई मन्त्रिमण्डल में सम्मिलित होने

से इन्कार कर दिया, जिसको बनाने के लिए लार्ड वेवल ने नेहरू को आमन्त्रित किया था। इतना ही नहीं, मुस्लिम-लीग ने नेहरू सरकार के विरुद्ध 'सीधी कार्यवाही' करने के लिए कौसिन्ल बनाई। नेहरू मन्त्रिमण्डल के निर्माण के दो सप्ताह पूर्व अर्थात् 15 अगस्त, 1946 को कलकत्ता में हिन्दुओं का व्यापक संहार किया गया जो बिना किसी रोक-टोक के तीन दिन तक चलता रहा। इन दिनों की भयानक घटनाओं के रोमांचकारी चित्र प्रसिद्ध अंग्रेजी दैनिक 'स्टेट्समैन' ने प्रकाशित किए थे। उस समय यह सोचा जाने लगा कि जिस सरकार के काल में इतने अत्याचार हुए हों, उसको पद अलग कर देना चाहिए। यह सरकार सुहरावर्दी की थी, परन्तु साम्यवादी गवर्नर ने भारत सरकार की एक्ट धारा 93 के अनुसार गवर्नमेंट सम्भालने से इन्कार कर दिया। उस समय गांधी जी कलकत्ता गए और इन सब अत्याचारों की जड़ सुहरावर्दी से उन्होंने मित्रता स्थापित कर ली। वास्तव में गांधी जी वहाँ सुहरावर्दी और मुस्लिम-लीग का पक्ष लेकर ही गए थे रक्षा करने के लिए कोई प्रयत्न नहीं किया और जिन लोगों का कर्त्तव्य जनता की रक्षा करना है, उन्हीं की आँखों के सामने कत्ल हुए, परन्तु गांधी जी ने इस पैशाचिक-कांड को साधारण घटना समझा। उन्होंने सुहरावर्दी की बहुत अधिक प्रशंसा की और उसको 'शहीद' अर्थात् 'हुतात्मा' कहकर पुकारा। प्रायः दो ही मास पीछे नोआखाली और टिप्पेरा जिलों में काण्ड हुए। आर्यसमाज के प्रतिवृत्त के अनुसार 30,000 स्त्रियों को बलपूर्वक हिन्दू से मुसलमान बनाया गया। तीन लाख लोग मारे गए और करोड़ों रुपयों की सम्पत्ति लूट ली गई। यह सब हो जाने के पश्चात् गांधी जी ने नोआखाली का दौरा करने का निश्चय किया। यह सब जानते हैं कि सुहरावर्दी ने वहाँ उनकी रक्षा की, परन्तु इस संरक्षण के होते हुए भी गंधीजी को इतना साहस न हुआ कि वे नोआखाली जिले की घटनाओं पर निर्भयतापूर्वक कुछ कह सकें। यह सब अत्याचार, सम्पत्ति की लूट, मनुष्यों का संहार आदि सुहरावर्दी प्रधानमंत्री होते वहाँ हुए थे, किन्तु इस महासंहार के आयोजक सुहरावर्दी को गांधी जी ने 'शहीद साहब' की पदवी दी।

(त) हिन्दू और मुस्लिम राजाओं में अन्तर

गांधी जी के अनुयायियों ने राजकोट और भावनगर के राजाओं के कथित अत्याचारों की पर्याप्त निन्दा की। गांधी जी के अनुयायियों ने ही कश्मीर में मुसलमानों को प्रोत्साहित किया कि वे हिन्दू राजा के विरुद्ध कार्य करें, परन्तु गांधी जी ने ऐसा कोई कार्य मुस्लिम रियासतों में नहीं किया। ग्वालियर में मुस्लिम-लीग ने एक षड्यन्त्र रचा जिसका परिणाम यह हुआ कि महाराज सिंधिया विवश हो गए कि विक्रम संतवत्सर की दो सहस्त्रवीं वर्षगांठ न मानाएँ। घटना चार वर्ष पहले की है। यह विद्रोह साम्प्रदायिक उद्देश्य से किया गया था। वहाँ के महाराज बहुत उदार और दूरदर्शी थे, किन्तु कुछ समय पूर्व जब ग्वालियर में उपद्रव हुआ और मुसलमानों को थोड़ी-सी हानि पहुँची तब गांधी जी ने अनुचित रूप से महाराज की निंदा की।

(थ) गांधी जी का अनशन

1943 में जेल में गांधी जी ने जब अनशन किया तो किसी व्यक्ति को भी राजनैतिक समस्याओं के विषय में उनसे मिलने नहीं दिया जाता था। केवल उनके निकट सम्बन्धी ही स्वास्थ्य के विषय में जानने के लिए मिलते थे। उन दिनों श्री राजगोपालाचार्य उनसे मिले और पाकिस्तान बनाने की योजना का उन्हें परामर्श दिया। गांधी जी ने उनको इस विषय में जिन्ना से बातचीत करने की आज्ञा दी। फिर 1944 में गांधी जी तीन सप्ताह तक जिन्ना से बातचीत करते रहे और उसने वर्तमान पाकिस्तान जैसी ही योजना उनके सामने रखी। गांधी जी प्रतिदिन जिन्ना के घर जाते थे और उसकी प्रशंसा करते थे, उससे गले मिलते थे, परन्तु जिन्ना अपनी पाकिस्तान की माँग से एक इंच न हटा। गांधी जी हिन्दू-मुस्लिम एकता चाहते थे, परन्तु सब कुछ इसके विपरीत हो रहा था।

(द) देसाई-लियाकत संधि पत्र

सन् 1945 में देसाई और लियाकत की कुख्यात संधि हुई। इसके पश्चात् तो कांग्रेस राष्ट्रीय संस्था रही ही नहीं। केन्द्रीय लेजिस्लेटिव असेंबली के कांग्रेस दल के नेता श्री भुलाभाई देसाई और मुस्लिम-लीगी दल के नेता मियाँ लियाकत अली ने अंग्रेजों से माँग की कि उन समस्याओं को सुलझाया जाए जो युद्ध समाप्ति के पश्चात् उग्र रूप धारण कर रही हैं। श्री देसाई ने यह काम किसी कांग्रेस नेता का परामर्श बिना लिया ही किया था, क्योंकि काग्रेसी नेतागण तो 1942 के भारत छोड़ो प्रस्ताव के कारण बंदीगृह में पड़े थे। श्री देसाई ने बताया कि वे इस आधार पर वाइसराय से मिले ताकि कांग्रेस और मुस्लिम-लीग को समान पद मिले। लार्ड वेवल के पास यह प्रार्थना-पत्र पहुँचा तो वे हवाई जहाज से लेबर गवर्नमेंट से इस सम्मिलन की आज्ञा लेने लन्दन गये और इस विषय में जो घोषणा हुई उसने तो सारे देश को ही मूर्ख बना दिया। वस्तुतः इससे कांग्रेस ने प्रजातन्त्र और राष्ट्रीयता के साथ बड़ा अनर्थ कर डाला। इससे भारत में प्रजातन्त्र का सदा के लिए अंत हो गया, और न्याय का नाम ही न रहा। कांग्रेस के अनुयायियों को यह योजना माननी पड़ी। कुछ समय पीछे यह पता चला कि इस संधि की आड़ में तो गांधी जी खेल रहे थे और उन्हीं के आशीर्वाद से यह सब कुछ हुआ था।

कांग्रेस ने यह भलीभांति स्वीकार कर लिया कि मुसलमानों को 50 प्रतिशत अधिकार दे दिये जाएँ। यहाँ यह बात ध्यान देने योग्य है कि मुसलमानों का अनुपात 25 प्रतिशत था और हिन्दुओं का 75 प्रतिशत, किन्तु गांधी जी ने दोनों को बराबर कर दिया। वाइसराय ने कान्फ्रेंस करने से पहले और भी कुछ शर्तें रख दीं जो कि निम्नलिखित थीं—

(i) कांग्रेस और अन्य सब पार्टियाँ उस समय तक युद्ध में सहायता दें जब तक जापान पर विजय प्राप्त न हो।

(ii) एक मिलीजुली सरकार बनाई जाए जिसमें कांग्रेस और मुस्लिम-लीग के पाँच-पाँच सदस्य हों और अल्पसंख्यक जातियों, अर्थात् सिखों और अछूतों के प्रतिनिधि अलग किए जाएँ।

(iii) भारत छोड़ो आन्दोलन को बिना शर्त वापिस ले लिया जाए। जो नेता जेल में हैं उन सबको छोड़ दिया जाएगा।

(iv) जो कुछ भी सुझाव रखे जाएं वे 1934 के एक्ट की सीमा से बाहर न हों।

(v) वाइसराय और गवर्नर जनरल की पदवी ज्यों की त्यों रहे। अर्थात् वे नई सरकार में भी सर्वोपरि सत्ताधीश हों।

(vi) युद्ध समाप्त होने पर आजादी की समस्या 'कौन्स्टीट्यूएन्ट असेम्बली' (Constitutent Assembly) द्वारा सुलझायी जाए।

(vii) यदि वर्तमान स्थिति में कोई परिवर्तन न किया गया तो वाइसराय फिर से मन्त्रिमण्डल बना लेंगे। जिसके सब सदस्य भारतवासी होंगे।

जिन लोगों ने तीन वर्ष पहले पूर्ण स्वतन्त्रता के लिए 'भारत छोड़ो' आंदोलन खड़ा किया था और 'करो या मरो' के सिद्धांत पर चलकर विद्रोह किया था, उन्होंने चुपके से अंग्रेजों की सब शर्तें मानकर पद संभाल लिया। वास्तव में बात यह थी कि भारत छोड़ो आन्दोलन असफल हो चुका था और कांग्रेस के पास कोई प्रोग्राम न था। इसलिए जैसी स्थिति उस समय थी, कांग्रेस को वही स्वीकार करनी पड़ी। कांग्रेस का अस्तित्व एक प्रकार से मिट चुका था। इससे केवल जिन्ना को लाभ हुआ। द्विराष्ट्र सिद्धान्त और पाकिस्तान की माँग को प्रोत्साहन मिल गया। यद्यपि कांग्रेस असफल रही और गांधी जी को हिन्दू-मुस्लिम एकता प्राप्त न हो सकी।

(ध) कैबिनेट मिशन प्लान

1946 के प्रारम्भ में 'कैबिनेट-मिशन' भारत आया। इसमें इंग्लैंड के भारत-मन्त्री श्री लारेंस, श्री अॅलैग्जेण्डर और श्री क्रिप्स थे। इसके भारत आने के विषय में प्रधानमंत्री श्री एटली ने पार्लियामेंट में एक भाषण दिया और कहा कि अंग्रेजी गवर्नमेंट भारत की बागडोर भारतवासियों को ही सौंपना चाहती है, परन्तु इसके लिये यह आवश्यक है कि सब भारतवासी एक निर्णय पर पहुँच जाएँ। मिशन का घोषित कार्य सब दलों में संधि कराना था, परन्तु जो कुछ मिशन ने किया वह भारत के लिए बहुत हानिकारिक रहा। आत्मविश्वास न था। दूसरी ओर, जिन्ना विभाजित भारत चाहता था और वह अपनी माँग पर अड़ा हुआ था। इन समस्याओं को सुलझाने में बहुत कठिनाई दिखाई देती थी, इसलिए मिशन ने सबसे बात की और फिर 15 मई, 1946 को अपने निर्णय की घोषणा कर दी। मिशन ने प्रकट रूप में तो संगठित भारत के प्रति शुभकामना प्रकट की, किन्तु प्रकारान्तर से अपनी योजना में पाकिस्तान के पूर्ण अंश भर दिए। उसने 6 धाराएँ ऐसी रखी जिनको मानने पर भारत के दो टुकड़े हुए बिना नहीं रह सकते थे। चाहे यह विधान-परिषद चुने हुए व्यक्तियों से बना हो, फिर भी उसके द्वारा पूर्ण स्वतन्त्रता का विधान नहीं बनाया जा सकता था। कांग्रेस 'भारत छोड़ों' आन्दोलन की असफलता के बाद इतनी निराश हो चुकी थी कि वह कोई भी ऐसी योजना मानने को तत्पर थी जिनमें तनिक भी राष्ट्रीयता की झलक हो, इसलिए इस योजना मानने को तत्पर थी जिनमें तनिक भी राष्ट्रीयता भी झलक हो, इसलिए इस योजना को स्वीकार करके कांग्रेस ने प्रकारांतर से पाकिस्तान मान लिया, परन्तु योजना में पाकिस्तान बनाना शब्द का नाम न होने से वह सन्तुष्ट थी। कांग्रेस ने योजना को तो स्वीकार कर लिया, परन्तु केन्द्रीय सरकार बनाने को तैयार न हुई। अन्त में कांग्रेस को सरकार बनानी पड़ी और बिना शर्त सारी योजना को स्वीकार करना पड़ा। जिन्ना ने अंग्रेजों को अन्यायी बताकर उनकी निन्दा प्रारम्भ कर दी।

उधर मुस्लिम-लीग ने 'सीधी कार्यवाही 'प्रारम्भ की। बंगाल, पंजाब बम्बई और अन्य स्थानों पर मुसलमानों ने ऐसे रक्तपात, लूटपाट और अग्निकांड किए कि इतिहास में कहीं भी उनका उदाहरण देखने को नहीं मिलता। हानि केवल हिंदुओं की ही हुई। कांग्रेस ने उस समय अद्भुत् नपुंसकता का परिचय दिया और वह किसी स्थान पर भी हिन्दुओं की रक्षा कर न सकी। गवर्नर जनरल को 1935 के एक्ट के अनुसार यह अधिकार था कि भारत के किसी भी भाग में शांति-भंग होने पर वह हस्तक्षेप कर सकता था, परन्तु वह भी निश्चिंत और निर्द्वन्द्व सब घटनाओं को देखता रहा। लाखों हिन्दू मारे गए, सहस्त्रों हिन्दू स्त्रियों और बच्चों को उठा लिया गया। जिनमें से बहुत कम वापिस आए। करोड़ों रुपयों की सम्पत्ति लूट ली गई, जला दी गई या नष्ट कर दी गई, किन्तु गांधी जी की हिन्दू-मुस्लिम एकता का प्रेम तब भी उतना ही दूर रहा जितना पहले था।

(न) कांग्रेस जिन्ना की शरण में

अगले वर्ष ही कांग्रेस ने जिन्ना के सम्मुख आत्मसमर्पण कर दिया। पाकिस्तान मान लिया गया। जो कुछ उसके पश्चात् हुआ, वह सबको भली-भांति ज्ञात है। गांधी जी फिर मुसलमानों का पक्ष लेते रहे। जो लाखों हिन्दू-लुटे और नष्ट हुए, इस महात्मा ने उसके लिए एक शब्द भी न कहा। वह स्वयं को मानवता का सेवक कहता था, किन्तु उसके लिए मानवता के एकमात्र प्रतीक मुसलमान थे। हिन्दू उसकी मानवता के क्षेत्र में नहीं आते थे। इस विचित्र 'साधुवृत्ति' को देखकर मुझे आघात पहुँचा।

(प) पाकिस्तान पर द्वि–अर्थक वक्तव्य

अपने एक लेख में गांधी जी ने पाकिस्तान की कल्पना का कड़ा विरोध प्रकट किया, किन्तु वह दिखावा मात्र था, क्योंकि उसी लेख में वे स्पष्ट रूप में कहते हैं कि मुसलमान किसी भी

मूल्य पर पाकिस्तान चाहते हों तो वह प्राप्त करने में उन्हें कौन रुकावट डाल सकेगा? इस कथन का अर्थ महात्मा ही जाने। क्या वह पाकिस्तान का पुरस्कार था? क्या वह पाकिस्तान की घोषणा थी? क्या वह पाकिस्तान की माँग का प्रतिरोध था?

(फ) कश्मीर के महाराज को कु–परामर्श

कश्मीर के विषय में गांधी जी सदा यह परामर्श देते रहे कि सत्ता शेख अब्दुल्ला को सौंप दी जाए, केवल इसलिए कि कश्मीर में मुसलमान अधिक संख्या में हैं। इसलिए गांधी जी का मत था कि महाराज हरीसिंह को संन्यास लेकर काशी चले जाना चाहिए, परन्तु हैदराबाद के विषय में गांधी की नीति भिन्न थी। यद्यपि वहाँ हिन्दुओं की संख्या अधिक थी, परन्तु गांधी जी ने कभी न कहा कि निजाम फकीरी लेकर मक्का चले जाएँ।

(ब) माउंटबेटन ने हिन्दुस्तान का विभाजन किया

15 अगस्त, 1946 के पश्चात् मुस्लिम-लीग के गुण्डों ने हिन्दुओं को लूटना प्रारम्भ कर दिया और जहाँ कहीं उनको अवसर मिला, वे नहीं चूके। यह दशा देखकर लार्ड वेवेल को औपचारिक दुःख तो हुआ, परंतु उसने इन अत्याचारों को रोकने के लिए कहीं भी अपने हस्तक्षेप-अधिकारों का प्रयोग नहीं किया, जो उसे 1935 के गवर्नमेंट-एक्ट के अनुसार प्राप्त थे। कराची से बंगाल तक हिन्दुओं का रक्त बहाया जाने लगा। केवल दक्षिण में मुसलमानों को किंचित उत्तर मिला। 2 सितम्बर, 1946 के पश्चात् कांग्रेस और मुस्लिम-लीग के सदस्यों की मिली-जुली सरकार चलती रही, परंतु दोनों दलों में सहयोग से काम नहीं होता था। मुसलमान सदस्यों ने यथासम्भव प्रयत्न किए कि किसी प्रकार सरकार का काम न चल पाए। वे यह सिद्ध करना चाहते थे कि मिली-जुली हुकूमत काम नहीं कर सकती, परन्तु उन्होंने जितना असहयोग किया गांधी जी ने उनकी उतनी ही अधिक

खुशामद की। लार्ड वेवेल दोनों पक्षों में समझौता नहीं करा सके। इसलिए उसे त्याग-पत्र देना पड़ा। उसकी आत्मा यह नहीं मानती थी कि भारत का विभाजन किया जाए। उसने स्पष्ट रूप से कहा भी कि विभाजन की कोई आवश्यकता नहीं है। उसके पश्चात् लार्ड माउंटबेटन आया। लार्ड माउंटबेटन दक्षिण पूर्व कमाण्ड का कमाण्डर था। वह एक सैनिकवृत्ति का व्यक्ति था। बहुत साहसी और धुन का पक्का था। वह भारत इस उद्देश्य से आया था कि कुछ न कुछ करना है और जो कुछ उसने किया, वह था भारत का विभाजन। उसे रक्तपात की कोई चिन्ता न थी। उसकी आँखों के समाने रक्त की नदियाँ बहीं। स्यात् उसका विचार था कि जितने हिन्दू मर रहे हैं, उतने शत्रु ही कम हो रहे हैं, क्योंकि हिन्दू ही उसकी योजना की पूर्ति में बाधा डाल रहे थे, इसलिए इस बात की ओर उसने लेशमात्र भी ध्यान नहीं दिया। जून, 1947 भारत को सत्ता सौंपने का समय बताया गया था। उससे पहले हिन्दुओं और मुसलमानों का खूब रक्त बह चुका था। कांग्रेस जो राष्ट्रीयता का जयघोष कर रही थी जिन्ना की तलवार के आगे झुक गई और गुप्त रूप से उसने पूर्ण पाकिस्तान स्वीकार कर लिया। सम्पूर्ण प्रजातंत्र धरा रह गया। भारत के टुकड़े कर दिए गए। 15 अगस्त, 1947 को भारत की तिहाई भूमि विदेशी बन गई। कांग्रेस क्षेत्र में लार्ड माउंटबेटन को सभी वाइसरायों में महान् वाइसराय और गवर्नर जनरल बताया जाने लगा, क्योंकि उसने हिन्दुस्तान के तीन टुकड़े करके 30 जनू, 1947 से 10 मास पहले ही कांग्रेस को सत्ता दे दी। यही वह उपलब्धि है जो गांधी जी से 30 वर्षों में भारत को प्राप्त हुई। इसी को कांग्रेस स्वतंत्रता के नाम से पुकारती है। इतिहास में ऐसा कोई उदाहरण नहीं है कि इतना रक्तपात हुआ भी और फिर भी उसके परिणाम को शांतिपूर्वक सत्ता हस्तांतरण का नाम दिया जाए और उसे स्वतन्त्रता के नाम से पुकारा जाए। यदि 1946-47 और 48 की घटनाएँ भी शांति की द्योतक हैं तो पता नहीं अशांति किसे कहते हैं? हिन्दू-मुस्लिम एकता का बुलबुला अन्त में फूट गया और सांप्रदायिक आधार पर अलग देश बन गया। पं. नेहरू और उसके

साथी इस स्वतन्त्रता का श्रेय अपने तथाकथित बलिदानों को देते हैं, परन्तु वास्तविक बलिदान तो जिनके हैं उनके रहेंगे।

(भ) गांधी जी और गोवध

गांधी जी गोरक्षा के लिए बड़ी तीव्र इच्छा प्रकट किया करते थे, परन्तु वास्तव में उन्होंने इस विषय में कुछ नहीं किया। प्रार्थना-सभा में वे जो भाषण देते थे उनमें एक भाषण में उन्होंने स्पष्ट रूप से यह मान लिया है कि वे गोरक्षा में असफल रहे हैं। उनके उस भाषण का अंश नीचे उद्धृत है :–

"आज राजेन्द्र बाबू ने मुझे सूचना दी है कि उनके पास 50 हजार पोस्टकोर्ड और पच्चीस-तीस हजार के लगभग तार आए हैं कि गोहत्या को कानून द्वारा बन्द कर दिया जाए। इस विषय में मैंने पहले भी एक बार कुछ कहा था। पता नहीं इतने पोस्टकार्ड और तार क्यों भेजे गए हैं? इनका कोई लाभ नहीं। भारत में गोहत्या रोकने के लिए कानून नहीं बनाया जा सकता। मैं अपनी इच्छा को उस मनुष्य पर कैसे लाद सकता हूँ जो अपनी इच्छा से गोहत्या नहीं छोड़ना चाहता? हिन्दुस्तान केवल हिन्दुओं का ही देश नहीं। यहाँ पर मुसलमान, ईसाई और पारसी, सब लोग रहते हैं। हिन्दुओं का यह सोचना कि हिन्दुस्तान केवल हिन्दुओं का ही देश है, बिलकुल गलत है। यह देश उन सबका है, जो यहाँ रहते हैं। मुझे एक कट्टर वैष्णव की बात याद है जो अपने पुत्र को गौ के मांस का रस दिया करते थे।"

(म) तिरंगे झंडे का अपमान

कांग्रेस ने गांधी जी का सम्मान करने के लिए चरखे वाले झण्डे को राष्ट्रध्वज बनाया। सभी अवसरों पर इसी झण्डे को प्रणाम किया जाता था। प्रत्येक अधिवेशन में प्रचुर संख्या में तिरंगे लहराए जाते थे। इस ध्वज के बिना प्रभात-फेरी अधूरी मानी जाती थी। जब कांग्रेस की

कोई विजय होती थी, चाहे वह वास्तविक हो या अवास्तविक, सब लोगों के भवन और दुकानें तिरंगे झंडों से सजाई जाती थीं। यदि कोई हिन्दू शिवाजी महाराज के भगवे ध्वज को सम्मान देता था, जिस भगवे ध्वज ने भारत को मुसलमानों के आधिपत्य से मुक्त कराया था, तो उस व्यक्ति को साम्प्रदायिक कहा जाता था। तिरंगे झण्डे ने न तो किसी हिन्दू स्त्री की लाज बचाई और न ही किसी हिन्दू मन्दिर को अपवित्र होने से बचाया, परन्तु फिर भी एक बार स्वर्गीय भाई परमानन्द द्वारा इस ध्वज को प्रणाम न किए जाने पर कांग्रेसी देशभक्तों ने उन्हें बुरा-भला कहा और सामूहिक रूप से उन पर आक्रमण भी किया गया। छात्रों ने तिरंगे ध्वज को विश्वविद्यालयों के भवनों पर लहरा कर इसका सम्मान किया था। बम्बई के एक मेजर को अपनी 'सर' की पदवी से केवल इसलिए हाथ धोना पड़ा कि उसकी स्त्री ने इस ध्वज को कार्पोरेशन बिल्डिंग पर लहरा दिया था। इस राष्ट्रध्वज के साथ कांग्रेस का इतना घनिष्ठ सम्बन्ध था कि जब नोआखाली और टिपेरा के 1946 के कांडों के पश्चात् गांधी जी नोआखाली का दौरा कर रहे थे तो वह ध्वज उनकी कुटिया पर भी लहरा रहा था, परन्तु जब एक मुसलमान को उस ध्वज के वहाँ लहराए जाने पर आपत्ति हुई तो गांधी जी ने तत्काल उसे उतरवा दिया। लाखों कांग्रेसियों एवं करोड़ों देशवासियों की इस ध्वज के प्रति श्रद्धा को उन्होंने इस प्रकार अपमानित किया। केवल इसलिए कि उस ध्वज को उतारने से एक कट्टर मुसलमान खुश होता था। फिर भी गांधी जी हिन्दू-मुसलमान एकता के ध्येय को प्राप्त नहीं कर सके।

भाग ३ : गांधी जी और स्वराज्य

(71) बड़ी संख्या में लोग इस भ्रम में हैं कि भारतीय स्वतन्त्रता का आंदोलन 1914-15 मे उस समय प्रारंभ हुआ जब गांधी जी जेल में गए और 15 अगस्त, 1947 को समाप्त हो गया जब 'राष्ट्रपिता' गांधी के नेतृत्व में स्वतंत्रता मिल गई। सहस्रों वर्षों के इतिहास में ऐसा कोई उदाहरण नहीं है जब इतने अधिक लोगों को धोखे में रखा गया हो और वे उस धोखे पर विश्वास करते गए हों। स्वतन्त्रता दिलाना तो दूर, गांधी जी ने भारत को ऐसी दशा में लाकर छोड़ दिया कि उसके खण्ड-खण्ड हो गए और स्थान-स्थान पर रक्तपात होने लग गया। भारत में गांधी के पूर्व शताब्दियों में एक ऐसा स्वतंत्रता आंदोलन चल रहा था जो कुचला नहीं गया। 1818 में जब मराठा शक्ति क्षीण हो गई तो अंग्रेजों ने यह सोचा कि भारत में स्वतन्त्रता युद्ध समाप्त हो गया है, परन्तु उत्तरी भारत में सिखों की शक्ति उभर उठी। कालांतर में सिख परास्त हो गए तो 1857 के विद्रोह की तैयारियाँ होने लगी। वह विद्रोह इतना अकस्मात् और इतनी तेजी से आया कि अंग्रेज काँप उठे। उन्होंने कई बार सोचा कि भारत को छोड़ दिया जाए। वीर सावरकर के '1857 का स्वातन्त्र्य समर' नामक ग्रन्थ के अनुसार भारतवासियों

ने अंग्रेजों के अधिपत्य का अन्त करने के लिए प्रचंड पराक्रम किया और जब अंग्रेजों ने पुनः पैर जमाए तो कांग्रेस ने जन्म लिया और उसके मंच से देश ने अंग्रेजों को भारत पर राज्य करने दिया। पहले वैधानिक रूप से ये प्रयत्न किए गए और पीछे शस्त्रों द्वारा भी अंग्रेजों का प्रतिकार किया जाने लगा। खुदीराम बोस ने 1909 में बम फेंक कर देश की भावना को व्यक्त किया।

(72) गांधी जी भारत में 1914-15 में आए। इसके आठ वर्ष पूर्व ही भारत के अधिकांश भाग में क्रांतिकारी आंदोलन फैल चुका था। स्वतन्त्रता संग्राम का अभी अंत नहीं हुआ था। वह अब भी चिंगारियों की भांति सुलग रहा था। गांधी जी और उनके अंहिसा और सत्य के सिद्धान्तों से वह आंदोलन दुर्बल होने लगा, किंतु नेताजी सुभाषचन्द्र बोस और महाराष्ट्र, पंजाब तथा बंगाल के अन्य क्रांतिकारी नेताओं को धन्यवाद देना चाहिए कि लोकमान्य तिलक की मृत्यु के बाद गांधी जी का प्रभाव ज्यों-ज्यों बढ़ता गया, क्रांतिकारी आंदोलन भी साथ ही साथ प्रखर होता गया।

(73) इन लोगों ने जो कांग्रेस में थे और बीच की नीति पर वैधानिक रूप से चलते थे स्वतन्त्रता की ओर किंचित कुछ प्रगति की। 1892 में अंग्रेज विवश हो गए कि लैजिस्लेटिव कौंसिल बनावें। उसके पश्चात् 1909 में मिन्टोमोरले सुधारों द्वारा जनता के निर्वाचित प्रतिनिधियों को यह अधिकार मिला कि वे लैजिस्लेचर के काम में भाग लें। उसके बारह वर्ष पश्चात् प्रथम महायुद्ध के उपरान्त मोटेग्यू चेम्सफोर्ड सुधार आए, जिससे प्रांतों को अधिकार मिले और निर्वाचित सदस्यों की संख्या बढ़ा दी गई और इस प्रकार स्थाई रूप से केंद्र और प्रांतों

में उनको बहुमत मिल गया। 1935 में प्रांतों को पूर्ण अधिकार मिले। विदेशी विभाग, सेना और किसी सीमा तक अर्थ विभाजन को छोड़कर शेष सब विभागों में केंद्र में उत्तरदायित्वपूर्ण अधिकार मिल गए। गांधी जी को पार्लियामेंट के दलों में कोई रुचि न थी और उन्होंने सदा उनका 'बायकाट' किया, फिर भी संवैधानिक प्रगति 1935 तक थोड़ी ही सही, हुई। 1935 के एक्ट में वास्तव में बहुत पूर्ण रूप से सुरक्षित कर दिया और साम्प्रदायिक तथ्यों को अधिक प्रोत्साहन दिया गया।

(74) इस एक्ट में दूसरा दोष यह था कि इसके अनुसार गवर्नरों एवं गवर्नर-जनरल को 'वीटो' अर्थात् अन्तिम निर्णय का अधिकार दे दिया गया था। फिर भी यह अवश्य है कि यदि गांधी जी उसका वायकाट न करते तो हमको यह स्वतन्त्रता जो अब तक एक तिहाई भारत को खोकर मिली, बहुत पहले अखण्ड रूप में मिल जाती।

(75) मैं उस क्रांतिकारी दल का पहले ही उल्लेख कर चुका हूँ जो कांग्रेस से अलग था। बहुत से प्रसिद्ध कांग्रेसी इससे सहानुभूति रखते थे। यह दल सदा अंग्रेजों की दासता दूर करने में लगा रहा। सन् 1918-19 में प्रथम युद्ध के काल में, कांग्रेस पाटी वैधानिक ढंग से लड़ती रही और क्रांतिकारी दल अपना कार्य करता रहा साथ ही साथ यूरोप और अमेरिका में गदर पार्टी जर्मनी आदि देशों की सहायता से भारत से अंग्रेजों को निकालने की योजना बना रही थी। 'कामागाटा मारु' की घटना को सब भलीभांति जानते हैं और यह भी सच है कि मद्रास के पास जो गोलाबारी हुई वह जर्मन कमांडर की सहायता से हुई, परन्तु 1920 से गांधी ने शस्त्र के प्रयोग की निरन्तर निन्दा की, और वे भूल गए कि कुछ वर्ष

पहले उन्होंने ही अंग्रेजों की सेना में सैनिक प्रविष्ट करने में कितना परिश्रम किया था। फिर भी रौलट रिपोर्ट में लिखा गया कि हिन्दुस्तान में क्रांतिकारियों की संख्या अधिक है। 1906 से 1918 तक क्रांतिकारियों ने अंग्रेजों और उनके पिट्ठुओं को गोली का निशाना बनाया और अंग्रेज भयभीत रहने लगे। वे यहाँ अपना जीवन सुरक्षित नहीं समझते थे। उसके बाद मौटेग्यू भारत मंत्री होकर आया। उसने भारत को अधिकार देने का वायदा किया, किन्तु वह क्रांतिकारी जोश को ठंडा न कर सका। 1919 में सुधार आए, परन्तु इसके पश्चात् ही जलियाँवाले बाग की दुर्घटना हुई जिसमें निशस्त्र जनता की सभा पर डायर ने यह कह कर गोलियाँ चलवाईं कि सभा रोलट-एक्ट के विरोध में हो रही थी। सर मायकल ओडायर ने उन लोगों को कुचल दिया जिन्होंने रोलट-एक्ट के विरुद्ध कुछ भी किया, किंतु 20 वर्ष पश्चात् उसे अपनी करतूतों का फल चखना पड़ा, जब सरदार उधमसिंह ने लंदन में उसे गोली से उड़ा दिया। मदनलाल ढींगरा, भरतसिंह, बी. के. दत्त, चंद्रशेखर आजाद, राजगुरु और सुखदेख उन वीरों में से हैं, जिन्होंने विदेशी राज्य को प्रकंपित किया। कुछ ने तो उस समय काम किया था जब महात्मा गांधी को कोई नहीं जानता था। कुछ ने तब काम किया था जब गांधी जी कांग्रेस के वैधानिक आन्दोलन के नेता थे।

(76) मैं पहले ही कह चुका हूँ कि क्रांतिकारी आंदोलन बंगाल और महाराष्ट्र से चलकर पंजाब तक पहुँच चुका था। जो लोग इस आंदोलन में काम करते थे वे ऐसे-वैसे घरों के बालक न थे। वे पढ़े-लिखे थे और संभ्रांत समाज से संबंध रखते थे। मातृभूमि की स्वतन्त्रता की वेदी पर अपने सुख-सुविधाओं में पले हुए जीवन की बलि देने वाले वे वीर सच्चे हुतात्मा थे। उन्हीं के रक्त से भारतीय

स्वतंत्र्य मंदिर की नींव सींची गई है। लोकमान्य तिलक ने स्वतन्त्रता आंदोलन को संगठित किया। महात्मा ने तो बने बनाए का लाभ प्राप्त किया है। मुझे पूर्ण विश्वास है कि 1909 से 1935 तक विधान में जितने भी सुधार हुए, वे क्रांतिकारी आन्दोलन के कारण हुए।

(77) शांति की नीति पर चलने वाले लोग कांतिकारी आंदोलन को निंदनीय समझते थे। गांधी जी ने अपने प्रत्येक भाषण और लेख में क्रांतिकारी आंदोलन की निन्दा की, इसके विपरीत भारत की जनता हृदय से क्रांतिकारियों की सराहना करती रही। क्रांतिकारियों की तो एक ही नीति थी कि राष्ट्र को विदेशी विजेता के विरुद्ध युद्ध करना चाहिए। विजेता के साथ कोई संधि नहीं हो सकती। विदेशी आधिपत्य उसके लिए चुनौती है। क्रांतिकारी की दृष्टि में विदेशी राजा को यहाँ का नागरिक मानना या उससे संधि करना मूर्खता है। गांधी जी ने स्वतन्त्रता-प्राप्ति में शस्त्र प्रयोग की जितनी निंदा की उतना ही क्रांतिकारी आन्दोलन लोकप्रिय होता गया। यह बात मार्च, 1931 के कांग्रेस के कराची अधिवेशन से स्पष्ट है। गांधी जी के कठोर विरोध के बावजूद भगतसिंह के उस साहस की प्रशंसा करते हुए एक प्रस्ताव पास किया गया जो उन्होंने 1921 में लैजिस्लेटिव असैम्बली में बम फेंककर दिखाया था। गांधी जी इस पराजय को नहीं भूले और कुछ मास पश्चात् जब श्री गोगटे ने बम्बई के गवर्नर हॉटसन पर गोली चलाई तब उन्होंने अखिल भारतीय कांग्रेस कमेटी की बैठक में कहा कि हाटसन पर गोली चलाने का मुख्य कारण वह प्रशंसा का प्रभाव है जो कराची में भगतसिंह के लिए पास किया गया था। गांधी जी के इस कथन का विरोध श्री सुभाषचन्द्र बोस ने उसी बैठक में किया। इसी से गांधी जी उनको अपना विरोधी

समझने लगे। भारत की स्वतन्त्रता में क्रांतिकारी दल का सर्वाधिक श्रेय है, जो लोग यह कहते हैं कि गांधी जी के परिश्रम से स्वतन्त्रता मिली, वे केवल कृतघ्नता ही नहीं करते प्रस्युत एक झूठा इतिहास बनाना चाहते हैं। 1814 के बाद स्वतन्त्ता के युद्ध का सच्चा इतिहास उस समय तक नहीं लिखा जा सकेगा जब तक सत्ता गांधीवादियों के हाथ में है, तब तक देशभक्त नवयुवकों के महान् कार्य को अन्धकार में ही रखा जाएगा, परन्तु यह बिल्कुल सत्य है कि उन्होंने बहुत ही प्रशंसनीय कार्य किया था।

(78) गांधी जी केवल उन्हीं का विरोध नहीं करते थे जो स्वतन्त्रता प्राप्ति के लिए शस्त्र प्रयोग करना चाहते थे बल्कि उन लोगों का भी कड़ा विरोध करते थे जिनके विचार गांधी जी के विचारों से भिन्न थे। गांधी जी की अप्रसन्नता के एक पात्र सुभाषचन्द्र बोस भी थे जहाँ तक मुझे पता है सुभाषचन्द्र छह वर्षों तक जब देश से बाहर रहे तो गांधी जी ने उन पर प्रतिबन्ध का कोई विरोध नहीं किया। सुभाषचन्द्र बोस अध्यक्ष पद पर रहते हुए गांधी जी की नीति पर नहीं चले। फिर भी सुभाषचन्द्र बोस इतने लोकप्रिय हुए कि गांधी जी इच्छा के विपरीत डॉ. पट्टाभि सीतारमैया के विरोध में प्रबल बहुमत से चुने गए और डॉ. पट्टाभि सीतारमैया के आंध्र से भी सुभाष बोस को ही अधिक मत मिले। गांधी जी के मन में विष भर आया और द्वेषाग्नि में जलते हुए वे त्रिपुरा कांग्रेस अधिवेशन में नहीं गए और राजकोट में धूर्ततापूर्वक अनशन और सत्याग्रह छेड़ दिया। जिस समय तक सुभाष बोस को कांग्रेस की गद्दी से नहीं उतार दिया गया तब तक उनका क्रोध शांत नहीं हुआ।

(79) सुभाष बोस के दूसरी बार कांग्रेस अध्यक्ष चुने जाने और यहाँ से बाहर जाने की घटनाएँ यह प्रकट करती हैं कि गांधी जी किस प्रकार धूर्ततापूर्वक कांग्रेस से अपना काम निकाल लेते थे। 1934 के बाद गांधी जी बार-बार यही कहते रहे कि वे तो कांग्रेस के चार आने के सदस्य भी नहीं हैं और उनका कांग्रेस से कोई सम्बन्ध नहीं है, किन्तु सुभाष जब दूसरी बार कांग्रेस अध्यक्ष चुने गए तब गांधी जी के क्रोध से यह पता चला कि वे कांग्रेस में खूब हस्तक्षेप करते थे जबकि वे कहते यह थे कि उनका कांग्रेस से कोई सम्बन्ध नहीं है और वह उसके सदस्य भी नहीं हैं। झूठ बोलने का इससे सुन्दर उदाहरण और कहां मिलेगा?

(80) जब 8 अगस्त, 1942 को गांधी जी ने कांग्रेस से भारत छोड़ो आंदोलन करवाया तो अनेक नेताओं को सरकार ने तत्काल जेल भेज दिया और वे कुछ भी न कर पाए। आंदोलन वहीं कुचल दिया गया। कांग्रेस में कुछ लोग ऐसे थे जो गुप्त रूप से काम करने लगे। ये लोग गांधी के सिद्धान्तों पर चलकर जेल नहीं जाना चाहते थे, बल्कि बाहर रहकर यह चाहते थे कि लूट-पाट और तोड़फोड़ से सरकार को जितनी हानि पहुँचाई जा सके पहुँचाई जाए। ये लोग शस्त्र प्रयोग करने को भी तैयार थे और अंग्रेजों का सहांर भी उनके कार्यक्रम के बाहर नहीं था। गांधी ने कहा था–'करो या मरो' जिसका अर्थ इस दल ने लगाया कि जितनी बाधाएँ सरकार के मार्ग में डाली जा सकें, डाली जाएँ। वास्तव में उन्होंने वह सब कुछ किया जिसका युद्ध की तैयारी में बाधा पड़े। पुलिस थानों को जला दिया। डाकखानों को बेकार कर दिया। उत्तरी बिहार और अन्य स्थानों पर 900 स्टेशनों

को या तो फूँक दिया या बेकार कर दिया गया और राज्य प्रबन्ध का कुछ समय के लिए तो अन्त ही हो गया।

(89) यह बल प्रयोग अहिंसा और सत्याग्रह के सिद्धान्तों के विरुद्ध था, लेकिन गांधी इस विषय में मौन रहे। यदि वे विरोध करते तो जनता में अलोकप्रिय होते। क्योंकि जनता अहिंसा आदि का विचार नहीं कर रही थी और यदि वे इसको प्रोत्साहन देते तो अहिंसा का सिद्धान्त टूटता था। वास्तव में भारत छोड़ो आंदोलन का महत्त्व ही यह है कि उस समय लूट-मार विनाश-कार्य हुए। यह आंदोलन प्रारम्भ होने के कुछ सप्ताहों में ही गांधी जी की अंहिसा का अन्त हो गया। अगस्त, 1942 के बाद कुछ सप्ताहों में जो भी हुआ वह गांधी जी की विचारधारा के प्रतिकूल था। गांधी जी की यह विचित्र अहिंसा थी कि वे करने या मरने के लिए कह रहे थे। गांधी जी को इस हिंसा की उस समय निंदा करनी पड़ी जब सन् 1942 में लार्ड लिनलिथगो ने अपने पत्र-व्यवहार में गांधी जी से स्पष्ट रूप से पूछा कि वे 1942 की हिंसा को उचित समझते हैं या नहीं। जो हानि या तोड़फोड़ हुई और युद्ध की तैयारी में बाधा आई वह हिंसा चाहने वाले कांग्रेसियों द्वारा आई, न कि अहिंसा के पुजारी गांधीवादियों द्वारा उनकी अहिंसा असफल हो गई थी, किन्तु किसी सीमा तक सफल हुई। जेल से गांधी जी को हिंसा की निंदा करनी पड़ीं आजादी के लिए क्रांतिकारी संघर्ष को गांधी जी ने निर्बल कर दिया। गांधी जी का अन्त तो अगस्त, 1942 के पश्चात् ही हो चुका था।

(82) उस समय तक सुभाष जो जनवरी, 1941 में गुप्त रूप से भारत से चले गए थे। वे अफगानिस्तान के मार्ग से

बर्लिन होते हुए जापान पहुँचे। सुभाष बोस को काबुल जाने में और फिर बर्लिन जाने में जो कठिनाइयाँ हुईं वे उत्तमचंद मल्होत्रा ने अपनी पुस्तक 'नेताजी जियाउद्दीन के रूप में' बहुत स्पष्ट रूप में लिखी है। बोस ने बर्लिन पहुँचने में बड़ी बठिनाइयों का सामना किया। रोमांचाकारी साहस दिखाया। 1942 में जब क्रिप्स भारत आया तो सुभाष जापान पहुँच चुके थे और भारत पर हमले की तैयारी कर रहे थे। जब सुभाष बर्लिन गए तो हिटलर ने भारत के सर्वोच्च शासक की उपाधि उन्हें प्रदान की और जापान पहुँचे तो उन्होंने जापनियों को अंग्रेजों के विरुद्ध भारत पर हमले में सहायता के लिए तैयार पाया। जापान पहले ही अमरीका के पर्ल हारबर पर आक्रमण करके जर्मनी की ओर से युद्ध में सम्मिलित हो चुका था। जर्मनी ने रूस के विरुद्ध लड़ाई की घोषणा कर दी। जापान, मलाया की रियासतों और पूर्व के अन्य भागों में जो भारतवासी रहते थे उन्होंने सुभाष का हृदय खोलकर स्वागत किया। उनकी पूरी सहायता की।

(83) जापान ने बर्मा डचों के पूर्वी टापू, मालाया और अंडमान टापुओं पर अपना अधिकार जमा लिया था। सुभाष ने भारत से सम्बंधित स्थानों पर स्थाई सरकार चलाई और 1944 में वे इस योग्य हो गए कि जापानियों की सहायता से भारत पर आक्रमण कर दें। सुभाष के नेतृत्व में भारतीय सेना देश के द्वार पर गरज रही थी और मणिपुर और आसाम के कुछ हिस्सों में घुस चुकी थी। आजाद हिन्द में वे लोग थे, जो या तो जापान की कैद से आकर सेना में प्रविष्ट हो गए थे या वहाँ पर पहले से रहते थे। माना कि आजाद हिंद सेना हार गई, परन्तु सुभाष का कोई दोष न था। बड़ी वीरता से

लड़े, किन्तु सुभाष की सेना के पास आधुनिक लड़ाई की सामग्री न थी। बहुत आदमी भूख और रोगों से मर गए। क्योंकि औषधियों का भी उचित प्रबन्ध न था, परन्तु जो भावनाएँ सुभाष ने उन लोगों में भर दीं थी, आश्चर्यजनक थीं। लोग उनको प्यार से 'नेताजी' कहते थे और सारे देश ने उनका उद्घोष 'जयहिंद' मंत्र के समान ग्रहण कर लिया था।

(84) गांधी जी इस बात के विरोधी थे कि सुभाष बोस भारत पर आक्रमण करें। नेहरू जी को भी यह बात पसंद न थी कि भारत पर जापान की सहायता से आक्रमण किया जाए। चाहे भारतीय नेताओं और सुभाष के बीच कितने मदभेद रहे हों, जनता के हृदय में जितना स्नेह सुभाष के प्रति था उतना किसी दूसरे के प्रति नहीं था। यदि 1945 में सुभाष भारत आ जाते तो सारा देश उनके चरणों में आँखें बिछा देता और सबको छोड़कर उनके पीछे हो लेता, परन्तु गांधी का भाग्य फिर चमका। 1920 में लोकमान्य तिलक की मृत्यु हुई और गांधी जी सारे देश के नेता बन गए। सुभाष की विजय गांधी को कुचल देने वाली पराजय सिद्ध होती, किन्तु यहाँ भी गांधी के भाग्य ने साथ दिया। सुभाष की मृत्यु भारत से बाहर हो गई। तब कांग्रेस के लिए यह सरल हो गया कि सुभाष और उसके साथियों की प्रशंसा करे और आजाद हिंद सेना के जिन तीन अफसरों पर लालकिले में मुकदमा चलाया जा रहा था उनको बचाने का यत्न करके सुभाष-प्रेमी बनकर प्रशंसा प्राप्त करे। अब तो नेहरू ने भी सुभाषचन्द्र के उद्घोष 'जयहिंद' को अपना लिया। सुभाष और आजाद हिंद सेना के नाम पर अपने स्वार्थ सिद्ध किए और इन्हीं नामों के बल पर 1946

के चुनाव जीते। इसके अलावा उन्होंने आश्वासन दिया कि हम पाकिस्तान का विरोध करेंगे। इन दो अभिवचनों के लिए I.N.A. ने सुभाष सेना को निश्चित ही आदर दिलवाया और अन्त में पाकिस्तान के सामने झुके और वचनभंग किया।

(84) मुस्लिम-लीग देश की शान्ति को भंग कर रही थी और हिंदुओं पर अत्याचार कर रही थी। ऐसा मालूम होता था कि लार्ड वेवेल का इन बातों से कुछ संबंध नहीं है। कांग्रेस इन अत्याचारों को रोकने के लिए कुछ करना नहीं चाहती थी, क्योंकि वह मुसलमानों को प्रसन्न रखना चाहती थी। गांधी जी जिस बात पर अपने को अनुकूल नहीं पाते थे, उसे दबा देते थे। इसीलिए मुझे यह सुनकर आश्चर्य होता है कि आजादी गांधी ने प्राप्त की। मेरा विचार है मुसलमानों के आगे झुकना आजादी के लिए युद्ध करना नहीं था। इससे तो अपना ही सत्यानाश हुआ और देश का एक तिहाई भाग हाथ से जाता रहा। स्वराज्य प्राप्त करने में गांधी जी का कोई हाथ नहीं है। वह देशभक्त थे, परन्तु उनके प्रचार का प्रभाव विपरीत हुआ। उनके नेतृत्व ने देश को उल्लू बनाया। मेरे विचार में देशभक्त सुभाष थे, जिन्होंने देशभक्ति की सच्ची ज्वाला प्रज्जवलित की और जब आवश्यकता समझी तो शक्ति का भी प्रयोग किया। गांधी और उनके साथी सुभाष को नष्ट करना चाहते थे। इसलिए कि महात्मा गांधी भारतीय स्वतन्त्रता के शिल्पी थे।

(86) अंग्रेजों के भारत छोड़ने के तीन कारण हैं और उनमें गांधी जी की कोई भूमिका नहीं है। इन तीन कारणों का विवरण इस प्रकार है—

(क) 1857 से 1932 तक का क्रांतिकारी आंदोलन और

इसके पश्चात् गांधी जी के सिद्धांतों के विरुद्ध 1942 का विद्रोह और तदुपरांत सुभाष बोस के महानतम कार्य जिनसे भारतीय सेनाओं में विद्रोह की भावना जागृत हुई और अंग्रेजी राज्य की जड़ें सुखाई जा सकीं। गांधी जी प्रारम्भ से अंत तक सबके विरुद्ध रहे।

(ख) स्वतंत्रता का दूसरा श्रेय उनको है जो असेम्बली में संवैधानिक रूप से अधिकारों के लिए लड़े। इस वर्ग का यह सिद्धान्त था कि जो कुछ मिले उसे ले लिया जाए और अधिक के लिए माँग की जाए। इसमें लोकमान्य तिलक, एन.सी. केलकर, श्री सी.आर. दास, विठ्ठलभाई पटेल, पं. मदलमोहन मालवीय और भाई परमानन्द जो गत दस वर्षों से हिन्दू-महासभा के नेता रहे, लेकिन इस वर्ग का गांधी ने सदा मजाक उड़ाया। वे कहते रहे कि यह लोग नौकरियों के पीछे फिरते हैं, परन्तु अंत में गांधी ने भी वही सब कुछ किया जो ये लोग कहते और करते रहे थे।

(ग) तीसरा महत्त्वपूर्ण कारण है इंग्लैंड में लेबर पार्टी के हाथ में सत्ता का आना। चर्चिल के हाथ से सत्ता चली गई और युद्ध के खर्चे के भार से इंग्लैंड की आर्थिक स्थिति दयनीय हो गई। यह प्रबलतम कारण था जिससे आंग्रेजों को भारत छोड़ना पड़ा।

(87) जब तक देश गांधी की नीति पर चलता रहा, वह उलझनों में ही पड़ा रहा। गांधी ने क्रांतिकारी आंदोलन का, व्यक्तियों का और दलों का विरोध किया और चरखा, अहिंसा और सत्याग्रह जैसी निरर्थक वस्तुओं को महत्त्व दिया। 24 वर्ष तक गांधी जी चरखे की रट

लगाते रहे, लेकिन उसका केवल यही एक परिणाम हुआ कि सर्व-साधारण द्वारा मशीन से बना हुआ कपड़ा तीन गुनी मात्रा में बरता जाने लगा। चर्खे के कपड़े से अब भी एक प्रतिशत आदमियों का काम नहीं चल सकता। जहाँ तक अहिंसा का सम्बन्ध है, यह सोचना तो बड़ी मूर्खता है कि 40 करोड़ आदमी इतने उच्च विचारों के हो जाएँ कि वे अहिंसा के अनुसार आचरण करने लगें। इस अहिंसा की दुर्दशा 1942 में हुई। जहाँ तक सत्य का सम्बन्ध है, एक साधारण कांग्रेसी भी उतना सत्यावादी है जितना अन्य कोई व्यक्ति। कई बार तो जो कुछ कांग्रेसी कहते हैं, वास्तव में असत्य होता है, यद्यपि ऊपर से वह सत्य दिखाई देता है।

भाग ४ : आदर्शवाद की विफलता
(Frustration of Ideal)

(88) गांधी जी के 'हिन्दू-मुस्लिम एकता 'सिद्धान्त का महत्त्व तो उसी समय नष्ट हो गया जिस समय पाकिस्तान बना। प्रारम्भ से मुस्लिम-लीग का मत था कि भारतवर्ष एक देश नहीं है। हिन्दू-मुस्लिम एकता से गांधी जी का अभिप्राय यह था कि दोनों मिलकर आजादी की लड़ाई में काम करें। हिन्दू तो उनके परामर्श पर चलते रहे, किन्तु मुसलमानों ने गांधी की ओर ध्यान नहीं दिया और अपने व्यवहार से वे सदा हिन्दुओं का अपमान और अहित करते रहे और अन्त में देश दो टुकड़ों में बंट गया।

(89) गांधी और जिन्ना के परस्पर संबंध भी ध्यान देने योग्य है। जब 1920 में जिन्ना राष्ट्रीय विचारों को छोड़कर काग्रेस से अलग हो गया और अलग मुस्लिम लीग बना ली तो स्पष्ट शब्दों में घोषणा की कि मुसलमानों को कांग्रेस का विश्वास नहीं करना चाहिए। जिन्ना ने स्वयं को मुसलमानों का हितैषी घोषित करते हुए यह प्रचार प्रारम्भ किया कि मुसलमानों को कांग्रेस के स्वतन्त्रता युद्ध में हिन्दुओं की सहायता नहीं करनी चाहिए। उसने यह सब खुल्लमखुल्ला कहा और पाकिस्तान की माँग सामने रखी। वह स्पष्ट शब्दों में कहता था कि देश के टुकड़े करो।

(90) गांधी जी जिन्ना से बहुत बार मिलने गए। वह सदा उसको भाई जिन्ना या 'कायदेआजम' कहकर पुकारते रहे, परन्तु ऐसा अवसर कभी नहीं आया जब जिन्ना ने उनसे सहयोग की इच्छा प्रकट की हो, जबकि गांधी ने उसे सारे भात की बागडोर सौंप देने तक का प्रस्ताव रख दिया।

(91) गांधी जी की आध्यात्मिक शक्ति और उनकी अहिंसा, उनकी महिमा में बहुत कुछ कहा जाता है, जिन्ना की दृढ़ता के आगे वह आध्यात्मिक शक्ति शक्तिहीन सिद्ध हुई।

(92) जब गांधी जी यह देख चुके थे कि वे अपनी आध्यात्मिक शक्ति से जिन्ना को प्रभावित नहीं कर सकते तो उन्हें चाहिए था कि अपनी नीति बदल लेते या हार मान लेते और दूसरों को अवसर देते, कि वे जिन्ना और मुस्लिम-लीग से निपटे। गांधी जी इतने प्रामणिक नहीं थे कि वे राष्ट्र की भलाई के लिए अपनी महत्त्वाकांक्षा को छोड़ देते। इसलिए कोई गुंजाइश ही नहीं रही कि कुछ किया जा सके, क्योंकि गांधी जी के शब्दों में ही 'हिमालय पर्वत जितनी बड़ी गलतियाँ' वे कर चुके थे।

(93) नोआखाली काण्ड के एक माह पश्चात् तक देश में रक्तपात होता रहा। मुसलमानों ने निर्दयता से हिंदुओं का संहार किया। कई स्थानों पर हिन्दुओं ने भी उत्तर दिया। बिहार, दिल्ली और पंजाब में हिन्दुओं ने जो कुछ किया वह केवल प्रतिक्रियात्मक कार्यवाही थी। गांधी जी यह भली-भाँति जानते थे कि यह सब कुछ मुसलमानों के हिंदुओं पर अत्याचारों के परिणामस्वरूप हो रहा है, लेकिन वे इस विषय में सदा-सर्वदा हिंदुओं की ही निन्दा करते रहे और कांग्रेस सरकार ने तो बिहार के हिन्दुओं पर गोलियाँ भी बरसाईं। यह बात भुला दी गई कि यह सब नोआखाली और अन्य स्थानों के काण्डों के परिणामस्वरूप हो रहा है। गांधी जी अपनी प्रार्थना सभा के भाषणों में यह प्रचार किया कि भारत में हिन्दुओं को

चाहिए कि वे मुसलमानों के साथ आदर और उदारता का व्यवहार करें और सुहरावर्दी को भले ही वह गुण्डों का सरदार हो दिल्ली में स्वतन्त्रतापूर्वक सैर करने दी जाए और उसे कुछ न कहा जाए। गांधी के निम्नलिखित भाषणों से यह भली-भाँति ज्ञात होता है–

(क) "हमें शान्तिपूर्वक यह विचारना चाहिए कि हम कहाँ बहे जा रहे हैं? हिन्दुओं को मुसलमानों के विरुद्ध क्रोध नहीं करना चाहिए, चाहे मुसलमान उन्हें मिटाने का विचार ही क्यों न रखते हों। अगर मुसलमान सभी को मार डालें तो हम बहादुरी से मर जाएं। इस दुनियाँ में भले उन्हीं का राज हो जाए, हम नई दुनिया के बसने वाले हो जाएंगे। कम से कम मरने से हमें बिल्कुल नहीं डरना चाहिए। जन्म और मरण तो हमारे नसीब में लिखा हुआ है, फिर उसमें हर्ष-शोक क्यों करे। अगर हम हँसते-हँसते मरेंगे तो सचमुच एक नए जीवन में प्रवेश करेंगे, एक नए हिन्दुस्तान का निर्माण करेंगे।

(दिनांक 6 अप्रैल, 1947)

(ख) मेरे पास रावलपिंडी से जो भाई आज मिलने आए थे वे तो तगड़े थे, बहादुर थे और व्यापार में दक्ष थे। मैंने तो उस भाई से कहा आप शांत रहें और आखिर में तो ईश्वर बड़ा है। ऐसी कोई जगह नहीं जहाँ ईश्वर न हो। उसका भजन करो और उसका नाम लो, सब अच्छा हो जाएगा। उन्होंने पूछा, वहाँ पाकिस्तान में जो पड़े हैं, उनका क्या करें? मैंने उनको कहा, आप यहाँ आए क्यों, वहाँ मर क्यों नहीं गए? मैं तो इसी चीज पर कायम हूँ कि हम पर जुल्म हो तो भी हम जहाँ पड़े रहें,

मर जाएँ। लोग मार डालें तो मर जाएं, यह कहें कि हम अब क्या कर सकते हैं : मकान नहीं, कुछ नहीं। मकान तो पड़ा है, धरती माता हमारा मकान है, ऊपर आकाश है। जो मुसलमान डर से भाग गए, उनके मकान पड़े हैं। तो क्या मैं कहूँ कि आप मुसलमानों के घरों में चले जाएँ? मेरी जुबान से ऐसा नहीं निकल सकता। मुसलमानों के घर कल तक थे, वे आज उनके हैं। उसमें जो हमारे शरणार्थी हैं वे अपने आप चले जाएँ, मैं आपको यह परामर्श दूँगा कि आप सिख और हिन्दू शरणार्थियों को कहें कि वे पुलिस और सेना की सहायत के बिना पाकिस्तान में अपने स्थान पर जाएं।

(23 सितम्बर, 1947)

(ग) "जो लोग पंजाब में मर चुके हैं, उनमें से एक भी वापिस नहीं आ सकता। हमें भी अंत में मरना है। यह सच है कि वे कत्ल कर दिए गए, लेकिन कोई बात नहीं है। बहुत से हैजे और दूसरे कारणों से मर जाते हैं। यदि वे कत्ल हुए, तो वीरता से मरे, उन्होंने कुछ खोया नहीं, पाया है। लेकिन प्रश्न यह है कि उनका क्या होगा जिन्होंने संहार किया? यह समझ लो कि मनुष्य बड़ी भूलें करता है। पंजाब में अंग्रेजी सेना ने हमारी रक्षा की, परन्तु यह कोई रक्षा नहीं है। लोगों को चाहिए खुद अपनी रक्षा करें और मौत से न डरें। मारने वाले तो हमारे मुस्लिम भाई हैं। हमारे भाई अपना धर्म बदल दें तो क्या वे अपने भाई न रहेंगे? क्या हम भी उन जैसा व्यवहार नहीं करते? हमने स्त्रियों के साथ बिहार में क्या नहीं किया?"

(94) गांधी जी को सोचना चाहिए था कि हिन्दुओं में जो प्रतिशोधाग्नि भड़क रही है। वह स्वाभाविक है। मुस्लिम-प्रान्तों में हजारों हिंदुओं को केवल हिन्दू होने के कारण मार दिया गया और सरकार इन भाग्यहीन लोगों की मदद और रक्षा के लिए कुछ न कर सकी, तब क्या यह संभव है कि हिन्दू-प्रान्तों में जोश न आए और पीड़ा न हो? इस प्रकार का जोश तो प्रत्येक व्यक्ति को आना चाहिए। केवल इसी ध्येय से हिन्दुओं ने मुसलमानों के साथ कठोर व्यवहार किया कि ऐसा करने से पाकिस्तान में हिन्दुओं की रक्षा हो सकती थी। जब हिन्दुओं ने देखा कि भारत सरकार पाकिस्तान के हिन्दुओं की रक्षा करने में अयोग्य है, तब उन्होंने स्वयं यह कार्य करने का निश्चय किया। पाकिस्तान में जो अत्याचार हुए उनसे प्रतिशोध की भावना फैलना उतना ही स्वाभाविक था जितना स्वाभाविक अन्य अवसरों पर दया होती है।

(95) बहुत से आंदोलन केवल इसी प्रकार की भावनाओं से सफल हुए हैं। प्रतिशोध की भावना लोगों में न आए तो समाज से अत्याचारियों का अंत हो नहीं सकता। भारत के प्राचीन इतिहास, रामायण और महाभारत की घटनओं और आधुनिक इंग्लैंड, अमेरिका, जर्मनी के सम्बन्धों में यही एक भावना पाई जाती है। चाहे यह अच्छी हो या बुरी। यह मनुष्यता के लिए अनिवार्य है।

(96) मैं पहले बता चुका हूँ कि भारत की राजनीति में गांधी जी ने स्वतन्त्रता प्राप्त करने के मार्ग में किस प्रकार बाधाएँ डाली हैं। वे अपनी नीति पर दृढ़ नहीं रहा करते थे। उनका व्यवहार युद्ध में तो ऐसा था, जैसे उन्होंने सब कुछ बिना सोचे समझे किया हो। वास्तविकता भी यही थी।

(97) पहले तो उन्होंने कहा कि इंग्लैंड और जर्मनी के युद्ध में

अंग्रेजों की मदद न की जाए क्योंकि लड़ाई में हिंसा होती है। हिंसा के कार्य में सहायता कैसे दी जा सकती है? परन्तु गांधी जी के धनी-मित्रों ने सरकार से ठेके लिए और उसे युद्ध का सामान देकर खूब धन कमाया। यहाँ उन धनिकों के नाम लेने की आवश्यकता नहीं है। क्योंकि बिड़ला, डालमिया, बालचंद हीराचंद और नानजीभाई कालीदास को सभी जानते हैं। गांधी जी और उनके साथियों की इन लोगों ने बड़ी सहायता की, परन्तु गांधी जी ने इनसे धन कभी अस्वीकार नहीं किया, यद्यपि यह धन युद्ध द्वारा कमाया गया था। गांधी जी ने इन लोगों को सरकार से ठेके लेने और माल देने से रोका नहीं। यही नहीं गांधी जी ने कांग्रेसी खादी भंडार के लिए कम्बल देने की स्वयं अनुमति दी थी।

(98) गांधी जी सन् 1944 में जेल से छूटे तो और लीडर भी छोड़ दिए गए, लेकिन सबको इस शर्त पर छोड़ा गया कि कांग्रेस जापान के विरुद्ध लड़ाई में सहायता देगी। गांधी जी ने इसका विरोध करना तो दूर सरकारी शर्त को अक्षरशः स्वीकार कर लिया।

(99) गांधी की नीति में स्थिरता का तो नाम भी नहीं था। सत्य की परिभाषा तो उन्हीं पर निर्भर थी ही। उनकी राजनीति आत्मिकशक्ति, व्रत प्रार्थना और हृदय की शुद्धता जैसे अंधविश्वासों के आधार पर चलती थी।

(100) गांधी जी ने एक बार कहा था—"अहिंसा से 1000 वर्ष पीछे प्राप्त की हुई स्वतन्त्रता, उस स्वतन्त्रता से अच्छी है जो हिंसा से इस समय ली जाए," किन्तु यह तो ऊपर के उदाहरण से स्पष्ट है कि वे कहते कुछ थे और करते कुछ और थे।

(101) उनके अहिंसा के सिद्धांत की अस्थिरता का पता एक

घटना से चलता है। पाकिस्तान के बाद कश्मीर का प्रश्न आया। पाकिस्तान ने कश्मीर को हड़पने के लिए कश्मीर पर हमला किया। महाराजा ने नेहरू सरकार से मदद माँगी और इस शर्त पर सहायता देना निश्चित हुआ कि सत्ता शेख अब्दुल्ला के हाथों में दे दी जाए और नेहरू ने कश्मीर को बचाने के लिए गांधी जी से पूछकर सेनाएं भेज दीं।

(102) हमारे नेता यह जानते हैं कि कश्मीर पर हुए हमले में पाकिस्तान की पूरी मदद थी, इसलिए सेना भेजने का तात्पर्य स्पष्टतया पाकिस्तान से लड़ना था। गांधी जी लड़ाई के विरुद्ध थे, परन्तु कश्मीर में सेना भेजने की उन्होंने अनुमति दे दी। महात्मा के अहिंसक नेतृत्व में जो आजादी मिली उसमें प्रथम हिंसक घटना यह हुई कि कश्मीर में भीषण रक्तपात हुआ और गांधी ने उसमें कोई आपत्ति नहीं की।

(103) यदि गांधी जी को अपने अहिंसा के सिद्धान्त पर दृढ़ विश्वास होता तो वे कश्मीर में सेना के स्थान पर सत्याग्रही, राइफलों के स्थान पर तकलियाँ और बन्दूकों के स्थान पर चरखे भिजवाने का आदेश निकलवा देते। यह गांधी जी के लिए सत्याग्रह की शक्ति दिखाने का और स्वतन्त्रता मिलते ही अनुभव करने का सुन्दर अवसर था।

(104) परन्तु गांधी ने वह अवसर गँवा दिया। उन्होंने स्वतंत्र भारत का जन्म होते ही एक हिंसात्मक संघर्ष को अपनी सहमति प्रदान की। इस विसंगति का क्या अर्थ था? मेरे विचार में गांधी जी के समक्ष कश्मीर की नहीं शेख अब्दुल्ला के अधिकारों की रक्षा का प्रश्न था और इसलिए उन्होंने इस युद्ध को अपनी स्वीकृति दी। कश्मीर के हिन्दू महाराजा से सत्ता छीनकार शेख और उसके बहाने मुसलमानों को कश्मीर का दान, यह गांधीवादी सरकार का उद्देश्य था।

इसलिए गांधी जी ने अनुमति दे दी कि कश्मीर से सेना द्वारा आक्रमणकारियों को निकाला जाए। गांधी जी कश्मीर के युद्ध की भयानक कहानी प्रतिदिन पढ़ रहे थे, लेकिन फिर भी इसलिए व्रत रखे हुए थे कि उनकी दृष्टि में दिल्ली में थोड़े से मुसलमान असुरक्षित थे। उन्होंने कश्मीर पर आक्रमण करने वालों के सामने व्रत नहीं किया, न वहाँ सत्याग्रह ही किया। उनके सब व्रत हिन्दुओं को कुचलने के लिए थे।

(105) मैं इस तथ्य को बहुत दुर्भाग्यपूर्ण समझा था कि एक बहरूपिए को सारे भारत का नेता मान लिया जाए। जिस महात्मा के मन पर उन अत्याचारों का कोई प्रभाव नहीं पड़ा जो हैदराबाद में हिन्दुओं पर हुए। जिस महात्मा ने निजाम हैदराबाद को अत्याचार छोड़ने के लिए कभी नहीं कहा। यदि भारत गांधी जी के कहने पर चलता रहा तो विभाजित भारत की स्वतन्त्रता भी संकट में पड़ जाएगी, इस प्रकार के विचार मेरे मन में आ रहे थे। इन्हीं दिनों गांधी जी ने हिन्दू-मुस्लिम एकता के लिए 13 जनवरी, 1948 को उपवास की घोषणा कर दी, यह मैं सहन न कर सका।

(106) गत चार वर्षों से मैं एक दैनिक समाचार-पत्र का सम्पादक था और उससे पहले भी सार्वजनिक कार्यकर्त्ता था, इसलिए मुझे राजनैतिक घटनाओं के सम्बन्ध में पूरी जानकारी रहती थी।

(107) मुझे तीन राजनैतिक दलों के परस्पर सम्बन्ध का भली-भाँति ज्ञान था। लीग कांग्रेस को हिन्दू दल कहती थी, लेकिन कांग्रेसियों को हिन्दू कह देना तो मानो उनको गाली देना है।

(108) यदि कोई दल किसी विशेष जाति के हित का ध्यान रखे और राष्ट्रीयता को हानि न पहुँचाए तो उसे साम्प्रदायिक

कहकर बुरा समझना ठीक नहीं है, लेकिन यदि कोई ऐसी पार्टी राष्ट्रीयता को हानि पहुँचाती है तो उसकी निन्दा की जानी चाहिए। कांग्रेस लीग की हर माँग के सामने झुकती गई, किन्तु महासभा के नेताओं की राष्ट्रीयता तथा नीति की निन्दा करती रही।

(109) जब कांग्रेस ने मुस्लिम-लीग को मुस्लिम दल मान लिया तो उसे चाहिए था कि महासभा को हिन्दुओं का प्रतिनिधि मानती या घोषणा करती कि हिन्दुओं के हितों की रक्षा महासभा करेगी या स्वयं कांग्रेस करेगी, किन्तु कांग्रेस ने ऐसी कोई घोषणा नहीं की। जिसका परिणाम यह हुआ कि एक ओर तो शक्तिशाली मुस्लिम-लीग मुसलमानों के हितों की रक्षा करती रही; दूसरी ओर, कांग्रेस के मुसलमान भी मुसलमानों के अधिकारों की रक्षा करते रहे। हिन्दुओं की रक्षा करने वाला कोई न था। कांग्रेस जो महासभा को साम्प्रदायिक दल कहकर बुरा बताती थी, लार्ड वेवेल द्वारा बुलाई गई शिमला कांग्रेस में यह मान लिया कि 50 प्रतिशत अधिकार मुस्लिम लीग को दे दिए जाएँ। महात्मा के कहने पर कांग्रेसी लीडर इस बात पर भी तैयार हो गए थे कि उनको हिन्दुओं का प्रतिनिधि मान लिया जाए। स्पष्ट है कि कांग्रेस की नीति साम्प्रदायिक थी और केवल मुसलमानों को सन्तुष्ट करना ही उसका एकमात्र लक्ष्य था।

(110) हमारे त्यागी और दूरदर्शी नेताओं ने सम्पूर्ण देश की स्वाधीनता के लिए स्वतन्त्रता संग्राम में भाग लिया था। पंजाब, बंगाल, सीमा प्रान्त और सिंध ने भी सम्पूर्ण देश में प्रजातन्त्र की स्थापना के लिए बलिदान किए थे, किन्तु देश के टुकड़े करने से यह संयुक्त राष्ट्रीय प्रयत्न विफल हो गया। जिन देशभक्त क्रांतिकारियों ने प्रसन्तापूर्वक फाँसी के फन्दे को गले लगाया था, जिन्होंने देश की स्वाधीनता

के लिए आजीवन कारावास और देश निर्वासन की यातनाएँ भोगी थीं, क्या वे लोग इसी विभाजित देश की स्वतन्त्रता के लिए लड़े थे? उनके बलिदानों का क्या यही परिणाम उचित था कि देश खंडित हो जाए और उसके एक हिस्से पर एक विदेशी सम्प्रदाय राज्य करे?

(111) गांधी के नेतृत्व में कांग्रेस ने लीग की सब माँगें स्वीकार कर लीं। जिन्ना की 14 माँगों से पाकिस्तान बनने की माँग तक सभी माँगे पूर्ण कर दीं। क्या यह दुःख का विषय नहीं है कि कांग्रेस राज्य मिलने पर खुशियाँ मनाए जब कि पूर्व पश्चिम में पाकिस्तान के रूप में देश के टुकड़े हो गए थे और बीच में हैदराबाद का काँटा चुभ रहा था? गांधी के नेतृत्व में कांग्रेस का यह पतन देखकर मुझे भर्तृहरि का एक श्लोक स्मरण हो रहा है—

शिवः शार्वं स्वर्गात् पशुपति शिरस्तः क्षितिधरम्।
महीध्रादुन्तुङ्गादवनिमवनेश्चापि जलधिम्।।
अयोऽधो गंगेय पदमुपगति स्तोकमधुना।
विवेक भ्रष्टानां भवति विनिपातः शतमुखः।।

जिसका अर्थ है कि गंगा स्वर्ग से शिव के मस्तक पर आई। वहाँ से हिमालय पर्वत पर, वहाँ से भूमि पर और वहाँ से समुद्र में जाकर विलीन हो गई। यह सत्य है कि अव्यवस्थित मनुष्य के पतन के अनेक मार्ग हैं।

भाग ५ : राष्ट्रविरोधी तुष्टीकरण की परिसीमा

(112) मैंने गांधी जी को राजनैतिक क्षेत्र से सदा के लिए हटाने का निश्चय किया। मैं जानता था वैयक्तिक स्तर पर मेरा सब कुछ नष्ट हो जाएगा। मैं धनी नहीं हूँ। मध्य वर्ग का हूँ। मैं अपने प्रांत में सार्वजनिक कार्य करता था। मैंने जो सेवा की उसके कारण मुझे अपने प्रांत में आदर और सम्मान मिला। सभ्यता और संस्कृति के संस्कारों से मैं पूरा परिचित था। न कोई अंग विकार है, न मुझे व्यसन है। यद्यपि में विद्वान नहीं हूँ, परन्तु विद्वानों के लिए मेरे हृदय में आदर है।

(113) सन् 1929-30 में कांग्रेस ने जब असहयोग आन्दोलन शुरू किया तब मैंने सार्वजनिक जीवन में प्रवेश किया। मैं तब विद्यार्थी था। इस आन्दोलन से सम्बन्धित भाषण जो पत्रों में छपे थे, मैंने पढ़े और मैं प्रभावित हुआ। मैंने आन्दोलन में भाग लेने का विचार किया। कुछ समय बाद आन्दोलन असफल हो गया तो मुसलमानों से सम्बन्धित समस्याएँ बहुत जोर पकड़ गईं। हिन्दू-महासभा के नेता डॉ. मुंजे, भाई परमानन्द और मालवीय जी आदि हिन्दू समाज के नेता हिन्दुओं के संगठन में लग गए।

(114) सन् 1928 के लगभग स्वर्गीय डॉ. हेडगवार ने राष्ट्रीय स्वयंसेवक संघ की नींव डाली। उनके भाषणों का मुझ पर प्रभाव पड़ा। मैं स्वयंसेवक बना। मैं महाराष्ट्र के उन युवकों में था जिन्होंने संघ में उसके प्रारंभ से भाग लिया। कुछ वर्षों तक मैंने संघ में काम किया। कुछ दिन पश्चात् मैंने सोचा कि वैधानिक रूप से हिन्दुओं के अधिकारों की रक्षा के लिए राजनीति में भाग लेना चाहिए। जिस कारण मैं संघ को छोड़कर हिन्दू-महासभा में आ गया।

(115) सन् 1935 में महासभा ने हैदराबाद में आन्दोलन किया तो मैं पहला जत्था लेकर गया। मुझे एक वर्ष का कारावास मिला। मुझे हैदराबाद निजाम की बर्बरता और दानवता का व्यक्तिगत अनुभव है। वन्देमातरम् गाने पर वहाँ मुझे कई बार बेंतें लगाई गई थीं।

(116) सन् 1946 में बिहार सरकार ने आदेश दिया कि भागलपुर में हिन्दू-महासभा का अधिवेश न हो। हिन्दू-महासभा ने उसका उल्लंघन करने का निश्चय किया, क्योंकि सरकार की आज्ञा अनुचित थी। सरकार के सब प्रतिरोधों के बावजूद अधिवेशन हुआ। अधिवेशन की तैयारी करने के लिए मैं लगभग एक मास वहां रहा। अहिंसा की आड़ में इतना रक्तपात हो चुका था कि जनता पाकिस्तान के पक्ष के किसी विचार का स्वागत करने के लिए तैयार न थी। स्पष्ट था कि जब तक पाकिस्तान में धर्मांध मुस्लिम राज्य है तब तक भारत में शांति नहीं हो सकती। फिर भी गांधी जी इस प्रकार का प्रचार कर रहे थे और इस तरह के विचार पाकिस्तान के पक्ष में फैला रहे थे, जिससे रोक सकने मे कोई कट्टरलीगी नेता भी सफल न हो पाता।

(126) इन्हीं दिनों उन्होंने आमरण अनशन की घोषणा करते हुए जो शर्तें रखीं वे सब भी केवल हिन्दुओं के विरुद्ध और मुसलमानों के पक्ष में थीं।

(127) गांधी जी के अनशन की जो शर्तें थीं। उनमें पहली यह थी कि दिल्ली की मस्जिदों में रह रहे हिन्दू शरणार्थियों को बाहर निकाला जाए और मस्जिदें मुसलमानों को सौंप दी जाएँ। गांधी जी ने अपनी शर्त सरकार और अन्य नेताओं को अनशन की धमकी देकर स्वीकार कराई। जिस दिन यह घटना हुई, उन दिन मैं दिल्ली में था। मैंने देखा कि किस प्रकार गांधी जी की जिद्द को पूरा किया गया। वे शीत के दिन थे। गांधी जी ने अनशन खोला उस दिन वर्षा हो रही थी। ऐसी असाधारण सर्दी और वर्षा में अच्छे स्थानों पर रहने वाले लोग भी काँप रहे थे। उस समय निराश्रित शारणार्थियों के कुटुम्ब के कुटुम्ब मस्जिदों से सर्दी के मारे काँपते हुए निकाले गए। उनकी रक्षा का कोई प्रबन्ध नहीं किया गया। कुछ शरणार्थी जो कुटुम्ब और स्त्रियों सहित बिरला हाऊस गए और उन्होंने नारे लगाए–"गांधी जी हमें स्थान दो।" उस भव्य-भवन में रहने वाले गांधी तक उन निराश्रितों की आवाज नहीं पहुँच सकी। मैंने यह दृश्य अपनी आँखों से देखा, जिसे देखकर कठोर से कठोर व्यक्ति का हृदय भी पिघल जाता। मेरे मस्तिष्क में इससे अनेक विचार आने लगे। मैंने सोचा कि क्या शरणार्थियों ने प्रसन्नता से इन मस्जिदों में डेरे डाले थे? नहीं-नहीं! गांधी को भी उन स्थितियों का पूरा पता था, जिनसे बाध्य होकर उन्हें अपने घर छोड़कर इन मस्जिदों की शरण लेनी पड़ी। पाकिस्तान में एक भी मंदिर या गुरुद्वारा सुरक्षित नहीं इसलिए मस्जिदों की शरण लेनी पड़ी। शरणार्थियों ने अपनी आँखों से देखा था कि किस प्रकार मुसलमानों ने, केवल हिन्दू मंदिरों और गुरुद्वारों को अपवित्र किया। जो हिन्दू शरणार्थी दिल्ली शरण लेने के लिए आए थे, उन्हें यहाँ कोई स्थान नहीं मिला। इसमें आश्चर्य की क्या बात है यदि उन लोगों ने पेड़ों के नीचे और गली-कूचों

में रहकर पंजाब में बीती हुई दुर्घटनाओं को स्मरण करके दिल्ली की व्यर्थ पड़ी मस्जिदों में शरण ली। मेरे विचार में इस प्रकार मस्जिदें मानवता की भलाई के लिए काम आ रही थीं। गांधी जी ने यह निश्चय किया कि मस्जिदों को खाली कराया जाए, वहाँ उनके रहने का दूसरा प्रबन्ध क्यों नहीं कराया? जिससे पता चलता कि गांधी वस्तुतः अहिंसा के पुजारी हैं, हिन्दू-मुस्लिम एकता के इच्छुक हैं और उनमें निष्पक्ष आत्मशक्ति है। गांधी ने पूरी चालाकी की और अपने अनशन को खोलने के लिए पाकिस्तान के लिए एक भी शर्त न रखी। यदि वे रखते तो संसार देखता कि गांधी जी अनशन करते हुए स्वर्ग सिधार जाते और पाकिस्तान के एक भी मुसलमान को लेशमात्र दुःख न होता। उन्होंने अपने अनुभव से देख लिया था कि उनके व्रत का जिन्ना पर कोई प्रभाव नहीं पड़ता और लीग उनकी आत्मशक्ति की परवाह नहीं करती।

(128) अन्त में यह कहना अनुचित न होगा कि गांधी के फूल (अस्थि) भारत और विदेशों की बहुत-सी नदियों में बहाए गए, परन्तु यह अस्थि पाकिस्तान की सिंधु नदी में नहीं बहाई जा सकी। इस संबंध में पाकिस्तान में भारत के राजदूत श्रीयुत श्री प्रकाश जी का प्रयत्न निष्फल रहा।

(129) अब 55 करोड़ रुपयों की बात लीजिए। उप-प्रधानमन्त्री का निवेदन देखिए। गांधी जी ने स्वयं कहा है कि किसी गवर्नमेंट से उसका निर्णय बदलवाना कठिन हो जाता है लेकिन भारत सरकार ने गांधी जी के अनशन के कारण पाकिस्तान को 55 करोड़ रुपये न देने का अपना निर्णय बदल दिया। (गांधी जी का 21 जनवरी, 1948 का प्रार्थना-प्रवचन देखिए)। सरकार ने 55 करोड़ न दने का निर्णय जनता के प्रतिनिधि होने के नाते किया था, लेकिन गांधी जी के

अनशन ने इस निर्णय को बदल दिया, तब मुझे यह ज्ञात हुआ कि गांधी जी की पाकिस्तान परस्ती के आगे जनता के मत का कोई महत्त्व नहीं है।

अपने प्रतिवृत्त के पहले खंड के पृष्ठ 143 पर न्या. कपूर ने उस समय वृत्त-पत्रों में छपी प्रक्रिया का एक उदाहरण दिया है। अनुच्छेद 12/ए-45 इस प्रकार है –

'बंबई के साप्ताहिक नेशनल गार्डियन ने अपने 17 जनवरी, 1947 के अंक में 'नेहरू शासन से हिन्दुस्तान की घोर वंचना। पाकिस्तान धौंस से जो पा न सका वह गांधी जी के हट्टाग्रह से पा सका।'' शीर्षक के नीचे दिया था–''अपने राष्ट्रीय जनों का जिससे नरसंहार होगा वह पैसे देने का कृत्य हम नहीं करेंगे'' ऐसी गर्जना चल रही थी और सरदार वल्लभभाई के 'धौंस और दबाव में भीख नहीं डालेंगे।' ऐसे वीरत्व के शब्द सुनने में आते थे। इतने में ही गांधी ने अनशन करके पाकिस्तान को करोड़ों रुपये देने को नेहरू-शासन को बाध्य किया। 55 करोड़ प्रदान की स्वीकृति से लोग कैसे प्रक्षुब्ध थे, इसका यह उदाहरण है।

(130) मुसलमानों ने स्वतन्त्रता आन्दोलन का विरोध किया, इसलिए पाकिस्तान बना। जिन्होंने पाकिस्तान का पक्ष लिया उनको पाँचवें स्तंभी (Fifth Columnists) कहा गया है। उनकी निन्दा की गई है, परन्तु मेरी दृष्टि में गांधी जी ने पाकिस्तान का पक्ष सबसे अधिक लिया और कोई शक्ति उनको रोक नहीं सकी।

(131) इस स्थिति में हिन्दुओं को मुसलमानों के अत्याचारों से बचाने का एक ही उपाय था कि गांधी का अंत कर दिया जाए।

(132) गांधी जी राष्ट्रपिता के नाम से पुकारे जाते हैं, जो अत्यन्त सम्मान का पद है। पर वे 'पिता' का कर्त्तव्य पालन करने में असफल रहे। उन्होंने तो बड़ी निर्दयता से राष्ट्र के दो

टुकड़े कर दिए। यदि वे सच्ची आत्मा से पाकिस्तान का विरोध करते तो लीग कभी भी इतनी सुदृढ़ता से यह माँग न रख पाती और अंग्रेज पूर्ण प्रयत्न करके भी इसे न बना पाते। देश की जनता पाकिस्तान बनाने की घोर विरोधी थी, पर गांधी जी ने जनता को धोखा दिया और मुसलमानों को पाकिस्तान का पिता सिद्ध किया है। इसलिए मैंने भारतमाता का एक पुत्र होने के नाते अपना कर्त्तव्य समझा कि ऐसे व्यक्ति का अंत कर दिया जाए जिसको कहा तो जा रहा है राष्ट्रपिता, किन्तु जिसने मातृभूमि का विभाजन करने में सर्वाधिक हाथ बँटाया है।

(133) हैदराबाद की समस्या का भी यही इतिहास है। निजाम के मंत्रियों एवं रजाकारों ने जो अत्याचार हिन्दुओं पर किए उनका वर्णन करने की आवश्यकता नहीं है। वहाँ के प्रधानमंत्री लायक अली जनवरी, 1948 के अंतिम सप्ताह में गांधी जी से मिले थे। शीघ्र ही पता लग गया कि गांधी जी का व्यवहार इस विषय में भी विचित्र है। जिस प्रकार उन्होंने सुहरावर्दी को अपनाया था, उसी प्रकार कासिम रिजवी को भी दत्तक पुत्र समझकर हैदराबाद के विरुद्ध कुछ न कर सके, यद्यपि वह पूर्ण अधिकार और शक्ति सम्पन्न थी। यदि गांधी जी के जीवन में ही भारत सरकार हैदराबाद में सेना या पुलिस की कोई कार्यवाही करने का निश्चय करती तो गांधी जी हिन्दू-मुस्लिम एकता के नाम पर सरकार को अपने निश्चय बदलने पर बाध्य कर देते, जिस प्रकार 55 करोड़ रुपया पाकिस्तान को न देने का निर्णय वापिस लेना पड़ा था। जब गांधी जी अनशन ठान लेते तो उनको बचाने के लिए सरकार को उनकी इच्छानुसार चलना पड़ता।

(134) गांधी जी के अहिंसा सिद्धान्त के अनुसार हमें अत्याचार सहन करते जाना चाहिए और शस्त्र या शारीरिक शक्ति से प्रतिकार नहीं करना चाहिए। गांधी जी की अहिंसा उस

सिंह की अहिंसा है, जो उस समय अहिंसा का पुजारी हो जाता है जब वह सहस्रों गायों को खा-पीकर थक जाता है। कानपुर में गणेशशंकर विद्यार्थी को मुसलमानों ने निर्दयता से मार दिया था। गांधी जी उनका उदाहरण देकर कहते थे कि इस प्रकार अहिंसा पर चलकर अपना बलिदान कर देना चाहिए। मेरा विश्वास है यह अहिंसा (नपुंसकत्व) देश को नष्ट कर देगी और पाकिस्तान भारत पर आधिपत्य जमा लेगा।

(135) मुझे स्पष्ट दिखाई देता था कि यदि मैं गांधी जी का वध करूँगा तो मैं जड़ मूल से नष्ट कर दिया जाऊँगा। लोग मुझसे घृणा करेंगे, मेरा सम्मान जो मुझे प्राणों से अधिक प्रिय है, नष्ट हो जाएगा, किन्तु साथ में मैं यह भी जानता था कि गांधी जी सदा के लिए विदा हो जाएँगे तो देश की राजनीति के शस्त्र-प्रयोग और प्रतिकारात्मक कार्यवाही को स्थान मिलेगा। देश शक्तिशाली होगा। मैं अवश्य मरूँगा, किन्तु देश अत्याचारों से मुक्त होगा। सब मुझे कहेंगे, पर देश ऐसे मार्ग पर चलेगा जो उचित होगा। यही सोचकर मैंने गांधी जी का अन्त करने की ठानी। मैंने अपना निर्णय किसी को नहीं बताया। 30 जनवरी 1948 के दिन मैंने गांधी जी का वध किया।

(136) मेरे पास कहने को और कुछ नहीं है यदि देशभक्ति पाप है तो मैं मानता हूँ, मैंने पाप किया है। यदि प्रशंसनीय है तो मैं अपने आपको उस प्रशंसा का अधिकारी समझता हूँ। मुझे विश्वास है यदि मनुष्यों द्वारा स्थापित न्यायालय से ऊपर कोई और न्यायालय होगा तो उसमें मेरे कार्य को अपराध नहीं समझा जाएगा। मैंने देश और जाति की भलाई के लिए यह काम किया। मैंने उस व्यक्ति पर गोली चलाई जिसकी नीति से हिन्दुओं पर घोर संकट आए और हिन्दू नष्ट हुए।

(137) वास्तव में मेरे जीवन का उसी समय अन्त हो गया था जब गांधी जी पर गोली चलाई थी। उसके पश्चात् मैं अनासक्त जीवन बिता रहा हूँ। मेरे लिए यह संतोष का विषय है कि मुझे कोई पश्चात्ताप नहीं है।

(138) हैदराबाद की समस्या में अकारण देर हो रही थी। सरकार ने गांधी जी की मृत्यु के बाद शस्त्र-शक्ति से इस समस्या को ठीक प्रकार से चलाती हुई जान पड़ रही है। गृहमंत्री ने कहा है कि देश के पास प्रचुर युद्ध सामग्री होनी चाहिए। ऐसा विचार प्रकट करते हुए उन्होंने यह नहीं कहा कि वे गांधी जी के सिद्धान्तों पर चल कर यह सब कुछ करेंगे। यदि वे ऐसा कहें तो केवल अपने मन के संतोष के लिए कहेंगे। यह याद रखना चाहिए कि यदि आधुनिक शस्त्रों का प्रयोग करके यह कहा जाए कि गांधी जी के अहिंसा सिद्धान्त पर चला जा रहा है, तो हिटलर, मुसोलिनी, चर्चिल या रूजवेल्ट के देश-रक्षा के ढंग और गांधी जी के अहिंसा सिद्धान्त में कोई भेद नहीं रह जाएगा।

(139) मैं यह मानने को तैयार हूँ कि गांधी जी ने देश के लिए बहुत कष्ट उठाए। उन्होंने जनता में जागृति पैदा की। उन्होंने स्वार्थवश कुछ नहीं किया, परन्तु दुःख यह है कि वे इतने ईमानदार नहीं थे कि अहिंसा की हार को स्वीकार कर लेते। मैंने दूसरे भारतीय देशभक्तों और नेताओं के भी चरित्र पढ़े हैं, जिन्होंने गांधी जी से अधिक बलिदान किए हैं। कुछ भी हो, गांधी जी ने देश की जो सेवा की है उसके लिए मैं उनका आदर करता हूँ। उन पर गोली चलाने के पूर्व मैं उनके सम्मान में इसीलिए नत-मस्तक हुआ था, किन्तु जनता को धोखा देकर पूज्य मातृभूमि के विभाजन का अधिकार किसी बड़े से बड़े महात्मा को नहीं है। गांधी जी ने देश से छल कर देश के टुकड़े किए। क्योंकि ऐसा न्यायालय या कानून नहीं था जिसके आधार

पर ऐसे अपराधी को दण्ड दिया जा सकता, इसलिए मैंने गांधी को गोली मारी। उनको दण्ड देने का केवल यही एक तरीका रह गया था।

(140) यदि मैं यह न करता तो मेरे लिए अच्छा ही होता, परन्तु स्थिति बहुत खराब हो गई थी और मेरे हृदय में इतना अधिक क्षोभ था कि मैंने सोचा कि गांधी जी को स्वाभाविक मृत्यु से नहीं मरने देना चाहिए। संसार को पता लग जाए कि इस व्यक्ति ने अन्यायपूर्वक राष्ट्र के साथ छल करके, भयानक रूप से देश के एक सम्प्रदाय का जो पक्ष लिया है उसका दण्ड भोगना पड़ा। मैंने इस समस्या का अन्त इसी प्रकार करना चाहा, क्योंकि इसी से लाखों निर्दोष हिन्दुओं का जीवन बच सकता था। गांधी जी की जो अहंमयी प्रवृत्ति इस पवित्र भूमि के पुत्रों के लिए घातक सिद्ध हुई उसके लिए भगवान् उन्हें क्षमा करें।

(141) मेरी न किसी से शत्रुता है और न किसी के प्रति कोई दुर्भावाना। यह मैं अवश्य कहता हूँ कि इस सरकार के लिए मेरे हृदय में कोई आदर न था क्योंकि यह अनुचित रूप से देश के शत्रुओं के हाथ मजबूत कर रही थी। मैं देख रहा था कि यह नीति गांधी के कारण थी। अब ऐसे व्यक्ति का अन्त हो जाने के बाद वह राष्ट्र-निर्माण की योजनाओं पर कार्य करने की लिए स्वतन्त्र है, किन्तु मुझे यह कहते दुःख होता है कि प्रधानमंत्री नेहरू के भाषणों और कार्यों में बड़ा अंतर है। वे धर्म-निरपेक्षता के आधार पर राष्ट्र-निर्माण की बातें करते हैं, जबकि उन्होंने स्वयं पाकिस्तान को धार्मिक आधार पर स्वीकार किया है। उन्हें सोचना चाहिए था कि साम्प्रदायिक आधार पर बनाया हुआ पाकिस्तान भारत के लिए लाभदायक न होगा। फिर भी, सब कुछ सोचने के पश्चात् मेरे हृदय ने कहा कि

गांधी जी के विरुद्ध काम करना चाहिए। किसी ने मुझ पर इस सम्बन्ध में कोई दबाव नहीं डाला और न ही कोई डाल सकता था।

(142) आप मेरी इस भावना को जिस प्रकार देखना चाहे देखें और इस भावना के परिणामस्वरूप मेरे किए हुए इस कार्य को देखकर जो दण्ड उचित समझें दें, इस विषय में कुछ कहने की मेरी इच्छा नहीं है। मैं किसी प्रकार की दया नहीं चाहता। मैं यह भी नहीं चाहता कि मेरी ओर से कोई दया की याचना करे।

(143) इस अभियोग में बहुत से मनुष्यों को मेरे साथ इस अपराध में ले लिया है। उन पर आरोप है कि उन्होंने षड्यंत्र रचा। इस विषय में मैं पहले ही कह चुका हूँ कि इस कार्य में मेरा कोई साथी नहीं था। स्वयं मैं और केवल मैं ही इसका उत्तरदायी हूँ। यदि दूसरे लोग इसी दोष के लिए नहीं खड़े किए जाते तो मैं अपने लिए बचाव भी न करता। न्यायालय को मालूम है कि 30 जनवरी, 1948 के कृत्य से संबंधित साक्षीदारों की परिपरीक्षा (Cross Examination) न ली जाए, ऐसी मेरी इच्छा थी और मेरे विधिविज्ञों को भी मेरा वैसा आग्रह रहा था। इससे मैं अपने लिए बचाव नहीं कर रहा, यह स्पष्ट होगा।

(144) मैं इस बात को पहले ही बता चुका हूँ कि 20 जनवरी को मैं शांतिमय प्रदर्शन के पक्ष में नहीं था। अपने सिद्धान्तों का प्रचार करने के लिए यह उपाय मुझे व्यर्थ प्रतीत होता था। फिर भी मैंने प्रार्थना-सभा में होने वाले उस प्रदर्शन में सम्मिलित होना स्वीकार कर लिया। यद्यपि इसमें सम्मिलित होने की मेरी आंतरिक इच्छा न थी। दैवयोग से मैं उसमें सम्मिलित न हो सका और किसी कारण से जब यह प्रयत्न सफल भी नहीं हुआ तब मुझे बड़ी निराशा

हुई। आप्टे और अन्य लोगों ने पूना, बम्बई, ग्वालियर में स्वयंसेवकों के लिए जो परिश्रम किया था उसका कुछ भी फल नहीं निकला, तब गांधी जी के वध के अतिरिक्त मेरे लिए कोई दूसरा मार्ग नहीं रह गया था।

(145) इन्हीं विचारों में खोया हुआ जब मैं दिल्ली के शरणार्थी कैम्प में घूम रहा था तो मुझे एक फोटोग्राफर मिला जिसकी कमर में कैमरा लटक रहा था। उसने मुझे फोटो उतरवाने के लिए कहा। वह शरणार्थी ही प्रतीत होता था। मैंने फोटो खिंचवा लिया। जिस समय मैं स्टेशन पर आया, मैंने आप्टे को दो पत्र लिखे, जिसमें अपनी मानसिक दशा का वर्णन किया और अपने फोटो भी भेज दिए। नानाराव आप्टे से प्रेस और पत्र के क्षेत्र में मुझसे घनिष्ट सम्बन्ध थे। उन्हें मैंने एक पत्र व्यक्तिगत पते पर भेजा, दूसरा 'हिन्दू-राष्ट्र' कार्यालय के पते पर।

(146) अंत में मैं यह कहना चाहता हूँ कि जो वक्तव्य मैंने दिया है वह सत्य और शुद्ध है। प्रत्येक बात संदर्भ ग्रंथों को देखकर तैयार की गई है। मैंने सरकारी समाचार-पत्र, 'इण्डियन इयर बुक', कांग्रेस का इतिहास', 'गांधी जी की आत्मकथा' समय समय पर प्रकाशित कांग्रेस के बुलेटिन,' 'यंग इण्डिया और 'हरिजन' की फाईलें और गांधी जी की प्रार्थना-सभा के भाषणों से यह वक्तव्य तैयार करने में सहायता ली है। मैंने यह लम्बा वक्तव्य इसलिए नहीं दिया है कि लोग मेरे कार्य को सराहें, बल्कि इसलिए दिया है कि लोग मेरे विचारों को भली-भाँति जान जाएँ और किसी के मस्तिष्क में मेरे विषय में कोई भ्रांत धारणा न रहे।

(147) भगवान् करे हमारा देश फिर अखण्ड हो और जनता उन विचारों का त्याग करे जो अत्याचारी के आगे झुकने की प्रेरणा देते हैं। भगवान् से यही मेरी अंतिम प्रार्थना है।

(148) मेरा वक्तव्य अब समाप्त हो चुका है। आपने इसे ध्यान से सुना और सुविधाएँ दी उसके लिए मैं कृतज्ञ हूँ। जिन्होंने इस बड़े अभियोग मे मुझे कानूनी सहायता दी और जो पुलिस-ऑफिसर इस अभियोग से संबंधित हैं उनके प्रति मेरे हृदय में कोई दुर्भावना नहीं है। मैं उनके सद्व्यवहार के लिए उनका भी कृतज्ञ हूँ। ज़ेल के ऑफिसरों को भी धन्यवाद, उन्होंने मेरे साथ बहुत अच्छा व्यवहार किया है।

(149) यह सत्य है कि मैंने तीन-चार-सौ लोगों के बीच दिन के समय गांधी पर गोलियाँ चलाईं। मैंने भागने का काई प्रयत्न नहीं किया। वास्तव में भागने का विचार मेरे मस्तिष्क में आया ही नहीं। मैंने अपने ऊपर गोली चलाने का प्रयत्न भी नहीं किया। आत्मघात करने का मेरा कभी विचार न था, क्योंकि मैं अपने विचारों को खुले न्यायालय में प्रकट करना चाहता था।

(150) आलोचनाओं के बावजूद भी मैंने जो कृत्य किया उसके नैतिक पक्ष पर मेरी आत्मा कभी विचलित नहीं हुई। मुझे किंचित भी संदेह नहीं कि भवष्यि में सच्चाई और ईमानदारी से इतिहास के इस अध्याय को इतिहासकार लिखेंगे तो वे मेरे कार्यों और उसके परिणाम का सही मूल्यांकन करेंगे।

अखंड भारत अमर रहे!

वन्देमातरम्

दिल्ली

8 नवम्बर, 1948 —नथूराम विनायक गोडसे

(अभियुक्त क्रमांक 1)

8

निवेदन का परिशिष्ट

उपभाग 1

पाकिस्तान को शेष राशि देने के विषय में उप–प्रधानमंत्री का वक्तव्य

माननीय सरदार वल्लभभाई पटेल, उप–महामंत्री ने नई दिल्ली में पत्रकार परिषद् में 12 जनवरी, 1948 को एक वक्तव्य दिया–

"मित्रगण! पाकिस्तान के अर्थमंत्री श्री गुलाम अहमद ने पाकिस्तान को शेष राशि देने के संबंध में जो वक्तव्य दिया है वह आपने पढ़ा ही होगा। प्रस्तुत अर्थमंत्री ने एक सिविल सर्वेंट के नाते विधि क्षेत्रों में उच्च-स्थान पर काम किया है। वे हैदराबाद-संस्थान के भी अर्थमंत्री रहे। बड़े व्यापारों में उनका भाग था। ऐसे अधिकारी व्यक्ति के विधानों में कहीं असत्य आ जाए अथवा सत्य का विप्रयास करने वाली बातें आ जाएँ तो साधारण रूप से उन पर भरोसा किया जाता है, किन्तु उनका वक्तव्य ऐसे उद्धरणों से ओत-प्रोत है। इतना ही नहीं वरन् कश्मीर से उन्हीं के शासन ने पैसों का प्रश्न अवरुद्ध किया है। इसलिए उस प्रश्न को सुलझाना

न्याय द्वारा असम्भव है, यह उन्होंने जाना है। अतः उन्होंने अपनी विवेकबुद्धि और सरासर विचार-बुद्धि त्याग दी है। धौंस देकर उद्दंडपन से पैसे छीनने वाले गुंडों के स्तर पर वे उतरे हैं।

सच्ची घटनाओं को स्थान ही नहीं

मैंने ऐसे शब्द प्रयोग जानबूझ कर किए हैं क्योंकि जो व्यक्ति समझ बुद्धि से उनका वक्तव्य पढ़ेगा वह इस बात को जान जाएगा कि रिजर्व बैंक पर धमकियों की वर्षा कर और उस पर अश्लाघ्य आरोप लगाकर, उसको डरा कर झुकाने का गुलाम अहमद का यत्न चल रहा है। हिन्दुस्तान शासन को हेतु शुद्ध और प्रामाणिक नहीं है, जैसा आरोप उन्होंने लगाया है। उन्हें आशा दीखती है कि ऐसे आरोपों से उनके रुके हुए पैसे उन्हें मिल सकेंगे। विश्व के अन्य राष्ट्रों का समर्थन उन्हें प्राप्त हो, यह उनकी चेष्टा है। अपनी दी हुई धमकी अकेली न पड़ जाए और वे राष्ट्र हिन्दुस्तान शासन को अपनी नीति बदलने को कहें, इसलिए यह चाल चली गई है। मैं समझ सकता हूँ कि जिस उलझनपूर्ण अवस्था में वे (पाकिस्तान) खड़ें हैं, उससे छुटकारा पाने के लिए उनके हाथ-पैर छटपटा रहे हैं। इस प्रश्न पर उन्हें उद्दण्डता की चाल चलने की अपेक्षा संतुलित होकर विचार करना चाहिए। इतनी अपेक्षा रखने का मेरा भी अधिकार है। उनकी चीख-पुकार और धमकियों को अपयश ही मिलेगा, यह बात सूर्य के प्रकाश जितनी स्पष्ट है। अपना साहस प्राप्त करने के लिए उन्होंने जो असभ्यता दिखाई और उद्दण्ड बर्ताव किया, उस नशे में उन्होंने सत्यस्थिति को देखा तक नहीं है। फिर उनका मूल्यांकन करने की बात तो दूर ही रही। यह देखिए—

कश्मीर का प्रश्न बातचीत में खींचा जाएगा, इसका तनिक भी ध्यान पाकिस्तान को नहीं था। इस बात की छानबीन हम पहले करेंगे। साथ ही साथ, उन्होंने हिन्दुस्तान शासन पर अप्रमाणिकता का आरोप लगाया है और दूसरे भी आरोप लगाए हैं, उसका भी हम विचार करेंगे। इस बातचीत के अनुक्रम का ब्यौरा मैं आपको

थोड़े में देता हूँ। पिछले नवम्बर के अन्तिम सप्ताह में पाकिस्तान और हिन्दुस्तान शासन के प्रतिनिधियों के बीच कई बार बातचीत हुई। हेतु यह था आपस के झगड़े निपट जाएँ जिसमें कश्मीर प्रश्न का भी समावेश था। जो बातें हुईं वे विभाजन से ही जनित प्रश्नों तक सीमित नहीं थीं। कश्मीर के प्रश्न पर भी चर्चा हुई वैसे ही निर्वासितों का प्रश्न और उनके पुनर्वास के महत्त्व की घटना को भी चर्चा में स्थान मिला। दिनांक 26 को कश्मीर प्रश्न पर जो चर्चा हुई, वह आशा, सद्भावना और सौजन्य के वायुमण्डल में हुई। वह चर्चा आगे चलती रही और दूसरे दिन आर्थिक तथा अन्य प्रश्न भी चर्चा के विषय बने। 27 नवम्बर को शेष राशि के वितरण और जिस पर चर्चा नहीं हुई थी, उस ऋण के सम्बन्ध का एक तात्कालिक संधि-पत्र (करार) तैयार हुआ। उस संधि-पत्र को तुरन्त मान्यता मिले, ऐसी पाकिस्तान की इच्छा थी। हमारी अनुमति प्राप्त करने का उन्होंने जी तोड़ प्रयास किया। हमने उसका विरोध किया। 27 नवम्बर की शाम मैंने वृत्त-पत्र तर्क न करें और हमारी बातचीत समाप्त होने के बाद हम अधिकृत वृत्त उन्हें जब तक न दें, तब तक वे धीरज रखें। मेरे शब्द इस प्रकार हैं, "सब स्थागित प्रश्नों पर उपाय ढूँढने के हमारे प्रयास शक्ति के साथ चल रहे हैं, किन्तु हमारी चर्चा पर तर्क-वितर्क प्रकट किए गए तो उससे लाभ की अपेक्षा हानि ही होने की आशंका है। इस समय मैं इतना ही कहता हूँ कि हमारी बातचीत मित्रता और सौजन्य के वातावरण में चल रही है और पाकिस्तान के प्रधानमंत्री और अर्थमन्त्री शनिवार तक यहाँ रहने वाले हैं।

जब बातचीत पूरी होगी, विस्तृत विवरण दिया जाएगा। तब तक यदि किसी वृत्त-पत्र द्वारा छपा भी या किसी एकाध प्रश्न पर अनुबंध हुआ है, ऐसा प्रकाशित हुआ तो उसे शासकीय संपुष्टि नहीं है और वह प्रकटीकरण अवधिपूर्व है, प्रीमैच्युअर है, ऐसा माना जाएगा।"

दूसरे दिन प्रातः मैंने (पटेल) अपने वक्तव्य में एक स्पष्टीकरण दिया। शासकीय भवन (गवर्नमेंट हाउस) मैं गया। पाकिस्तान के महामन्त्री और अर्थमन्त्री वहाँ उपस्थित थे। सब स्थगित प्रश्नों का हल नहीं निकलता, तब तक यह अनुबंध अन्तिम नहीं माना जाएगा, यह मेरा स्पष्टीकरण था। मैंने यह भी स्पष्ट शब्दों में कहा था कि जब तक कश्मीर का प्रश्न निर्णित नहीं होता, तब तक हम कोई भी धनराशि देने के लिए अनुमति नहीं देंगे। मेरी उस बात को ध्यान में रखकर ही उभयान्वय-पत्र को प्रकट नहीं किया गया था। इस बीच पाकिस्तान के प्रतिनिधियों ने अपना जाना स्थगित किया। कश्मीर और दूसरे प्रश्नों पर बातें होती रहीं। भिन्न-भिन्न प्रश्नों पर एकमत नहीं हुए। फिर भी कुछ सुधरे हुए वातावरण में चर्चा होते-होते विभाजन से उत्पन्न और कुछ समस्याओं पर हमारा अनुबंध हुआ। 1 दिसम्बर, 1947 को विभाजन-मंडल के समक्ष वह अनुबंध रखा गया, किन्तु वह अनुबंध बाद में लिपिबद्ध करना था। 2 दिसम्बर को वह हुआ। उस समय यह भी स्पष्ट हुआ कि कश्मीर और दूसरे प्रश्नों के सुझाव मिलने के पश्चात् ही इस अनुबंध का प्रकटीकरण होगा। उस समय आशा थी कि सब प्रश्न समाधानपूर्ण पद्धति से हल हो जाएँगे।

वक्तव्य प्रकट करने की यह नीति दोनों पक्षों ने मध्यस्थ आयोग (Arbitral Tribunal) के सामने अपने-अपने निवेदन देते समय मान ली थी। जो प्रश्न चर्चा में आते थे उन पर सुझाव प्राप्त होने की अनुकूलता प्रतीत होती थी। 8 और 9 दिसम्बर को लाहौर में बैठक बुलाई गई। उस बैठक में स्थिति अधिक स्पष्ट होनी थी। बैठक आरम्भ हुई। देखने में यह आया कि 55 करोड़ राशि झट से खींच लेने के प्रयास में पाकिस्तान बीच की अवधि में व्यग्र रहा। मैंने इस चाल का विरोध किया। आर्थिक लेन-देन का प्रश्न अलग गिना जाए और हमारे हाथ बँधे इसलिए पाकिस्तान के उच्च आयुक्त (हाई कमिश्नर) ने 7 दिसम्बर को बताया कि

आर्थिक प्रश्नों पर हमारा अनुबंध हो गया, किन्तु हम अपनी पुरानी बातों पर अटल रहे। लाहौर की चर्चा में भी हमने अपना आग्रह स्थिर रखा और पाकिस्तान से कुछ मर्यादा तक सहमति प्रकट कर हमने निश्चित किया कि दिल्ली में होने वाले संसद अधिवेशन में 9 दिसम्बर को एक वक्तव्य दिया जाए। पाकिस्तान के अर्थमंत्री ने समाचार-पत्रों मे प्रकाशन की इतनी फुर्ती की कि 7 दिसम्बर को प्रकाशित हो गया। पाकिस्तान की कपट-नीति उसी समय स्पष्ट हुई।

आर्थिक प्रश्नों पर जो अनुबंध हुआ उसका पाकिस्तान ने अस्त्र के रूप में प्रकटीकरण और प्रयोग किया। उसी का उन्होंने उपयोग कर कश्मीर विषयक नीति में फिर से अनाड़ी परिवर्तन किया और कुछ दिन पूर्व ही दिल्ली की बातचीत में जो आशा उमड़ी थी, वह चकनाचूर हो गई। 9 दिसम्बर के संसद के मेरे वक्तव्य में मुझे इसकी भूमिका स्पष्ट करना अनिवार्य प्रतीत हुआ। वह यह थी कि आर्थिक अनुसंधान का कार्यान्वयन जहाँ तक बन सके तभी किया जाएगा जब कश्मीर प्रश्न सुलझ जाए। इस मेरे प्रस्ताव पर पाकिस्तान ने उस समय कोई आपत्ति नहीं उठाई 12 दिसम्बर को पाकिस्तान के उच्च-आयुक्त ने उस समय कोई आपत्ति नहीं उठाई। 12 दिसम्बर को पाकिस्तान के उच्च-आयुक्त की उपस्थिति में मैंने एक विस्तृत वक्तव्य दिया। उसमें मैंने यह कहा था कि उस अनुबन्ध का यशस्वी क्रियान्वयन दूसरे महत्त्व के प्रश्नों पर निर्भर रहेगा। कश्मीर का प्रश्न उन्हीं प्रश्नों में एक था, यह बात स्पष्ट थी। पाकिस्तान ने उस समय भी कोई आपत्ति नहीं उठाई। पचपन करोड़ रुपए छीनने के पाकिस्तान के प्रत्येक यत्न का हमने विरोध किया था। फिर 26 दिसम्बर को कश्मीर विषय पर अन्तिम चर्चा प्रारम्भ हुई, तब पाकिस्तान के महामन्त्री ने प्रथम बार कश्मीर प्रश्न और आर्थिक प्रश्न अन्योन्याश्रित हैं, इस हमारे कथन का विरोध किया और 55 करोड़ रुपया त्वरित देने के लिए माँग की।

हमने उस समय भी उन्हें जताया और बाद में 30 दिसम्बर को हमने जो तार भेजा उसमें भी स्पष्ट किया कि अनुबंध की धाराओं का पालन करने के लिए हम वचनबद्ध अवश्य हैं, किन्तु कश्मीर के प्रश्न में पाकिस्तान ने जो शत्रुता का रवैया अपनाया है उसके लिए धन देना स्थगित करना पड़ेगा। सम्पूर्ण चर्चा में हमारी यही भूमिका रही है।

इस प्रकार हमारा पाकिस्तान से बर्ताव तनिक भी अनुचित नहीं रहा है। हमने कहीं भी वचनभंग नहीं किया है। इसके विपरीत पाकिस्तान के प्रतिनिधियों ने स्वांग रचा कि वे पाकिस्तान की समस्या का सुझाव शीघ्रता से चाहते हैं और दूसरी ओर, उन्होंने आर्थिक तथा अन्य प्रश्नों पर अधिकाधिक सुविधाएँ झपटने का यत्न किया। आर्थिक प्रश्न अन्य प्रश्नों से भिन्न हैं, उनकी चाल थी। पाकिस्तान के उच्चायुक्त और अर्थमंत्री ने हमारे हाथ जकड़ लेने का भारी प्रयास किया, परन्तु हमने सदा ही उसका सफल विरोध किया। हम कभी अप्रामाणिक नहीं रहे। वरन् सब प्रश्नों के सुझाव का यह एक अंशमात्र हैं, यह मन से और सत्यता से मानते थे। इन दोनों पड़ोसी राष्ट्रों में मित्रता और शान्ति रहे, इसलिए हमारा यह निर्णय था।

हमारा कहना यह भी है कि इस आर्थिक समन्वय को मान्यता देने के पीछे हमारे मन में पाकिस्तान के प्रति उदार भावना थी। विभाजन-मंडल के सामने मैंने यह भी कहा था कि पाकिसतान एक वैभव और प्रतिष्ठाशाली पड़ोसी के नाते खड़ा रहे, यही हमारी इच्छा है। हमें आशा थी कि अन्य प्रश्नों के विवादों में पाकिस्तान भी हमारे प्रति वैसी ही भावना रखेगा। उसके व्यवहार से हम निराश हुए। पाकिस्तान के उच्च-आयुक्त और सर आर्चिबाल्ड रोलॅडस् के प्रचारित वक्तव्य से यह स्पष्ट दीखता है कि यह आर्थिक समन्वय पाकिस्तान को बड़ा ही आकर्षक लगा और पाकिस्तान को इससे बड़ा सहारा मिलने वाला था। इसलिए अपनी आर्थिक नींव संतुलित

रखने के लिए पाकिस्तान ने यह वचन प्राप्त किया। उसके साथ हिन्दुस्तान की भावनाओं का प्रतिवाद करना उन्होंने टाला।

पाकिस्तान हिन्दुस्तान को क्या देगा?

मैं यह भी ध्यान में लाना चाहता हूँ कि हमारा दृष्टिकोण न केवल न्याय और शांति का समन्वय करने का था प्रत्युत उससे भी विशाल था। हम सदा जानते थे कि जो झगड़े हैं उनको सामंजस्य, सहानुभूति, सहनशीलता और कल्याणकारी दृष्टि से सुलझाया जाए तो ही हमारे और पाकिस्तान के बीच पड़ोसी जैसे सौहार्द सम्बन्ध रहना सम्भव होगा, किन्तु पाकिस्तान ने हमारे उदार दृष्टिकोण का अनुचित लाभ उठाया। हमारी उदार भावनाओं का उसने अपने संकुचित और स्वार्थ के लिए प्रयोग किया। स्पष्ट है कि आवश्यकता थी और है सर्वव्यापक उदार भावना की। हिन्दुस्तान ने अविभक्त अर्थात् विभाजन पूर्व हिन्दुस्तान के ऋण का बोझ अपने सिर पर लिया और पाकिस्तान के विश्वास और सद्भावना पर हमने भरोसा रखा। हमने निर्णय किया कि पाकिस्तान दीर्घ कालावधि के सुलभ अंशों में हिन्दुस्तान का ऋण चुकाया। इसलिए हमसे यह नहीं बनेगा कि हमारी सुरक्षा और प्रतिष्ठा पर प्रहार करने वाले प्रश्न पैसों के लेन-देन में डूबे रहें। हमें पूर्ण दक्षता रखनी चाहिए ताकि जो सम्बन्ध खींचातानी के हैं, वे अधिक बिगड़ न पाएँ। मैंने 12 दिसम्बर को दिए गए वक्तव्य में कहा ही है कि हमारी सद्भावना की नींव पर खड़ा कार्य अब धोखे में आया है अर्थात् हमारी सद्भवना ही अब धोखा है।

कश्मीर पर जो आक्रमण हुआ है उसको प्रतिरोधात्मक उपाय की दृष्टि से हमने इस आर्थिक समन्वय का कार्यान्वयन स्थागित किया। हमने उसमें न्यायोचित व्यवहार ही किया है। हम उस संधि-पत्र में बँधे हुए हैं, यह बात हमने पाकिस्तान को एक बार नहीं, कई बार बताई है। पैसे चुकाने के लिए नियत समय का बंधन, हम पर उस संधि पत्र में नहीं है। इस समय पाकिस्तान ने अपनी सेना सहित हमसे सशस्त्र संघर्ष खड़ा किया। ऐसा लगता है

कि उसकी व्याप्ति अधिक भयानक होगी। उससे आर्थिक समन्वय की नींव ही उखड़ जाने का डर है। संधि-पत्र में लिपिबद्ध ऋण का उत्तरदायित्व स्वीकारना, सामग्री का बँटवारा करना आदि कार्यों पर भी उसका प्रतिकूल परिणाम होगा। ऐसी अवस्था में बचे पैसे हम दें, इस प्रकार की माँग पाकिस्तान किसी भी न्याय से हमसे नहीं कर सकता।

आरोपों को आधार नहीं है

पाठक वृंद! पाकिस्तान के अर्थमंत्री के हिन्दुस्तान शासन पर लगाए आरोप कितने निराधार और खोखले हैं, यह दिखाने के लिए मैंने पर्याप्त विवरण दिया है, यह मेरी धारणा है। मैंने यह भी दिखाया है कि आर्थिक प्रश्न दूसरे प्रश्नों से अलग नहीं किए जा सकते और संधि-पत्र का कार्यान्वयन एक ही साथ हो सकता है, यह हम आरंभ से ही कहते आए हैं। जो समझौता हुआ हैं, उससे पीछे हटने का प्रश्न ही नहीं उठता। इच्छा इतनी ही है कि समझौता का कार्यान्वयन करने के लिए अनुकूल योग्य वातावरण निर्माण हो। यदि पाकिस्तान पहले ही राशि माँगने का आग्रह करे तो एक बात स्पष्ट है कि जो संधि हुई है उसकी पृष्ठभूमि में जो सौजन्य है, सद्भाव है, वह उसको नष्ट करना चाहता है। अतः भारत राशि चुकाने का विरोध कर रहा है। यदि पाकिस्तान अपनी गुंडा-नीति में सफल हुआ तो संधि-पत्र की नींव ही ध्वस्त हो जाएगी। युद्ध की पाकिस्तानी मनोकामना में यह आर्थिक राशि सहायक सिद्ध होगी। साथ ही संधि-पत्र के अन्य प्रश्नों पर उसका विपरीत प्रभाव पड़ेगा, यह सुस्पष्ट है।

उपभाग 2

संधि के संबंध में अर्थमंत्री के प्रतिवृत्त का अंश

बाद में जो घटनाएँ हुईं उससे हमारी उदारता कुपात्र में परोसी गई, यह स्पष्ट होगा। श्री गुलाम मुहम्मद ने हम पर राजनीतिक

डकैती का आरोप लगाया है पाकिस्तान की ओर सहानुभूति अर्जित करने का शायद यह एक तुच्छ मार्ग होगा। उन्होंने हमें चिढ़ाने वाला व्यवहार किया है, किन्तु उसके बाद भी हमारी भूमिका स्पष्ट है। इन दो देशों में जो संधि हुई है उसकी धाराओं से पीछे हटने का प्रश्न ही नहीं उठता। हमने पहले से ही यह कहा कि ये सब धाराएँ सर्वव्यापक संधि का एक भाग मात्र हैं और उनकी धाराओं का कार्यन्वयन सब प्रश्नों के सुझाव के साथ ही होगा। इस बीच हमारे पड़ोसी राष्ट्र के उत्तरदायी मंत्री द्वारा किए उद्दण्ड बर्ताव, गुंडानीति के प्रचार, हमारी टाँग खींचने की चेष्टा से भी हम अपनी योग्य नीति से विचलित नहीं होंगे।

उपभाग 3

हिन्दुस्तान की सद्‌भावना का प्रत्यय हिन्दुस्तान–पाकिस्तान आर्थिक समन्वय का त्वरित कार्यन्वयन

भारत-मंत्रालय ने 15 जनवरी, 1947 को वित्तमंत्री के लिए एक पत्र भेजा। उसमें कहा है कि हिन्दुस्तान शासन ने हिन्दुस्तान और पाकिस्तान के बीच हुए आर्थिक विषयक समझौते के बारे में अपनी भूमिका पहले ही स्पष्ट कर दी है। हमने यह भी कहा है कि हिन्दुस्तान और पाकिस्तान के बीच जो सभी विवादात्मक प्रश्न हैं उन सबके सुझाव के साथ ही आर्थिक समन्वय का क्रियायन किया जाए। साथ ही साथ हमने यह भी बताया कि संधि की धाराओं का हम पालन करते हैं।

पाकिस्तान के अर्थमंत्री ने जो अर्थहीन वाद-विवाद प्रारंभ किया है और शोर मचाया है, उसका हमें दुःख है। हम वह कभी भी नहीं मानेंगे। हिन्दुस्तान के उप-प्रधानमंत्री और अर्थमंत्री ने जो प्रस्ताव

रखे हैं उसमें वस्तुस्थिति और सत्य घटनाओं का विस्तृत वर्णन है। उसमें प्रस्तुत किए निर्णय तथा तर्कों में भारतीय मंत्रिमंडल की सहमति है। पाकिस्तान के अर्थमंत्री ने फिर से आह्वान किया है, इसका हमें खेद है। हमारे द्वारा प्रस्तावित शर्तें विरोध के परे हैं। हिन्दुस्तान शासन ने न्यायसंगत भूमिका से जो नीति अपनाई है, उसी का यह आधार है।

गांधी का अनशन

गांधी जी के अनशन से न केवल भारत सरकार चिंतित हुई, बल्कि विश्व भर में चिंता फैल गई। भारत और पाकिस्तान के बीच जो ईर्ष्या, द्वेष, वैमनस्य भाव उत्पन्न हुआ है, उसके समाधान का उपाय ढूँढ़ा जाने लगा।

भारत-सरकार भी यही चाहती है, किन्तु राष्ट्र-हित की बलि देकर नहीं। और हिन्दुस्तान शासन ने देशहित, समाजहित और गांधीहित में यह निर्णय स्वीकार कर लिया।

इस निर्णय से भारत और पाकिस्तान में सद्भाव बढ़ेगा। राष्ट्रपिता गांधी जी जो अपनाा उत्सर्ग करने पर तुले हैं, उन्हें शांति मिलेगी। वे अनशन समाप्त करेंगे। वे जीवन में देश की और सेवा कर पाएँगे। इसलिए पाकिस्तान को यह राशि देने का निश्चय किया।

वस्तुतः यह निर्णय इस देश की देदीप्यमान परंपरा के अनुसार शांति और सदिच्छा स्थिर रखने के लिए गांधी जी के अहिंसक और उदात्त प्रयत्न को हिन्दुस्तान शासन की ओर से मनःपूर्वक भेंट थी।

हिन्दुस्तान के प्रधानमंत्री के निवेदन का उद्धरण

पाकिस्तान को राशि देने का निर्णय भारत सरकार ने पूर्ण विचार-विमर्श तथा गांधी जी से परामर्श करके लिया है। मेरे मंत्री-मंडली सदस्यों

ने समय-समय पर जो निवेदन दिए हैं, उसमें हिन्दुस्तान शासन की भूमिका स्पष्ट कर दी है। वह शासन की एकमत की भूमिका है। उसके पीछे खड़ी शक्ति और उसकी बोधता उससे हमारे ही सद्भावना के प्रयासों में कोई अंतर पड़ा है, ऐसा अर्थ न निकाला जाए। पाकिस्तान के अर्थमंत्री ने जो अंतिम पत्रक प्रचारित किया है, उसमें उन्होंने खड़े विवाद हम मानते नहीं है, यह भी हम स्पष्ट शब्दों में कहते हैं।

उपभाग 4

हिन्दू महासभा का लोकतंत्र विषयक प्रस्ताव

अखिल भारतीय हिन्दू महासभा का बिलासपुर में दिसम्बर 1944 में 26 वाँ अधिवेशन संपन्न हुआ। अधिवेशन में पारित प्रस्तावों के उद्धरण नीचे दिए हैं। इन प्रस्तावों की श्री नथूराम विनायक गोडसे ने सम्पुष्टि की थी।

(1) सार्वभौम सत्ता के घटक हिन्दुस्तान के लोग हैं। विश्व के अन्य देश लोगों के समान ही हिन्दुस्तान के लोगों को भी स्वतंत्र होने का पूरा अधिकार है। इसलिए हिन्दुस्तान एक स्वतंत्र राष्ट्र रहेगा और उसके संविधान का नाम रहेगा 'स्वतंत्र हिन्दुस्तान राष्ट्र का संविधान।'

(2) ऐतिहासिक परंपरा की दृष्टि से और आंशिक आधार पर वैसे ही सांस्कृतिक भूमिका से भी हिन्दूस्तान एक है, संपूर्ण है, अविभाज्य है, और यह भूभाग वैसा ही रहना चाहिए।

(3) हिन्दुस्तान के स्वतंत्र राष्ट्र के शासन का स्वरूप लोकतंत्र प्रधान और गणतंत्र पद्धति का रहेगा।

(4) गणतंत्र की विधिमंडल पद्धति दोहरे प्रकार की रहेगी।

(5) विधिमंडल के चुनाव चाहे केंद्रीय हों अथवा प्रांतीय, सज्ञान मतदाता संघ से और एक व्यक्ति को एक मत, इस आधार

पर होंगे। मतदाता संयुक्त रहेंगे, अल्पसंख्यकों का उनकी संख्या के अनुसार सुरक्षित प्रतिनिधित्व रहेगा।

मूलभूत अधिकार

(1) सब नागरिकों को विधिविषयक समानता रहेगी। नागरी दंडविषयक, मूलभूत अथवा कार्यवहनात्मक कोई भी विधि भेदभाव करने वाली नहीं रहेगी।

(2) सार्वजनिक स्वरूप की सेवावृत्ति अधिकार पद, मान-सम्मान के स्थान अथवा व्यवसाय करने का अधिकार सबको समान रहेगा जिसमें वर्ण, जाति अथवा पंथ इसकी रुकावट नहीं रहेगी।

(3) सार्वजनिक सुव्यवस्था और नीतिमत्ता, इनमें बाधा न लाते हुए सब नागरिकों को विचार स्वातंत्र्य के समान आचरण स्वातंत्र्य रहेगा। अपने-अपने धर्म का पालन, अपनी-अपनी संस्कृति का संरक्षण करने का प्रत्येक को स्वातंत्र्य रहेगा और धर्म द्वेष पर आधारित अथवा धर्म के नाम प्रतिबंध लाने वाला कोई भी कानून प्रत्यक्ष अथवा अप्रत्यक्ष रूप में नहीं बनाया जाएगा। उसी प्रकार धर्म विषयक अथवा धार्मिक श्रेणी के कारण किसी को भी विशेष अधिकार प्राप्त नहीं होंगे या किसी के अधिकार छीने नहीं जाएँगे।

9

परिशिष्ट : नथूराम का माडखोलकर को पत्र

काम तो बहुत है और समय अधूरा है जिसका ध्यान नथूराम को सदा रहता था। श्री ग. त्र्यं. माडखोलकर की (नागपुर के मराठी दैनिक 'तरुण भारत' के संपादक) लिखी 'एक निर्वासित की कहानी' (एका निर्वासिताची कहाणी) उसने पढ़ी थी। नथूराम की तीव्र इच्छा थी कि माडखोलकर जी को पुस्तक पर अपने विचार बताएँ।

नया कागज लेना, पत्ररूप में अभिप्राय लिखना, इसके लिए भी नथूराम के पास समय नहीं था। उस 'निर्वासित की कहानी' पुस्तक पर ही, जो कोरे भाग और अधकोरे पन्ने थे उन्हीं पर उसने अपने विचार लिखे।

14 नवम्बर, 1949 को अर्थात् फाँसी के एक दिन पहले उसने वह पत्र लिखा। फाँसी लगने के पश्चात् नथूराम की निजी वस्तुओं और पुस्तकों की अधिकारी वर्ग ने छानबीन की। फिर वह सामग्री संबंधियों को लौटा दी गई

मेरे बंधु श्री दत्तात्रेय ने वह पुस्तक और उस अभिप्राय की एक प्रतिलिपि श्री माडखोकलर जी के पास आठ-दस दिनों पश्चात् दी।

पूना के 'सोबत' मराठी साप्ताहिक के संपादक श्री ग. वा. बेहेरे ने उपर्युक्त पत्र दीपावली, 1970 के अंक में प्रकाशित किया है। पत्र का जो साहित्यिक अथवा वाङ्गमयी अंग है, उसके लिखित निवेदन के भावनात्मक अंग के प्रकाश में रसग्रहण किया जाए, इस हेतु यह पत्र यहाँ प्रकाशित किया जा रहा है।

अंबाला

14 नवम्बर, 1949

प्रिय लेखक महाशय,

निर्वासित की कथा पढ़ी। विचारपूर्वक पढ़ी। आपकी लेखनी मूलतः ही महाराष्ट्र में लोकप्रिय है और इस कहानी का कथानक तो सत्य घटना है और इसलिए इस कहानी में प्रेम, अनुकम्पा, आदर, संताप, तिरस्कार, दुःख आदि नानाविध भाव अति प्रखरता से प्रकट हुए हैं। आपकी मनोव्यथाएँ और आपके विविध विचार-तरंग वास्तविकता की पृष्ठभूमि पर आपने शब्दांकित किए हैं और इसलिए आपके आजकल के कई 'डाक बंगलों' की अपेक्षा ('डाक बंगला' श्री माडखोलकर जी का एक उपन्यास है) आपका 'भग्नघर' (यह भी एक उपन्यास है) साहित्य सृष्टि में अधिक समय टिका रहेगा।

श्रीमान् लेखक महाशय! आपके किसी आंदोलन का और आपके सर्वसामान्य सौजन्य का मैं एक प्रेमी हूँ और रसज्ञ भी। कुछ समय आपके सुखद सहवास का आस्वाद भी मैंने लिया है। मुझे जिस परिमाण में आपके बारे में पहले प्रेम रहा है, उसी मात्रा में आज भी, आपकी पुस्तक पढ़ने के पश्चात् भी स्थिर है और मैं यह भी जानता हूं कि मेरे बारे में आपके अंतःकरण में बिना आत्यंतिक तिरस्कार के और कोई भावना नहीं रही होगी।

और इस पर भी मैं यह लिख रहा हूँ। मुझे विश्वास है कि

आप इसे पढ़ेंगे और इस पर विचार करेंगे। मैं भी आज ये शब्द स्वर्गारोहण की सिद्धता की स्थिति में लिख रहा हूँ। मेरी चित्तवृत्ति शांत है। मन उल्लसित है। मुझे लगता है, आपकी कथा के पीछे जैसे एक वास्तविकता की भूमिका है, उसी प्रकार मेरे इस पत्र के पीछे भी एक अनुभूत और क्वचित ही दृष्टिगोचर होने वाली पार्श्वभूमि चित्रित है।

मैं पत्रकार था, किन्तु मैं साहित्यिक नहीं हूँ। तथापि साहित्य मेरी रुचि का विषय था और साहित्य का थोड़ा बहुत आस्वाद चखने जितनी रसज्ञता मुझ में है। यह मेरी धारणा है और इसीलिए मुझे लगता है कि जिस परिस्थिति में मैं यह पत्र लिख रहा हूँ वह साहित्यिक का हृदय कंपित किए बिना नहीं रहेगी। अस्तु आपकी 'एक निर्वासित की कहानी' में आपके इस प्रसंग के और भी अनेक निर्वासितों और विध्वंस के वर्णन हैं। एक अंग का यह विध्वंसन और उसके मूल में गांधी-वध का कारण। आपके अंतःकरण पर गांधी-वध से आघात हुआ।

आप में से ही एक ने यह वध किया, इसलिए लज्जा और संताप आपको अनिवार्य हुआ और विध्वंसन के कारण आपकी भावनाओं में उद्वेग, अनुकंपा और अन्य विकारों के कल्लोर भी भरमार हुई।

उपर्युक्त घटनाएँ जैसे-जैसे मैं जानने लगा, मेरी भी भावनाएँ कुछ सीमा तक आपके जैसे ही हो गईं। आप माने या न माने, किन्तु मूलतः मैं निर्दय वृत्ति का मनुष्य नहीं हूँ। सहृदयता के और सर्व-साधारण सौजन्य के धागों से ही मेरा स्वभाव बना है। मेरे मित्र ही क्या, अनेक आरक्षी अधिकारी और बंदीपाल भी मेरी उक्त बात की संतुष्टि करेंगे, आप छानबीन करें।

तो फिर मैंने यह भयानक कृत्य क्यों किया? लेखक महाशय! इसी के साथ आपको विनती है कि कवि की दिव्यदृष्टि से अथवा

मनोवैज्ञानिक की सूक्ष्मदर्शिका के सहारे मेरे निम्नलिखत विचारों को देखें और फिर चाहें तो उन्हें फेंक दें।

मेरे क्रूर कृत्य का उद्‌गम सहृदयता और स्त्री दाक्षिण इनकी आत्यन्तिक भावनाओं में है। जन-निन्दा अथवा मृत्युदण्ड, ये दोनों परिणाम भी मैं जानता था, तो भी उपर्युक्त भावनाओं की तुलना में मुझे वे हीन भाव प्रतीत हुए।

मेरे न्यायालयीय वक्तव्य का बहुत-सा भाग सत्य इतिहास है और कुछ भाग अन्तःकरण से लिखा साहित्य है, किन्तु वह लोगों के सामने लाने से शासन को डर लगता है। इसी बात से उसका प्रभाव मुझे प्रतीत होता है और वह वक्तव्य यदि आपको समग्र विदित हुआ तो मेरे कृत्य का कारण अच्छी प्रकार आपके ध्यान में आएगा। भले मेरे कृत्य की निन्दा आप कितनी भी करें, किन्तु मेरी भावनाओं की निन्दा करना आपके लिए प्रामाणिकता से उचित नहीं होगा।

देश-विभाजन लोगों को अंधेरे में रखकर या नेतागणों ने अंधेरे में रहकर किया। गांधी यदि सत्यवादी होते तो देश-विभाजन का वे विरोध करते, भले विश्व क्यों न विरोध में होता। अन्यथा उन्होंने लोगों को परिस्थिति का ज्ञान कराया होता और उनके विचार से वे मान्यता देते, किन्तु देश-विभाजन के पश्चात् ही हमारी पूजामूर्ति अखण्ड भारतमाता भग्न हुई तो भी आज के राष्ट्रीय नेतागणों को इस प्रकार के अत्याचारी के विरोध करने की कल्पना मेरे मस्तिष्क में नहीं घुसी थी।

विभाजन के पश्चात् और 20 जनवरी, 1948 के पहले दो बार मैं दिल्ली और पंजाब में हो आया और मैंने प्रत्यक्ष क्या देखा? मेरे विचार में वह हृदय-द्राविक कारुणिक अमानवीय, अघटित और वीभत्स 17 जनवरी, 1948 था। मन में कुछ कल्पनाएँ थीं, किन्तु वे अधूरी थी। और वे मेरे इस दिल्ली के वातावरण में निश्चित

हुई। मैंने देखा कि पराकोटी को पहुँची मानवी क्रूरता को रोकने के लिए दुस्साहस का मार्ग अपनाना अनिवार्य है।

गांधी जी का अन्तिम उपवास मुसलमानों के समाधान के लिए था और हिन्दूओं पर प्रारम्भ से ही हुए क्रूर अत्याचारों पर दया के नाम पर भयानक आघात किया गया। पेड़ के नीचे रहना सम्भव न हुआ, सहा नहीं गया। इसलिए निर्वासित मस्जिदों और मन्दिरों की छत के नीचे रहे, किन्तु मस्जिदों का उपयोग मानवी जीवन-रक्षा के लिए गांधी जी ने न होने देने के लिए प्राणों का प्रण लगाकर विरोध किया और निर्वासितों के आश्रय की कोई भी सुविधा न करके गांधीवादी शासन सत्ता के सहस्त्रों निर्वासित पुरुष-स्त्री बालकों को कहीं गटर के अथवा कहीं रास्ते के किनारे ठण्ड के दिनों में रहने को बाध्य किया और 55 करोड़ रुपये पाकिस्तान को दिए।

लेखक महाशय! क्षण भर के लिए सोचें। उन सहस्रावधि सुशील, किन्तु विस्थापित पंजाबी महिलाओं में आपकी भी धर्मपत्नी है। नहीं-नहीं! कल्पना भी क्षणार्ध से अधिक अपने मन में न जमाए रखें, किन्तु इस प्रकार के अत्याचार करने वालों को दया के नाम पर दान करने वाले मनुष्य के विषय में आप किस भावना से लिप्त होंगे? यह कथा भावनामय कल्पना नहीं है, सत्य स्थिति है।

दया के नाम पर प्रचंड क्रूरता को प्रोत्साहन, पाकिस्तान में हुए अत्याचार को और हिन्दू प्रान्तों में कुछ स्थानों पर हुई प्रतिक्रिया से मुसलमानों पर हुई क्रूरता और गांधी जी का हठ और पराकोटी की नीति ही कारण है। कैसे भी शब्द-श्लेष निकालें और पर-दोष मढ़ने के लिए बीच-बीच में ब्रिटिशों का नाम लें तो भी उपर्युक्त सत्य को नहीं छिपाया जा सकता।

गांधीवाद और गांधी जी की महानता के नाम पर अपने राष्ट्र पर विचारशक्ति और सद्सद्-विवेकता के पूर्णतया विपरीत बातें की जाती थीं। हैदराबाद की समस्या सुलझनी थी और राष्ट्र-भाषा

जैसा महत्त्वपूर्ण प्रश्न गांधी जी के हठ के कारण उर्दू का वन्य और प्रतिगामी झंझट गले से सुलझने की सीमा पर खड़ा था। भावी विडम्बना और भयानक क्रूरता रोकने के लिए मैं सापेक्षतः एक छोटा क्रूर कृत्य करने को प्रवृत्त हुआ।

हिरोशिमा पर अणु-बम फेंक एक क्षण में डेढ़ लाख लोगों को मारने वाले राष्ट्र की प्रशंसा करने में आज अपना अहिंसक राष्ट्र व्यस्त है और ऐसा कहा जाता है कि डेढ़ लाख लोग मरे, किन्तु उससे और लख-लख लोग बचे। तो फिर मैं भी वही कहता हूँ कि गांधी जी मारे गए, हम कुछ लोग फाँसी पर चढ़ रहे हैं, बहुतेरे निर्वासित बने, जिनमें आप एक हैं, किन्तु दया और सत्य के नाम से होने वाला भयानक मानवी नरसंहार तत्काल नियन्त्रण में आया है।

गांधी जी की राष्ट्र-सेवा के लिए, उन्हें शतशः प्रणाम, किन्तु राष्ट्र-सेवा को भी राष्ट्र-विच्छेदन का और राष्ट्र-शत्रु को सहायता देने का अधिकार नहीं पहुँचता है। जिस जनता का यह राष्ट्र है, उसको समझाकर और विचार-विमर्श से ये प्रश्न सुलझाने होते हैं। कुछ नेताओं ने अंधेरे में कुछ निर्णय लेकर अथवा महात्मा ने उपवास का भय दिखाकर जैसे विचित्र बाधक नीति लोगों पर लादी तो उसका परिणाम जैसे विस्फोट के बिना और क्या होगा? यह पहलू भी दृष्टि से ओझल न हो।

मेरी विनती है कि देश के लक्षावधि अभागे निर्वासित नर-नारियों की हृदय विदारक कथा आप लिखें और विश्व को स्पष्ट कर दें कि इस अमानवीय कृत्य का कारण गांधीवाद है। गांधी जी की चाहे जितनी वन्दना करें, किन्तु अपना राष्ट्र फिर कभी गांधीवाद के भंवर में न फंसने दें। आज गांधीवाद मृत हो रहा है। मेरे मृत्युदण्ड की शिक्षा गांधीवादी अहिंसा का न्याय और राज्य-शासन के क्षेत्र में व्यर्थ सिद्ध कर रहा है।

दया की भीख से मुझे जीवन-दान दिया जाता तो वह मेरी मौत ठहरती, किन्तु मेरा यह स्वर्गारोहण गांधीवाद की मृत्यु है। मैंने अपने इस कृत्य से कोई पाप किया है, ऐसा मुझे तनिक भी नहीं लगा और इसलिए इस कृत्य के लिए पाप-प्रक्षालन की प्रार्थना करने की कल्पना तक मेरे मन को नहीं छुई, यद्यपि आपने पंचमहापतकों की माला मेरे लिए निर्माण की हो तो मुझे आपकी भावनाओं को आघात पहुँचाने की इच्छा नही है, किन्तु मैं आपके विचार को खाद देना चाहता हूँ।

पढ़िए, सोचिए और यदि स्वीकार्य न हो, तो उसे फेंक देने के लिए आप स्वच्छंद हैं, किन्तु उसके बाद भी इतना कहना मैं अवचय चाहता हूँ कि जिसका अन्तःकरण आपके अन्तःकरण की अपेक्षा तनिक भी कम सहृदय नहीं है और जो पाप जितना ही सुसंस्कृत है, उसने गांधी-वध किया है, इस बात का विश्लेषण आपको करना पड़ेगा।

गांधी जी अमर है, किन्तु गांधीवाद मृत्युशैय्या पर पड़ा है। थोथापन और भ्रामक तुष्टिकरण के तंत्र के बलि होने के दिन समाप्त होने आए हैं, बुद्धिवाद के प्रभात काल का उदय हुआ है।

आपका

नथूराम वि. गोडसे

14 नवम्बर, 1949

प्रिय माडखोकर जी! मेरा अन्तिम प्रमाण स्वीकारना अथवा तिरस्कारना आपका प्रश्न है। मेरी विनती है, उसे स्वीकार करें। आपके इस कहानी प्रकाशन को सहायता देने वालों को मेरा धन्यवाद कहें। गुरुवर्य अण्णा साहब कर्वे को मेरा अन्तिम विनय प्रणाम अवश्य कहें। और क्या लिखूँ? क्रूर कृत्य करने की प्रेरणा

परिस्थिति ने मुझे दी, इसी का केवल खेद होता है। स्वर्गारोहण के प्रसंग में मैं शान्त हूँ।

आपका शुभेच्छु

नथूराम वि. गोडसे

अम्बाला बंदीगृह

14 नवम्बर, 1949

लक्षावधि निर्वासितों के लिए भी यह कहानी अवश्य लिखें। आपकी लेखनी शैलीदार है, अन्तःकरण कोमल है।

नथूराम

•••